ジェイシー・バートン

風の彼方へ

ソフトバンク文庫

NV

RIDING WILD

by Jaci Burton

チャーリー、
あなたは風を受けて走る喜びを教えてくれた。
いつもわたしを見守り、愛してくれたあなたに、
そしてハーレーを飛ばしてあなたと味わったワイルドな時間のすべてに感謝して。

主な登場人物

リリー・ウエスト……………私立探偵
マック・
キャンフィールド…………政府の秘密組織〈ワイルド・ライダーズ〉のメンバー
ジェシー…………………………マックの友人
ジョン・ウエスト……………リリーの父、ダラスの大物実業家
グレーンジ・リー……………〈ワイルド・ライダーズ〉のボス
トム………………………………〈ワイルド・ライダーズ〉のメンバー
スペンサー………………………〈ワイルド・ライダーズ〉のメンバー
A・J……………………………〈ワイルド・ライダーズ〉のメンバー
パクストン………………………〈ワイルド・ライダーズ〉のメンバー
リック……………………………〈ワイルド・ライダーズ〉のメンバー
ディアツ…………………………〈ワイルド・ライダーズ〉のメンバー
モンティー・
リチャードソン………………シカゴ美術館の役員、リリーの依頼人

1

シカゴ

その依頼は最初から妙だった。だが、私立探偵であるリリー・ウエストの務めは依頼人の要求を満たすことだ。美術館に侵入し、夜間警備チームの能力を確認する——それが今回彼女に与えられた任務だった。

そんなの簡単よ。この美術館の警備については一週間かけて調べた。昼間の警備チームは優秀で、巡回展『エジプトの星』に来場する大勢の客をうまくさばいている。だが客への対応に追われるあまり、館内をつぶさに観察して夜間警備の弱点を探るわたしには気づきもしなかった。

一方、夜間の警備体制は最低だった。警備員は屋外どころか館内を巡回することもせず、ロビーの椅子にべったりと腰をおろしてくっちゃべっている。これまでなにも起こらなかったことのほうが不思議なくらいだ。

　こいつらはみんな首にすべきだわ。たぶん依頼人もうすうす気づいているのだろう。最初のうちは、ドーナツをぱくついてる給料泥棒が腰をあげて、気晴らしに仕事でもする気になるのを待とうかと思ったが、万が一にもそんなことは起こりそうにない。わたしが素っ裸になって正面の芝生で側転したって誰も気づきゃしないわ。

　そのとき、通りすぎるバイクの爆音が静寂を破った。腹に響くマシンのうなりを聞き逃すことなど絶対になかった。その音はマックの記憶に直結しているからだ。バイクの音など聞かなくても、彼のことはいつだって心に引っかかってはいるけれど。

　リリーはそわそわしながら木の幹に寄りかかり、とりたててすることもないまま正面玄関を見つめた。マックとの思い出が頭を占拠するのに、たいして時間はかからなかった。

　妄想のなかのマックはいつだってハーレーにまたがっている。リリーは暗がりに身をひそめながら、彼を思って幾度も強烈なオーガズムに達したことを思い返した。

　マックの到来を告げるのは、遠くから迫ってくるバイクのうなりだ。それを聞いたとたん、わたしの体は躍動を始める。体の細胞が、振動するマシンさながらに震え、歌いだすのだ。エンジンの爆音に、秘密の泉の脇（わき）にある敏感な突起がぷっくりと充血し、乳首はつんとたちあがり、下腹部の深いところがきゅっと締まる。バイクがとまり、エンジン音がやんでも、体内に刻まれる一定のリズムが絶えることはない。彼はノックもせずに入ってくる。わたしが待っていることなどお見通しだから。

リリーはすっかり妄想の世界に浸っていた。夢のなかでは、開け放たれたリビングルームの窓から入ってくる風が彼女の潤った場所を吹き抜け、興奮をあおった。一刻も早くマックにさわってほしくて、細い肩紐(かたひも)のついたサンドレスの下はなにも身につけていなかった。両手をぎゅっと握りしめ、痛いほどほてったこの体にマックの手を感じ、燃えあがる欲望を満たしてもらう瞬間を待ちわびた。

玄関のドアが開き、テーブルの上に置かれたランプの光に長身の体が浮きあがった。くたびれたジーンズの下に隠れているたくましい腿。革のジャケットに包まれたたまらなくセクシーな上半身。Tシャツががっちりした肩から広い胸板にかけて、ぴったりと張りついている。リリーの目は彫りの深い顔に吸い寄せられた。マックはいつもの、ちょっぴり悪ぶった表情を浮かべている。初めて彼を見たときも、この雰囲気に引かれた。セクシーで、人を寄せつけないところに。ああ、早く彼に抱かれたい。

マックがソファに歩み寄って膝を突き、サンドレスの裾(すそ)からのぞいている腿に両手をあてた。

〝ベイビー、きみは春のにおいがする〟彼がささやいた。

うだるような夏の午後に冷たい水を飲み干すように、リリーは目でマックを堪能した。こんなふうに心の渇きを癒してくれる男性は初めてだ。

〝早く〟リリーはせかした。

〝おれがほしいのか？〟

〝そうよ〟

サンドレスがヒップの上までまくりあげられ、秘められた場所があらわになった。欲望にけぶるウィスキー・ブラウンの目で飢えたように見つめられると、リリーの体はいつだって簡単に燃えあがってしまう。マックは唇をなめ、かがみこんで腿の付け根にキスをした。下腹部に引きつれるような感覚が襲い、リリーはあえぎ声をもらした。

〝しーっ〟マックがリリーの肌に息を吹きかけた。それから肩紐に手をのばし、サンドレスを引っぱりおろして彼女の乳房を解放する。てのひらでやさしくこすられると、片方の先端がぴんとたちあがった。リリーは体を弓なりにして彼の手に胸を押しつけた。今や欲望は灼熱の炎のごとく燃えさかっている。

マックはかがみこんで潤った泉を縁どる丘にキスをし、そのままくぼみに舌をさし入れてクリトリスを探りあてると、なぞるようになめまわした。

リリーが気も狂わんばかりになってマックの髪をかき乱し、自分のほうへ引き寄せようとしたとき、彼は彼女の秘所に唇をつけたままなにかをささやいた。不明瞭なつぶやきは忍び笑いにしか聞こえない。

わたしをじらして楽しんでるんだわ。リリーはマックの仕打ちを歓迎すると同時に憎んでもいた。彼の口で絶頂に押しあげられたい。その舌で蜜をなめとってほしい。もう限界だ。

〝マック、お願い〟

〝どうしてほしい？〟マックがつぶやいた。

こんなふうにわたしを挑発して、野性を目覚めさせてくれる男性はほかにいない。彼は極限までわたしをじらし、自分から懇願するよう仕向けてくる。

〝なめてちょうだい。あなたの舌でいきたいの〟リリーは腰を持ちあげ、潤った場所をさらけだした。

マックは体をずらして腿を割り、秘所を唇で覆った。そして花唇に二本の指を滑りこませると同時にクリトリスをなめあげる。リリーは声にならない声をもらした。

そう！　わたしがほしかったのはこれよ！　鼓動が速くなり、熱で体内がとろけだした。柔らかな舌で肌をなぞられるたびに興奮が押し寄せる。リリーはソファの上で身もだえした。

ああ、体が宙に浮いてしまいそう。このままずっとこうしていてほしい。でもこんな快感が続いたら、とても正気ではいられないわ。

〝もうだめ。いっちゃう〟

マックのうめきがむきだしの肌を震わせた。限界だ。リリーはオーガズムの波に貫かれ、彼の頭を強く引き寄せて身を震わせたかと思うと、粉々に砕け散った。

マックだけが与えてくれる究極の快感に包まれ、彼女は大きく息を吐きだした。

そのとき再びバイクの音が響き、リリーは妄想の世界から引き戻された。ほてった体を冷まそうと目をしばたたく。

もう十年も会っていないというのに、マックのことを考えただけで体が熱くなる。奔放でみだらな、本来の自分とは違う女に変わってしまう。こっちがわたしの本性、なんてことでなければいいのだけれど……。

ともかく、こんなことを考えている場合じゃないわ。リリーは欲望を振り払い、現実に意識を集中させた。

車の行き交う大通りを一台のバイクが飛ぶように走っていった。銀色の車体が街灯の光を反射している。なんてこと！　仕事中にマックのことを妄想するなんて！　だが、まぬけで役たたずの警備員たちは相も変わらずロビーにたむろして、スナック菓子をぱくついていた。

簡単にもぐりこめそうね。

リリーは木の陰に隠れながら入口へ近づいていった。どうせ誰も見てやしないのだから、本当は隠れる必要もないのだけれど……。再び、さっきより近い距離からバイクの音が聞こえたので、彼女はさっと木陰に身を寄せた。何者かがバイクのエンジンを切り、すぐ先の薄暗い路地に消える。いくら待ってもその人物は路地から出てこなかった。なんだかいやな予感がする。リリーはその場にじっとしていた。

五分後、男がバイクを引きながら美術館の搬入口へやってきた。

一瞬、リリーの鼓動がとまった。その姿に見覚えがあるような気がしたのだ。自信ありげに頭をかしげるところや、片方の足に体重をあずけるところ、ジーンズのベルト通しに親指を引っかけてドアを調べる様子、それに額にかかった髪をかきあげるしぐさも。彼女は必死に記憶を探った。知りあいだろうか？

リリーははっとした。マック・キャンフィールドにそっくりだ！ついさっきまでマックのことを考えていたからそう思うのだろうか？ 十年前の記憶が堰を切ったようにあふれだし、彼女は胸を押さえた。こんなにどきどきしていたら、あの男に聞かれてしまう。

しかも、そうこうしているうちに男は慣れた手つきで鍵をこじ開け、建物のなかへ消えてしまった。あまりの展開に、リリーの心臓はとまりそうになった。三十秒もすれば警報装置が作動するはずだ！ 彼女は待ってみたが、なにも起こらなかった。どうやらあの男が警報装置を解除したらしい。

なんてこと！　まんまと侵入されてしまった。厳重なセキュリティ・システムは九十秒もしないうちに突破されてしまったの？

さあ、どうしよう？　なにかしなきゃ。そう、警察に通報するのよ！　リリーは携帯電話をとりだしながら正面玄関へ向かって足を踏みだしたが、不意になにか見えない力に引きとめられた。

あの男がマックであるはずがない。だけど、あのハーレーは記憶にあるマックのバイクと酷似している。

ばかなことを考えていないで通報するのよ。過去はすべて、あの男と一緒にテキサスに葬ったでしょう？　だいいち、あれから十年もたっている。さっき見た男のほうが背も高いし、肩もがっちりしていた。お尻の形もキュートだったわ。

そりゃあ、マックだって負けていないけど……。

三分後、男が外へ出てきた。警備員に追いかけられている様子もない。美術館に潜入し、警備員に察知されることなくめあてのものを盗みだしたのだ。

あの警備員たちときたら、まったく役たたずなんだから！

男は小脇になにかを挟んでいた。奇妙な形をした艶のある白い物体は展示品のひとつに違いない！　どうしてさっき通報しなかったのかしら？　マックに似ているから？

ああ、わたしのばか！　リリーは必死で考えた。今から警察に通報しても間に合わないし、能なしの警備員を呼んだって足手まといになるだけだ。まずはあの男をとめなきゃ。通報はそれからだ。

リリーはすぐさま拳銃(けんじゅう)をとりだして手入れの行き届いた芝生を横切り、男との距離を詰めた。男がバイクのほうを向いたところで背中に照準を合わせる。

「とまりなさい！　動いたら撃つわよ！」

「くそっ！」男が小さく悪態をついて両手をあげた。盗んだものは左手に握られている。

リリーは力を抜いて息を吐き、にっこりした。なんだ、簡単じゃない。「手に持っているものを地面に置いて、ゆっくりこっちを向きなさい」この男を地面にうつぶせにさせてから警察を呼ぼう。

男が振り向いた。

一瞬、過去と現実がごっちゃになり、リリーはめまいに襲われた。危うく銃を落としそうになる。悪夢が現実になったのだ。だから通報できなかったの？　彼を警察に引き渡したくないと、心が無意識に抵抗したから？

「マック……」

十年という歳月を経ても、かつての面影は失われていなかった。百八十三センチの完璧(かんぺき)な肉体は見間違えようがない。このいやになるほどセクシーな男にかかると、女は下着だって心だって簡単にさしだしてしまう。

「リリーなのか?」

相手の目がショックに見開かれるのを見て、リリーは少しほっとした。先ほどの妄想がもたらした高揚感は、マックとの再会という過酷な現実によって吹きとばされていた。この男は相変わらずワルで泥棒ってわけね。十年前、わたしは彼にとり返しようのないものを奪われた。とても貴重なものを。いいえ、〝奪われた〟というのは言いすぎかもしれない。わたしがせがんだようなものなのだから。でも、当時はあんなことになるとは思っていなかった。マックは自分のしていることを承知していただろうが、世間知らずだったわたしは、彼にのぼせあがるあまり、なにも見えていなかった。マックはわたしがさしだしたものをつかみとると、泥棒のように闇にまぎれて消えたのだ。

ちょうど今のように……。あのときと違うのは、手にしているのがわたしのバージンじゃなくて高価な彫刻だというだけ。

「それはとんでもなく高価なのよ」

マックがショックからたち直り、眉根を寄せた。「シカゴでなにをしてる? なぜきみがここにいるんだ?」

「質問するのは、銃を持っているわたしよ」リリーは彼の胸に照準を合わせたまま、あいているほうの手をさしだした。「盗んだものをよこしなさい」

マックは周囲を見まわしてから彼女に視線を戻した。「それはできない。きみは自分のしていることがわかってるのか？　まずいことになる前に帰れ」

リリーは手をさらに突きだした。「さっさとよこしなさい！」

今やマックは完全にリラックスしているようだった。リリーの体内に警報が鳴り響く。

「十年前も同じせりふを聞いたぜ。あのときはきみがほしがってたのは、おれの体だったけどな」

最低な男ね！　再会したとたんにわたしが抱きついてくるとでも思っているのかしら？　待って、それもいいわね。ちょっぴり復讐してやるのよ。リリーは拳銃をおろした。「そうよね。わたしったらどうかしてたわ」一歩前に踏みだす。「本当にあなたなのね」

息がかかる距離に近づくと、マックのにおいが記憶を刺激した。昔と同じ、土のにおいと石鹸の香りがまじった男っぽい芳香が嗅覚を直撃する。こんなにささいなことで興奮してしまうなんて。密着しているわけでもないのに、彼の体から発せられる熱気が感じられる。

落ち着くのよ！

リリーが近づいてくるのを見て、マックが手をおろした。彼女はその一瞬を突いて彫刻を奪い、飛びさがって再び彼に拳銃を突きつけた。

「なんてことをするんだ！」

リリーは肩をすくめた。「引っかかるとは思わなかったわ。バイクのほうを向いて。手はこっちに見えるようにしておくのよ」

「きみには撃てない」

リリーはマックをにらみつけてわずかに銃口をあげた。「試してみる?」本当は〝楽しませて(メイク・マイ・デイ)〟と言いたかったのだが、ちょっと古くさい気がしたのでやめておいた。だまされて捨てられた仕返しをしたいとはいえ、彼を殺したいわけではない。

こんな場所で、よりによってリリーに出会うとは! マックは美術館と巡回展について調べつくしたつもりでいた。シカゴでの展示期間や展示場所、夜間警備の体制についても掌握ずみだった。

そう、すべての可能性を吟味したのだ――リリーと鉢あわせすること以外は。ちくしょう!

リリーの手に握られた拳銃に視線を落とす。命の危険はまったく感じなかった。最後に会ってからもう十年になるだろうか? おれは男としてリリーにひどい仕打ちをしたかもしれない。それでも、彼女が引き金を引くとは思えなかった。

リリーは冷徹な殺し屋じゃない。

おれがリリーを傷つけたことは明白な事実だ。だが、彼女は腹いせにおれの胸に鉛玉を撃ちこんだりするような女ではない。おれに仕返しをしたければ、とっくに金持ちの親父(おやじ)に頼んでいたはずだ。適当な罪状をでっちあげ、おれを刑務所送りにして、檻(おり)のなかで腐っていくのを見ているだけでよかった。そもそも、罪状をでっちあげる必要すらなかったかもしれない。おれは泥棒だったのだから。ダラスの有力者であるジョン・ウエストが娘の敵をとろうと思えば、電話一本で事足りたはずだ。

だが、リリーをアパートメントからほうりだしたあの夜以来、今日まで彼女の姿を目にすることはなかった。あのときは、おれさえそばにいなければ、彼女は一流大学に進学して金持ちのお嬢様らしい人生を送ることができると思ったのだ。てっきり弁護士になったか、父親の跡を継いだかと思っていたのに。

シカゴの一角で再会し、拳銃を突きつけられるとは、予想もしていなかった。あろうことかリリーの姿を目にしたとたん、ジーンズの前がきつくなり、危険なほど心が乱れた。十年前も厄介な相手だったが、そこは変わっていないようだ。瞳も当時と同じく抜けるような青をしているし、黒髪は以前より短めにカットされているものの、相変わらず絹糸のようにつややかだ。

「後ろを向いて、バイクのシートに両手を突いて」リリーが繰り返した。

「したがわなければ?」

一瞬の間を置いて彼女が言った。「撃つわ」

マックはにやりとした。「撃たないね」

わたしには撃つ度胸がないと思ってるのね。マックが一歩前に踏みだすと、リリーは混乱して目を見開き、きびすを返して走りだした。芝生を半分も行かないうちに後ろからマックにのしかかられる。彼はリリーをつかんで反転し、自分の上に抱えこんで転倒の衝撃から守った。

彫刻が宙を舞い、地面に落ちて粉々に砕け散る。

リリーは抱きかかえられたまま顔をあげ、息をのんだ。

「なんてことをするの！」マックの胸を押し返して、残骸（ざんがい）に這（は）い寄る。彼はなにごともなかったかのように立ちあがると、破片のなかに転がっている容器に手をのばした。リリーは容器の存在に気づいてもいなかった。

「彫刻は偽物だ。大事なのはこっちさ」

マックは緑色の液体が入った小瓶を掲げた。彼が予想していたとおり、小瓶は頑丈なアクリル樹脂製の容器で厳重に保護されている。

リリーは地面に尻をついて小瓶を見つめた。「それはなんなの？」

「ウィルスだ」

彼女の眉間（みけん）にしわが寄る。「ウィルス？」

「そうだ。強烈な殺傷力がある。ふたを開けて吸いこんだら即死亡って類（たぐい）の代物だ」

リリーは眉をつりあげた。「ああ、あれ！　もれなくちびのエイリアンとセットになってるやつでしょ？」

「リリー、おれは真剣なんだ。茶化すのはよせ」

彼女は目を丸くして小瓶を見つめ、マックに視線を戻した。

「光ってるわ」

マックがうなずく。「ああ」

「なぜ？」

彼は肩をすくめた。「知るもんか。毒物だからだろう」

リリーはぶるっと身震いした。「マック、いったいなにをたくらんでるの？」

「なにもたくらんじゃいない」

「いずれにせよ、それは美術館のものよ。返しなさい」

「おれの話を聞いてたのか？　これは美術館のものじゃない。きみは事情がわかってないんだ。誰に雇われて、なにをしているのか知らないが、これはきみには関係ない」

「いまだに、なにがわたしのためになるか掌握ずみってわけ？」

マックが口を開きかけたとき、リリーが脚に飛びついてきた。彼はバランスを崩し、倒木さながらに引っくり返った。背中が地面に強く打ちつけられ、息が詰まる。こうくるとは思わなかった。どこでこんな動きを習ったんだ？

リリーがマックにのしかかり、小瓶に手をのばした。

まるで山猫だ。まだ息は苦しかったが、マックはくるりと反転して彼女を地面に押しつけた。

この体勢にはなじみがあるぞ。下半身だってよく覚えている。本能は〝危ないまねをせずにさっさとずらかれ〟と叫んでいたが、マックにはどうしても知りたいことがあった。


マックにのしかかられると、リリーのなかに昔の感情がよみがえってきた。もう！　十年前の仕打ちを憎んでいるのに、彼に抱かれたときの心地よさがこの体にしみついているらしい。いてもたってもいられないような興奮が体内を駆け抜け、秘密の泉に欲望の蜜がわきだす。彼に出し抜かれて腹をたてているのに、体は昔と同じ反応をしていた。

「どいて！」

「昔よりずっとタフになったんだな」マックのあたたかい吐息が頰にかかった。

リリーは深く息を吸いこんで気持ちを落ち着かせようとしたが、逆にかたい胸板に乳房を押しつける結果になってしまった。これでは深呼吸の意味がない。

「起こしてよ。息ができないわ」

マックに見つめられると、瞳の奥に吸いこまれてしまいそうな気がした。時間を飛び越え、彼とこういう体勢で体を触れあわせたときの記憶がよみがえってくる。あのときはふたりとも裸で、マックはわたしのなかにいた……。思いだすと、腿の付け根がしっとりと濡れてきた。

体がどう反応しようと、もう終わったことだわ！

「ここでなにをしている？」

「まず、わたしの上からどいて」

マックがため息をついて起きあがり、彼女に手をさしのべた。ところがリリーがその手をつかんで起きあがろうとした瞬間、銃声とともにすぐ先の芝生と泥が飛び散った。音の大きさからしてサイレンサーを使っているに違いない。マックはとっさにリリーに覆いかぶさり、弾の飛んできた方向へ向かって撃ち返した。

「頭をあげるな！」彼女をかばいながら叫ぶ。

リリーは息をとめた。誰が発砲してきたの？　わたしの銃はどこ？

「どいてよ！」いい加減にして！　元警官なんだから射撃のしかたくらい知ってるわ。マックがどいてくれさえすれば反撃できるのに。リリーはすばやく周囲を見まわした。拳銃はあとちょっとで手が届くところに転がっていた。だが、マックの体が重すぎて押しのけることができない。騎士道精神を発揮してる場合じゃないわ。わたしだって立派に戦える！

マックはリリーを解放するどころか、背中を抱き寄せて芝生の上を一緒に横転し、太い木の陰に転がりこんだ。それから彼女を木の陰に押しこみ、頭上を飛び交う弾丸から守ろうとする。

頭にきたわ！　今すぐ武器をちょうだい！

「放して！」リリーは叫んだ。

「けがするからじっとしてろ！」

押しのけようにもマックの体はその場に根が生えたかのようにびくともしない。リリーの力ではまるで歯がたたなかった。

「美術館の警備員なの？」

「いや、制服は着てない。黒ずくめだ」

まずい展開だ。わたしたちを攻撃しているのは誰だろう？　警備員たちはどうしたの？　まったく、役たたずのドーナツ・モンスターどもときたら！　銃声にひるんで机の下にでも逃げこんだに決まってる。

マックが発砲した。「ほかに誰か見えるか？」

リリーは首をのばして左右に目を走らせた。「いいえ。犯人はひとりよ」

マックは敵に照準を合わせて引き金を引いた。「命中したようだ。行くぞ！」

反論する間もなくマックに腕をつかまれた。彼は自分の体でかばうようにしながらリリーを引っぱって走りだす。銃声とともに足もとの土がはねあがった。これでは反論するどころか拳銃を拾いあげることもできない。

ふたりはマックのバイクまでたどりついた。「乗れ！」

今度はリリーも躊躇しなかった。この際、常識なんてかまっていられない。マックの後ろに飛び乗って腰にしがみつく。マックはエンジンを始動させ、猛烈な勢いで発進させた。絶え間ない銃声が地獄の番犬のように追いかけてくる。

そう、まさに地獄の番犬のように……。バイクが脇道に折れて市街地を抜けるまで、リリーは息をするのも忘れていた。そのまま数時間は逃げただろうが、マックからはなんの説明もない。彼女はショックのあまり、シカゴを遠く離れたことに気づくまで、動くことも、話すことも、どこへ向かっているのかを推測することすらできなかった。銃声がしないということは追っ手がいないということだろうが、バイクのバランスを崩すのが怖くて後ろを振り返ることもできない。

じきに道路が二車線に変わった。街灯がなくなり、道路脇の木々がしだいにうっそうとしてくる。すっかり気温がさがっており、寒くてたまらなかった。今やバイクは田舎道を走っていた。埃っぽい空気が新鮮な松のにおいに変わる。長時間座りっぱなしのため尻の感覚がなくなってきたころ、ようやくバイクは人気のないキャンプ場へ続く未舗装の道路へと入った。マックがやみくもに走っているのではないことを祈るしかない。

わたしにはここがどこなのか見当もつかないのだ。ついにバイクがとまったとき、リリーは安堵(あんど)のあまり叫びだしそうになった。マックがエンジンを切り、先におりるよう合図する。リリーはこわばった筋肉をほぐそうとかがみこんだ。マックも地面におりたち、サドルバッグから水のボトルをとりだしてごくごくと飲む。それからボトルをリリーのほうにほうり投げた。

リリーは夢中で水を飲み、喉の渇きを潤した。生き返った気分だ！

「大丈夫か？」マックが尋ねた。

「ええ。美術館で撃ってきたのは誰？」リリーはきき返した。

「さっぱりわからない。きみの知りあいかと思ってた」

彼女は肩をすくめた。「わたしには見当もつかないわ」美術館での記憶がよみがえり、マックをにらみつけた。「あなた、どうかしちゃったわけ？　あんなときにヒーローぶるなんて。ふたりとも殺されてたかもしれないのよ！」

リリーが詰め寄っても、マックは身じろぎもせずに見つめ返すだけで、ひと言も反論しなかった。いいわ。言いたいことなら山ほどあるんだから！「言っときますけど、私立探偵になる前の三年間は警察にいたのよ！　射撃のしかたくらい知ってるわ。それなのにあなたはわたしの手から銃をたたき落とした！　わたしだって加勢できたのに、あなたがヒーローぶってのしかかってきたものだから、銃に手が届かなかったじゃない！」

「きみが警官だったって？」マックが目を丸くする。

「わたしが話してるのはそんなことじゃなくて、守ってやると言わんばかりのあなたの態度のことよ！」

「きみが撃たれないようにと思ったんだ」

「守ってもらう必要なんかないわ」

リリーの怒りをものともせず、マックはジャケットのジッパーをさげてゆっくりと腕を引き抜いた。こちらの言うことなどまるで意に介していないようだ。

「ちょっと、聞いてるの？　わたしの言いたいことがわかった？　わたしは有能なのよ！　男の腕にぶらさがるばか女と一緒にしないで！　それにウィルスはどこ？」

マックがジャケットを脱いだとたん、リリーの目は、彼の腕についたどす黒いしみと、指先からしたたり落ちる血に釘(くぎ)づけになった。さっきまで感じていた怒りは、パニックと不安にとって代わった。

「ああ、マック！　撃たれたの？」リリーは彼に駆け寄ってシャツをまくりあげた。

「大丈夫だ」そう言いつつもマックは彼女に逆らわなかった。

「血が出てるわ」

「弾がかすっただけさ」

リリーの視線がきつくなる。「今度は医者気どり？　どうしてわかるのよ？」

マックは肩をすくめた。「撃たれるのは初めてじゃないからさ」

この答えにリリーは身震いした。「それ以上言わなくていいわ。シャツを脱いで」彼女はシャツを慎重にめくりあげて頭から引き抜いた。そして細心の注意を払いながら腕の傷から布地をはがす。

「明かりがいるわ」キャンプ場を見渡すと、そう遠くないところに灰色の煉瓦(れんが)でできた建物があった。電球がひとつさがっている。洗面所だ。「バイクに救急箱を積んでる？」

「ああ、左のサドルバッグに入ってる」

リリーはあわててバイクに駆け寄り、サドルバッグを引っかきまわして救急箱と懐中電灯をとりだした。そしてマックを洗面所へとせきたてる。照明のスイッチを入れると、天井からつりさげられた電球が薄暗い光を放った。幸いにも洗面台とペーパータオルがある。

「そこに座って」リリーはシャワーの脇に設置された木製のベンチを指さした。

「まったく、偉そうに」マックが顔をあげ、にやりと笑った。

リリーはからかいの言葉を無視してペーパータオルを湿らし、懐中電灯をつけて、彼の腕に光があたるよう洗面台の隅に置いた。傷のまわりの血をふきとり、けがの程度を確認する。

マックの言うとおり、弾丸は皮膚をかすっただけのようだった。傷口は七センチほどで、痛そうだが縫合しなければならないほどではない。幸い、肉はほとんどえぐれていなかった。リリーは消毒して患部を圧迫し、血がとまったところで化膿どめの軟膏を塗って包帯を巻いてやった。

マックの腕を流れ落ちる血を見たとたん全身を駆けめぐり始めたアドレナリンは、いつのまにかおさまっていた。むしろリリーは、血を見たときに動転した自分に面くらっていた。マック・キャンフィールドに対する感情はずいぶん前に断ち切ったと思っていたのに。彼に無関心ではいられないことを自覚しておくべきだった。彼女はため息をついた。

「じきによくなるわ」感情を押し殺して道具を片づけ、マックに向き直る。

「それはおれにもわかってたよ。でも、ありがとう」マックは立ちあがった。

「どういたしまして」

マックにはリリーが目の前にいることが信じられなかった。飛び交う弾丸をくぐり抜け、バイクの後ろに飛び乗ったかと思えば、反撃のチャンスを奪ったと言って怒鳴る女。

かつて知っていたリリー・ウエストとはまったくの別人だ。昔はやさしくて愛らしく、思わず守ってやりたくなるような女だった。目の前の女は外見こそ似ているものの、はるかに成熟しているし、あきれるほど打たれ強い。しかも妖艶だ。ローライズのジーンズとぴったりとしたポロシャツが豊かな胸と細いウエストを強調している。しかし、なんといっても違うのはその態度だ。

リリーは無言のままこちらを見つめていた。なにを話せばいいのだろう？　不意に彼女が唇をなめた。マックは、小さなピンク色の舌がふっくらとした下唇をなぞる様子を目で追った。

唇から視線をあげて目を合わせると、過去と現在が交差した。

くそっ、正真正銘のリリー・ウエストだ。マックは一歩足を踏みだした。彼女があとずさりして、壁に張りつく。だが、視線はそらさなかった。薄暗い洗面所のなかでも、その瞳に映る感情は読み違えようがなかった。彼女はおれと同じことを考えている。

十年前のこと。ふたりのあいだに燃えあがった情熱。そしてついさっき、何者かに銃撃されたことを。

ちくしょう！　マックは考えるよりも先に行動するタイプだった。リリーの頭の脇に手を突いて距離を詰め、自分の腕のなかに囲いこむ。

「腕が……」リリーは包帯に目をやってからマックに視線を戻した。

「大丈夫だ」

かすかに開いた唇からリリーの息づかいが聞こえてくる。呼吸は浅く速い。だが、彼女はマックを押しのけたりはしなかった。

「マック……」リリーがつぶやく。それが警告なのか誘いなのか、彼には判断がつかなかった。

彼女の口から拒絶の言葉が飛びだす前に、マックは顔を寄せて唇を奪った。

2

マックはリリーのため息を吸いとり、うめき声をあげた。

キスなどすべきでない理由は千も思い浮かぶが、片っ端から却下した。知ったことか！　おれはやりたいようにやる。リリーだってもう小娘じゃない。立派な大人の女だ。彼女が拒否しない限り、前進あるのみだ！

それにしても、なんて甘い唇だろう。リリーの唇は熱く濡れている。マックは体をずらし、けがをしていないほうの腕で彼女の背中を抱き寄せた。唇をなぞるようにして歯のあいだから舌を滑りこませ、ベルベットのように柔らかな舌を探りあてて、自分の舌と絡ませる。彼女は抗（あらが）わずに体をあずけてきた。

胸にリリーのあたたかなてのひらがあてがわれた。マックの理性はすでにどこかへ吹きとんでしまい、頭にあるのは彼女の服を脱がせることだけだった。腹部に手を這わせると、彼女の腹筋に緊張が走るのがわかった。彼はそのままリリーのポロシャツをたくしあげ、頭から引き抜いた。小さくてセクシーな黒いブラジャーからこぼれ落ちそうな乳房が現れる。ブラジャーの縁を手でなぞると、彼女の体が小さく震えた。

深く青い水をたたえたような瞳に驚きの色が浮かぶ。マックはいつだってこの瞳が好きだった。彼女の心の動きをそっくり映しだしているからだ。

頼むからなにも言わないでくれ。なにものにもこの行為を阻まれたくない。

リリーは言葉を発する代わりに、マックのベルトのバックルを引っぱってジーンズのボタンをはずした。ジッパーをおろしてなかに手を入れ、熱を発する高まりにひんやりとした指を絡ませる。マックの息づかいが荒くなった。

心地よい愛撫(あいぶ)に下腹部が脈打ち始め、砲身がそそりたつ。だが、それだけでは満足できない。もっとほしい。マックはリリーの首筋に顔をうずめ、肌の香りを吸いこみながら、鎖骨に舌を這わせた。

なつかしい味だ。血管に薬物を注ぎこまれたかのように興奮がわきあがってくる。体内で欲望が荒れ狂っているようだ。マックは彼女の体に手を這わせ、ジーンズのなかに指を滑りこませた。

あたりに女のにおいがたちこめた。男を強烈に引きつける芳香だ。マックはなつかしい蜜を舌でなめとりたいと思った。

なんてことだ！　今すぐ彼女のすべてがほしい。

「待って！　マック、やめて」

おれの体内ではモーターが高速回転し、エンジンがすっかりあたたまっているというのに、リリーは急ブレーキを踏もうとしている。

くそっ。マックは欲望を静め、彼女のジーンズから手を引き抜いた。体を離してリリーの瞳をのぞきこむ。その目は〝絶対にだめ〟と訴えていた。

「どうしたんだ？」

「こんなことできないわ。わたしには無理」リリーはこわばりから手を離し、乱れた服を整えた。

そうさ、いきりたったおれの一部がどんなに反論しようとも、リリーの言うことが正しい。マックはそそりたったものをジーンズに押しこんでジッパーをあげ、平常心をとり戻そうとした。腕のなかの山猫は、なぜ急にしっぽを巻いて逃げだしたんだろう？

だいたいおれの理性はどこへ行ったんだ？　リリーの姿を目にして、甘い香りを吸いこんだだけで、われを忘れて突進するとは。今は任務の最中だ。休暇じゃない。リリーの尻を追いかけて十年前の続きをしている暇などないのだ。リリーにききたいことは山ほどあった。たとえば、彼女は今なにをしていて、どうして美術館にいたのか？

「いいだろう。やめにしよう。抱きあうより話がしたいと言うのなら、質問がある。なぜ今夜、美術館にいたんだ？」

リリーがこちらに向き直った。さっきまで情熱に潤んでいた瞳は一転して冷たい光を放っている。「質問するのはわたしよ。あなたが答えるまで、なにひとつ教えるつもりはないわ」

肌と肌を触れあわせたのは夢だったのだろうか？　冷たい夜気が身にしみた。ひょっとしてこの冷気はリリーから来ているのかもしれない。今や彼女は氷の塊だ。「それならお互いに話すこともなさそうだ。こっちの事情を話すことはできないからな」

リリーは腕組みをした。「わたしだって」

事情を知らせずにリリーを拘束するのは難しいが、自分の属している組織やウィルスを盗んだ理由については口が裂けても言えない。つまり、泥棒と思わせておくしかないということだ。いやでもそうするしかない。

〈ワイルド・ライダーズ〉は秘密組織だ。存在することも知られてはならない。アメリカ政府ですら知らないのだから。そして、それは今後も変わらない。ということは、リリーに嘘をつかねばならないということだ。

十年前と同じように。彼女に関心などないし、愛してもいなければ顔も見たくないと嘘をついたときと同じように。

そうなれば十年前と同様、リリーはおれを憎むだろう。

リリーはマックが口を開くのを待った。美術館に侵入して盗みを働いたことについて、納得できる説明が聞きたかった。あのウィルスについても。このままではなにがなんだかわからない。

「それで?」

マックはしばらくこちらを見つめていたが、首を振って外へ出ていった。

だめ。今度は逃がしたりしないわ。リリーは彼のあとを追いかけた。

「昔は財布を盗んだり小銭をくすねる程度だったじゃない」バイクの反対側にまわりこむ。マックはサドルバッグから清潔なシャツを引っぱりだして身につけ、その上からジャケットをはおった。バイクの荷物をおろし始める。「盗みは卒業してほしかったのに。今はなにを盗んでいるの? 高級車? 美術品? それとも、銀行強盗でもしているのかしら?」

マックは答えなかった。大きな塊を地面に落とすと、ファイヤー・ピットに小枝を集めて火をおこす。それがすむと、さっきほうり投げた円筒形の物体を手にとってほどき始めた。

「なにしてるの?」

マックはしゃがんだままこちらを見あげた。「きみは賢かったよな? なにをしているように見える？」

周囲を見渡して合点がいった。キャンプ場ときたらテントだ。ああ、お願いだから勘弁して。「ここで夜を明かすのはごめんだわ」

「きみに選択肢はない。おれはどこへも送っていくつもりはないからな。きみが現れたときから、ほかにどうしようも……」

続きを待ったが、マックは黙ってしまった。「わたしが彫刻を盗む邪魔をしたって言いたいの？　それとも、〝ウィルスを盗む〟と言うべきかしら？　あの小瓶について話しましょう。どうして彫刻のなかに隠してあることがわかったの？　あれをどうするつもり？　報酬はいくらなの？　テロリストたちがあれをどうするのかわかってる？」

マックがテントの部品を置いて立ちあがり、こちらへ近づいてきた。彼がそばに来るだけで心が乱れる。この手で熱いこわばりをつかんでいたのは、ほんの数分前だ。マックのキスと愛撫によって、かつて彼に夢中になった理由がまざまざとよみがえった。マックはセクシーで奔放で刺激的で、未知の危険な冒険へと連れだしてくれる。十年前と違うのは、冒険がもはや小娘の空想ではないってこと。すべては現実に起こっている。

あそこで理性をとり戻して彼をとめなかったら、あっさりと同じ手口に引っかかり、体を許していただろう。わたしったら、十年前の経験からなにも学ばなかったのかしら？

マックはまなざしこそやさしかったが、声は冷たかった。「おれはたしかにウィルスを盗んだ。だが、その理由も、今後あれをどうするつもりかも教えることはできない。ただ、金儲けをするつもりはないし、ウィルスがテロリストの手に渡ることもないのは確かだ」

リリーはすっかり混乱していた。上司と依頼人に連絡しなくては。美術館側はウィルスの存在を知っていたのかしら？　ああ、どうして最初にバイクを見たとき警察に通報しなかったの？　すっかり泥沼にはまってしまった。

マックがこれまでなにをしてきたかはわかっている。わたしが小瓶の行き先を選ぶことができるなら、彼ではなく探偵事務所に引き渡すだろう。かつてはこそ泥で、今はプロの泥棒なんかに渡せるもんですか！

「そういうウィルスは高値で売れるんでしょう？」ウィルスを手にした人物がなにをするつもりなのかを想像して、リリーの体に震えが走った。化学兵器を研究している国はいくらでもあるし、テロリストだっている。可能性を考えだすときりがない。

「ウィルスをどうするつもりかは話せない。でも信じてくれ。悪用したりしない」

「わたしがそれを信じるとでも？」

マックは肩をすくめた。「信じなきゃいけない理由はないが、それでも信じてほしい」

あの表情は昔とちっとも変わらない。ストリートで身につけたタフさと少年っぽい魅力が混在している。ああ、わたしはこれに弱いのよ。でも、昔はだまされたかもしれないけど、今回はそうはいかないわ。それに、マックが盗んだのは壊滅的な威力を持つウィルスだ。過去にふたりがどういう関係だったとしても、見逃すわけにはいかない。リリーはバッグを拾いあげて携帯電話をとりだした。首に肩紐を通していたおかげで、もみあったときもバッグを落とさずにすんだ。そうでなければ拳銃もろともなくしていたところだ。

「悪いけど通報するわ。いくら信じろと言われても、ウィルスを見なかったふりなんてできない」

　探偵事務所の電話番号を押しかけたとき、マックが閃光のように動いて携帯電話を奪い、地面に落として踏みつぶした。リリーは唖然として電話の残骸を見つめた。泣きだしたいのか絞め殺してやりたいのかわからない。体の底からふつふつと怒りがわきあがってきたところを見ると、たぶんその両方だ。彼女は平静を装い、とり乱すまいとした。

「すまない。電話を使わせるわけにはいかないんだ。きみの依頼人や警察に連絡されるとまずい」

　必死に知恵を絞りながらリリーは言った。「美術館に押し入る前にそれを心配すべきだったんじゃない？」

「きみは誰の指示で動いてるんだ？」

「美術館の依頼で警備体制をチェックするはずだったわ。あなたに侵入された以上、もう確認するまでもないけど」

信じがたいことにマックがにやりとした。リリーは頭を振った。この人は泥棒としての自分の能力を誇りに思ってるんだわ。なにもできないことが歯がゆい。彼女はバイクの周囲を歩きまわることでいらだちを抑えようとした。彼のことをどれほど愛していたとしても、善良な一市民として、元警官として、法律は守らねばならない。マックは昔から法規など無視していた。昔はそれを魅力と勘違いしていたけれど、同じ轍を踏むつもりはないわ。

「おれは間違ったことはしていない」

「その根拠は?」こんなことを言ってるから美術館でもたついたのだ。さっさと通報すればよかった。直感みたいなものが働いて相手がマックであることを察知し、警察に引き渡すことを躊躇してしまった。今となってみれば通報すべきだったと後悔している。それでも信じろと言うのなら、なにか根拠になるものがほしい。

「根拠はない。でも、きみはおれがどういう男か知っているはずだ」

リリーは笑った。「ええ、知ってるわ。泥棒でしょ?」

「たしかに。でも、殺人ウィルスをテロリストに売りつけるような人間だと思うか?」

そうは思いたくないが、十年もたてば人は変わる。果たしてマックはそこまで変わったのだろうか？「わからないわ」

マックが手をのばし、指の関節でリリーの頰を撫でた。限りなくやさしいそのしぐさは悪人のイメージとそぐわなかった。だが、いつもこの手にだまされてきたのだ。彼はいつだって予測不能で、型にはまらない。それは彼の魅力のひとつでもある。しかもわたしは昔から、ほかの人にはわからないマックの内面を、うちに秘めたやさしさを見ることができた。そういう部分はまだ残っているのだろうか？

彼はわたしにけがをさせはしなかった。わたしを傷つけることもできたのに。もし悪人になりさがっていたのなら、わたしを撃つことも、囮として敵の前に置き去りにすることもいとわなかったのではないだろうか？　それなのにマックはわたしを連れて逃げた。身を挺して守ってくれた。

「目に見えるものだけを信じちゃだめだ。見た目と現実が異なる場合もある」

リリーはため息をついた。「それなら、あなたの行為が正しいという理由を説明して」マックを信じたかった。昔と違って、世のためになることをしているのだと。

「信念と直感にしたがうべきときがあるんだ。きみの心はなんて言ってる？」

「十年前は心の声にしたがって痛い目にあったわ」リリーは相手よりもむしろ自分自身に向かって言った。

「すまなかった」マックがこたえる。「謝りたいことがたくさんある。十年前のことも、今回のことも。だが過去は変えられないし、今夜、最悪のタイミングできみがあそこにいあわせたことも変えようがない。きみをおれのへまに巻きこんでしまった。だが、解放してやるわけにはいかないんだ。気に入らないのはわかってる。おれだってこんなことはしたくない。だが、ほかにどうしようもないんだ」

リリーは歩きまわるのをやめ、彼の言葉を心のなかで反芻した。「まさか拉致する気じゃないでしょうね？」

マックはテントのところへ戻ると組立作業を再開した。「きみをどうすべきかはまだ決めてない。今夜は誰ともでくわす予定じゃなかった……特にきみとはね。とにかく、このまま解放することはできないのは確かだ」

リリーは再びいらだってきた。もう少しでこの男と寝るところだったなんて！　いったいなにを考えていたのかしら？　おそらく、なにも考えてなかったんだわ。生贄の子羊さながらにバージンを捧げたときと同じ。あのときはバージンを捧げさえすれば、マックが目を覚ましてわたしの価値に気づいてくれると思っていた。

だけど彼は変わらなかった。バージンを奪っておきながら、わたしを捨てたのだ。あのころのわたしもばかだったけど、洗面所にいた数分前のわたしだって同じくらい愚かだわ。マックにかかると、どうしてばかな尻軽女になってしまうの？

「あなたと一緒に行動するつもりはないわ。本気で誘拐する気はないでしょう？」

マックは支柱を支えるロープを張り終えて立ちあがり、ジーンズで手をぬぐってからこちらへ戻ってきた。「リリー、きみに打ち明けられたらいいんだが。とにかく、おれは違法行為なんかに手を染めていない。だが、あのウィルスをどうするかは話せないし、きみを解放するわけにもいかない。きみはおれと一緒に来るしかないんだ」

リリーは思わず言い返しそうになったが、そんなことをしても無駄だと悟った。マックは明らかに嘘をついているし、違法行為にどっぷりつかっている。行動をともにすれば隙（すき）を見てウィルスをとり戻すことができるかもしれないが、ここで離れたらそのチャンスも消える。ウィルスを見逃すわけにはいかなかった。それに一緒にいれば、彼のたくらみを暴けるかもしれない。時機を待つほうが賢明だ。秘密を探りだし、ウィルスが誰かの手に渡る前に盗みだす――それでこの事件は解決だ。

それはマックの破滅をも意味していた。どうにか避けたい事態だが、今はそれについて考えるのはよそう。まずは彼に協力して信頼を得ないと。誘惑するのもいいかもしれない。

男なんてしょせん下半身で考える生き物だ。こっちがほしいものを手に入れるために女の魅力を利用してなにが悪いの？　わたしがほしいのは情報とウィルス、そして自由だ。それに、探偵事務所だって喜ぶだろう。いい宣伝になるもの。

自分がいまだにマックに引かれているのは洗面所での一件でよくわかった。壁に押しつけられ、愛撫とキスをされたとき、その先を予感して女の部分が打ち震えた。わたしはさらなる展開を期待していた。

マックは十年前、わたしを利用した。今度はわたしが利用する番よ。信頼させておいて、相手が油断した瞬間にウィルスを奪って消えてやる。

「リリー」その声に彼女はわれに返った。「こんなことになってすまない……」

リリーは肩をすくめ、無言で火のそばに腰をおろした。そう簡単にあきらめるもんですか。マックが隣に座り、焚き火に薪をくべた。炎が大きくなり、身を切るような冷気が少し和らぐ。激しさを増す風が寒さに拍車をかけていた。夏の訪れにはまだ早いこの季節、高地の夜はかなり寒くなるに違いない。

「あなたが星を見に連れていってくれたときのことを思いだすわ」リリーは夜空を見あげた。

マックがほほえむ。「きみは街から出るのが初めてだと言ってたな。あれには驚いた」

「だってわたしは都会で生まれ育ったんだもの。父はキャンプや山のぼりをするタイプじゃないし」

「あんまり長く空を見あげていたせいで、きみは首の筋を違えたんだっけ。ぽかんと口を開けたまま何時間も星を見ていたね」

「すごくきれいだったのよ。ちょうど今夜の空のように」ほろ苦い思い出が押し寄せてきた。マックのオープンカーから見あげた漆黒の夜空。星はあまりにも近く、手をのばせばつかめそうだった。あれほど美しい星空を見たのは初めてだった。今夜の空も同じくらい美しい。そして、隣にはあのときと同じ人がいる。わたしをどきどきさせてくれる唯一の男性が。

「それで、きみは警官だったって?」

リリーはうなずいた。

「いったい、どういういきさつで警官なんかになったんだい?」

その信じがたいという口調にリリーは口をとがらせた。「大学で犯罪捜査学を専攻したの。大学卒業後は警察学校へ進んだわ」

「弁護士になるのはやめたのか?」

「あれは父の希望であって、わたしの夢じゃないもの」

マックは頭を振った。「親父さんは激怒しただろうな」

「そりゃあひどかったわ」リリーは当時を思いだしてにやりとした。「もう援助しないと言って学費の支払いを拒んだの。お金でわたしをしたがわせようとしたのね。でも、そうはいかなかったわ。わたしは学資ローンを組んだの。なんとしても夢をかなえるつもりだったから。わたしがしっぽを巻いて逃げ帰りそうもないとわかると、父も譲歩して学費を払ってくれたわ」両手を見つめる。「でも、それでうまくいったわけじゃなかったの」

「なぜ？」

「警察には三年いたんだけど、わたしが現場に出られないよう父が手をまわしたのよ。親の庇護下に置かれるのにはうんざりだった。上司に直訴しても、まわってくるのは書類整理ばかり。だから警察をやめたの」

「それで今は私立探偵ってわけか？」

「そうよ」

「どうしてシカゴへ？」

「ダラスではどこも雇ってくれなかったから。あの街は父の影響力が強すぎるわ。だからシカゴへ来たの。いちいち干渉されずに仕事ができるようにね」

「自分の探偵事務所をたちあげたのか？」

「それはまだよ。誰かの下で働いているほうが父もほっといてくれるみたいだから。買収されそうにない事務所を探したのよ。いつかは自分の事務所を持つかもしれないけど、どうなることやら」

「今の仕事が好きかい？」

リリーはマックのほうをちらりと見た。「正直言って好きよ。とっても」

「てっきり親父さんの会社の弁護士にでもなるんだと思ってたよ」

「それは父の望み。そんなの〝くそくらえ〟だわ」

「親父さんには相変わらず厳しいな」

癪にさわることばかりする父のことを思い浮かべ、リリーはつんと顎をあげた。「自業自得よ」

「まったくだ」マックが丸太の上で座り直す。「きみはみごとにおれの予想を裏切ってくれたよ」

〝あなたに捨てられても、へこたれたりしなかったでしょ？〟そう言い返したかったが、リリーは黙っておいた。そんなことを言っても未練がましく聞こえるだけだ。だが、ふたりが別れていなかったら、マックがわたしたちの関係にチャンスを与えてくれたら、今ごろどうなっていただろうと思わずにいられなかった。

「わたしは自分の理想どおりの人生を手に入れた」ある意味ね。「思うとおりに生きてきたわ。十年前にあなたがどういう選択をしようとも、わたしの信念を阻むことはできなかったのよ」あら、言っちゃった。

「そうだな。十年前、きみはワイルドに生きてみたいって言ってた。それは実現したかい？」

どうかしら？　生き方を変え、仕事を変え、それなりにリスクも引き受けた。でも、はめをはずしたことはない。「ワイルドな生き方はしてないかも……」

「じゃあ、今、試してみるってのはどうだ?」

リリーはマックの目をのぞきこみ、真意を見きわめようとした。それってウィルスを運ぶことを意味しているのかしら? それともまったく別のこと? セックスのことなの? 昔の続きを……以前はできなかったことをしようと言ってるの? ふたりの関係はあまりにもあっけなく幕を閉じたから?

危険な男、マック・キャンフィールドを味見するチャンスかもしれない。生身のマックを。私立探偵を続けるのなら、一時的な関係でしかないだろうけど……。

彼は泥棒かもしれないし、この件が片づいたら刑務所送りになるかもしれない。それでもリリーは十年前に手に入れられなかったものを欲する気持ちを抑えきれなかった。

これまでとは違う経験や生活をしてみたい。マックのハーレーの後ろに乗って、彼とともにワイルドに生きてみたい。

そうすれば事件の謎(なぞ)も解ける。違法行為を見逃すわけではない。なにをためらう必要があるの? 仕事だと割りきって感情をさし挟まなければ、うまく対処できるはずよ。

マックの暗い瞳に映しだされるひとつの未来に、リリーの体がほてった。

「どうする、リリー? おれと一緒に来ないか?」

「そんなばかげたこと――」彼女は首を振った。

「以前のきみは冒険が大好きだったじゃないか?」

マックはけしかけているのだ。「あのときのわたしはもういないわ」

「おじけづくなよ。考えずに行動してみるんだ」

リリーは顔をあげた。マックを見るだけで、信じられないほど体が熱くなる。

彼女はうなずいた。「いいわ。あなたと行く。ワイルドに生きてみようじゃない」

3

マックはリリーの心変わりをこれっぽっちも信じていなかった。なにか魂胆があるに違いない。おれを油断させてウィルスを盗み、依頼人のもとへ返すつもりだろう。もちろん、そういうことならこちらの任務とはまっこうから対立する。

おれを泥棒呼ばわりしたうえに、まぬけ扱いするつもりか？　だが、あの美しい顔の裏でなにをたくらんでいるにせよ、逆らわずについてこさせることさえできれば、ほかは対処できるだろう。

マックは薪（たきぎ）を拾ってくると言い残してうっそうとした森に分け入り、リリーから十分な距離をとった。この電話は彼女に聞かれてはまずい。マックはグレーンジと連絡をとる必要があった。

〈ワイルド・ライダーズ〉を束ねるグレーンジ・リー大将は忍耐強い男ではない。しかもすでに報告の時間は過ぎている。ここ数時間のあいだに何度も携帯電話が振動したが、リリーの手前、出ることができなかったのだ。

グレーンジは一回目の呼びだし音で電話に出た。

「なぜこんなに時間をくった？」

「ちょっと面倒なことに巻きこまれました」控えめな表現だ。本当はかなり厄介なことになっている。マックはグレーンジに美術館であったことを説明した。狙撃（そげき）されたこと、リリーと遭遇したこと、彼女が昔の知りあいであること。リリーが元警官で、今は私立探偵であることも忘れずに付け加えた。

「なんてことだ。簡単な案件（ヤマ）のはずだったのに」

「たしかにそうおっしゃってましたね」

「狙撃犯に心あたりは？」

「ありません。ねらいはウィルスでしょうが、いったい誰が？」

「それがわかれば苦労しないな。リリーとかいう女はどうなんだ？　ウィルスにかかわっている可能性は？　その女がクロだと思わないか？」

マックはグレーンジの推測を笑いとばした。「リリーが？　それはあり得ません」別れて十年になるが、彼女がそこまで豹変（ひょうへん）したとは思えない。

「状況を考慮すると、おまえのとった行動がベストだな。その女が多少なりともこの件について知ってしまったことは気に入らんが……。女から絶対に目を離すな。ウィルスを運び終えるまでは監視下に置いておくんだ。もし女が狙撃に関係しているとすれば、任務の邪魔になる。そうでなかったとしても、警察に駆けこまれたり、探偵事務所や依頼人に下手に情報をもらされたりするとまずい。拘束しておけ」

「そのつもりです」だが、リリーを連れ、人目を避けて移動するとなると、かなり面倒だ。不可能ではないにしろ、難しい。

「女から目を離さないようにして、二、三日行程をのばせ。受け渡しの場所や時間を悟られないよう、あちこち寄り道するんだ。受け渡しが終わったら、女はどこかへ置き去りにすればいい。ウィルスを運び終わるまで、事務所や依頼人と連絡をとらせるなよ。どうにかして狙撃犯を特定しなきゃならんな。ウィルスをねらっている連中をいぶりだしたい。こちらもできる限り調べてみよう」

「お願いします」

「連絡を絶つなよ。支援が必要なときは遠慮なく言え」

「了解です」マックは電話を切り、薪を集めてテントへ戻った。

リリーに隠しごとをするのは気が進まなかった。特にこの件については。この十年で自分がいかに変わったかを知ってほしい。だが、グレーンジや仲間を裏切るわけにはいかなかった。〈ワイルド・ライダーズ〉の存在を守るためには口をつぐんでいるしかないのだ。マックはあきらめのため息をつくと、藪を抜けてキャンプ場へ戻った。リリーは焚き火のそばの丸太に腰をおろして寒さに身を震わせていた。

今夜は冷えそうだ。明日はどこかで衣類と物資を調達しよう。それに今後もバイクで移動するなら、後部座席のシートを交換してやらないといけない。

焚き火のそばへ近寄ると、リリーが振り向いた。「ずいぶんかかったのね。あら？鹿をしとめてくるんじゃなかったの？」

マックはにやりとした。「ライフルを忘れたんだ。ごめんよ。ジャケットのポケットにチーズとクラッカーが入ってる。今夜はそれで我慢してくれ」

「ごちそうだわ」

ふたりは燃えさかる火のそばに座って食事をすませた。火の勢いに負けじと風が吹きすさぶ。リリーは防寒着を持っていなかった。「テントに入ろう。外は冷える」

リリーは自分の体を抱きかかえるようにしてうなずいた。「そうしましょう。凍えそうだわ」

ふたりは小さなテントにもぐりこんだ。本来はひとり用なので、かなり手狭だ。毛布も一枚しかない。マックはよけいなものは持たない主義だ。テントに客を招くことなど想定していなかった。だが、リリーは小柄だからなんとかなるだろう。恐ろしく窮屈だが、これでしのぐしかない。

マックは革のジャケットを脱ぎ、小瓶と携帯電話をリリーに見つからないところに隠した。「これを着るんだ」彼女の肩にジャケットをかけてやる。

「あなたが凍えちゃうわ」

テントのなかは暗く、リリーの表情を読みとることはできなかった。どうにかして彼女の顔が見たい。あの瞳を見ることができれば、考えていることもわかるのに。「おれは平気だ。寒いんだろう？　震えてるじゃないか」

リリーがジャケットを引き寄せる。マックは彼女の脚に毛布をかけてやった。それから、自分は凍えるのを覚悟でひんやりとしたキャンバス地に身を横たえる。大丈夫、これよりひどい経験をしたこともあるのだから。

あたりは静まり返っていた。森から聞こえる物音と、焚き火のはぜる音だけが響いている。マックはリリーの息づかいに耳を澄ませた。もう寝てしまったのだろうか？　なにか不快な思いをしていないだろうか？　かなり長いあいだ動く気配がなかったので寝たのだろうと思ったころ、彼女のため息が聞こえた。なにか言うのを待ってみたが、彼女は黙ったままだ。

無理もない。この寒さに加え、地面の上は快適とは言いがたい。睡眠に適した環境ではないが、今はこれ以上どうすることもできなかった。明日はもっとあたたかい場所に泊まるとしても、今夜は手っとり早く人目を避けられる場所が必要だった。尾行されているかどうかを確かめねばならないのだ。そのためには野外のほうが都合がいい。聴覚がとぎ澄まされて、車の音や足音がよく聞こえるので、忍び寄る者がいてもすぐにわかる。

マックは目を閉じ、今後の行程について考えをめぐらした。交通量の多い道は避けよう。明日はバイク屋に寄ってシートを交換し、どこかでリリーの着替えを購入しないといけない。そのあとは幹線道路は極力使わないようにする。田舎道なら空気もきれいで走りやすいし、どのみちバイクで幹線道路を走るのは嫌いだ。ウィルスがこちらの手にある以上、狙撃してきたやつはどこかで網を張っているに違いない。つまり、人目の少ない道を進んだほうが安全なのだ。

リリーがもぞもぞと身動きしてすり寄ってきたので、マックはびくっとした。

「なにしてるんだ?」

「動かないで」

リリーはあろうことかマックの上にのり、ふたりの体をすっぽりと毛布で覆った。急にぬくもりに包まれる。

「なにしてるんだ?」マックは繰り返した。

「ふたりして凍えることないでしょ?」リリーがこちらを見ながら低い声で答える。

「あなたは撃たれてけがをしてるんだし、あたたかくしてなきゃだめよ」

「肩なんて痛みもしないよ」

「だからなに？　あなたが寒い思いをしていると知りながら、あなたのジャケットと一枚しかない毛布をひとりじめして眠れると思う？」

「そんなことを言って小瓶を捜してるんだろう？　もしくは携帯とか？」または拳銃かも……。

「わたしを信用してないのね」リリーの声にショックの色がにじんだ。

「まさか」

「そんなもの捜してないわ。あなたが凍えないようにと思っただけよ」

そんな言葉を信じるものか。寒気はとっくに吹きとんだ。乳房を押しあてられ、腰をこすりつけられているのに寒いわけがない。下半身が急速に熱を帯びてきた。「いいアイディアとは思えないね」

「肩が痛むの？」

「いや。痛くないって言っただろ？　もう、おれは十分あたたまったよ」

「わたしもよ。このほうが気持ちいいわ。さっきよりあたたかいもの」

これ以上もぞもぞされたら引き返すことができなくなってしまう。リリーはおれを苦しめようとしているのか？　だったら大成功だ。とはいえ、リリーのねらいは小瓶と携帯電話だという疑念を振り払うことはできなかった。こんなことをしても無駄だ。どちらも手が届かない場所に隠してあるのだから、おれの上にのしかかってきたって見つかりはしない。だが、あたたかくて豊満な体をこすりつけられていると、頭がまともに働かなくなってきた。おれを混乱させるつもりだな。これじゃあ、彼女の思うつぼだ。ちくしょう。リリーの魅力には抵抗できたためしがない。

「リリー、火遊びは危険だぞ」

暗さに目が慣れてきた。テントにさしこむ月明かりのなかで、リリーが眉をつりあげるのがわかる。「火遊びなんかじゃないわ。外は寒いんだもの。生き残るための知恵よ」

マックは口をすぼめた。「北極じゃあるまいし」

リリーは肩をすくめ、両手を広げてみせた。小瓶を捜していることはお見通しみたいね。「冷え性だから体をあたためたいだけ。単なる生存本能よ。拒んだりしないでしょ?」

今のところ拒絶するつもりはなかった。だがこのまま続ければ、リリーは予想外のものを手に入れることになる。マックはすでに自制心を失いかけていた。柔らかな髪が頬を撫で、吐息が首にかかる。彼はリリーの背中を抱き寄せ、さらに体を密着させた。手を滑らせてヒップをつかみ、やさしくもむようにして彼女の反応を確かめる。リリーは息を吸いこんで体をかたくした。

小瓶も携帯電話もないとわかれば身を引くだろうと思ったが、マックはヒップに置いた手を動かさなかった。ふたつの丘をつかんで起立したものに引き寄せ、彼女の行為が引き起こした反応を確かめさせる。

ところがリリーは予想に反してマックの肩に顔をうずめ、うめき声をあげながら勃起した部分に腰をこすりつけてきた。

「マック」彼女の口からため息がもれる。

撤退するどころか突進してくるとは！　次はどうする？　ちっぽけなテントで服を脱ぐなんて無理だ。リリーを抱くっていうのか？　やめておいたほうがいい理由は山ほどある。だが、おれは彼女に借りがある。とても大きな借りが。そしておれは、どうすれば彼女がリラックスできるか知っている。一連の騒動で気を張りっぱなしだったのだろう、体じゅうの筋肉ががちがちだ。それはおれだって同じだが、この際、自分のことはどうでもいい。大事なのはリリー、おれの体に馬乗りになって、ジーンズに包まれた熱い部分を怒張したものにこすりつけている女のことだけだ。ああ、彼女が本当にほしがっているものを与えてやりたい。

だが、それは今夜じゃない。こんな場所じゃだめだ。

「ベイビー、いい子だ」マックはリリーの耳もとにささやきかけた。「こすりつけてごらん。気持ちいいかい？」

「ええ」リリーはマックの首筋に顔をうずめたまま、くぐもった声を出した。前のめりになって、シャツにしがみついてくる。

おれの体をじかに感じたいんだな。マックは体のあいだに手をさし入れてリリーのジーンズを探った。手早くボタンをはずしてジッパーをおろす。さすがは泥棒、潜入はお手のものだった。中身をとりだすのだって得意だ。マックは一気にジーンズを引きおろしてリリーのヒップを解放し、腿までむきだしにした。

ああ、このポロシャツさえなければシルクのようになめらかな肌を味わうことができるのに、我慢しなければならないとは！

「おれにこすりつけてごらん。自分でいくんだ」

リリーはけげんそうに顔をあげてこちらを見た。「あなたはほしくないの？」

マックはにやりと笑い、顔にかかった髪を耳にかけてやった。「死ぬほどほしいさ。だが、今はまずい。こんなちっぽけなテントじゃ転がりまわるスペースがないだろ？とにかく今はきみを楽しませてやりたいんだ。おれはきみの声を聞き、きみが達するのを感じるだけでいい。さあ、やってごらん」

リリーの瞳は生気にあふれていた。本当はおれがほしいくせに、おれの言うことを信じていいものかどうか迷っている。彼女に無理な要求ばかりして、こうも無防備な状況に追いやったのはおれだ。またしても彼女にリスクを背負わせてしまった。だが、歓び（よろこび）はすべて彼女のものなのだ。リリーは解放を必要としている。凝りかたまった筋肉をほぐしてやらないといけない。

「おれのためにいってくれ」マックはささやいた。「きみを歓ばせたい」

リリーはしばらくのあいだマックの両脇に手を突いて体を支えたままじっとしていたが、ついに前のめりになってジーンズに熱くなった場所をこすりつけてきた。そそりたった部分がずきずきと脈打ち、抗議の声をあげる。

わかった、わかった。いくらでも文句を言えばいい。だが、リリーを組み敷くつもりはない。今、ここではだめだ。まだふたりの過去や複雑に交差する感情に向きあう準備はできていない。それに、この生き生きした瞳やわずかに開いた唇、こわばりにクリトリスをこすりつけて息をのむ様子を眺めているだけで、天にものぼる心地になれる。

「気持ちいいか?」

「ええ、とても」柔らかなささやきを聞いて、マックの下半身はさらにかたくなった。

少なくともこれで寒さの心配はなくなった。そそりたった部分は熱を帯びて痛いほどだ。ほてった体をこすりつけられると、全身が焼け焦げてしまいそうだった。あたたかいなどという領域はとうに飛びこえ、リリーという炎にすっぽりとのみこまれている。

マックは腰をつきあげて下半身同士を密着させた。リリーがうめき声をあげる。

「マック」

リリーの口から自分の名前がもれると体に震えが走った。マックはそれにこたえるように彼女のヒップをつかんで、はりつめたものにこすりつけた。彼女のパンティはすっかり濡れそぼり、ジーンズにまで甘い蜜がしみこんでいる。マックの頭のなかは、花唇に指を滑りこませて、まとわりついてくる花びらを感じたいという思いでいっぱいだった。指で彼女をいかせたい。とろけそうなひだの奥におれの指をくわえこみ、もだえる彼女を感じたい。叫び声をあげながら、おれのこわばりを蜜で濡らす彼女が見たい。

だったら、なぜそうしない？　お門違いの騎士道精神からか？　いつから、そんな苦行に耐えることにした？　マックは必死で本能と闘った。

リリーの息づかいが荒くなり、屹立したものに加えられる刺激が強まると、マックの苦悶はさらに増した。

「マック、いきそうよ」

「わかってる」マックはリリーのヒップをつかんで強く引き寄せた。彼女は思いつめたような表情をして下唇を噛みしめている。クライマックスが近づき、荒い呼吸の合間に小さなうめき声がまじり始めた。

「だめ、いっちゃうわ」

リリーは今や息も絶え絶えだった。マックも歯をくいしばった。ああ、こんなふうに動かれると、どうにかなってしまう。熱く潤った秘所を押しあてられて爆発してしまいそうだ。もはや自分を抑えるのは不可能に近かったが、マックは歯を噛みしめてこらえた。彼の体の上でリリーが身をのけぞらして叫び、ぐったりと崩れ落ちた。

リリーはオーガズムに貫かれ、体を震わせて荒い息をつきながら、彼の肩に顔をうずめている。リリーが浸っている甘いけだるさを想像しながら、マックは彼女の体を抱きしめて落ち着くのを待った。目を閉じ、自分の上で絶頂に達したリリーの悩ましげな表情を思い浮かべる。

下腹部はまだずきずきと脈打っていた。

リリーがもぞもぞとジーンズを引きあげ、マックを見あげた。髪が乱れ、唇はかすかに開いている。その姿は信じられないほど美しかった。月明かりに照らされたリリーは、まるで空から降ってきたワイルドな天使だ。

いや、おれの魂を盗みに来た悪女と言うべきか……。

リリーがジーンズのバックルを探ろうとすると、マックはその手を押しとどめた。

「いいんだ」

彼女は眉をひそめた。「わたしにもさせて」そう言って、そそりたつ部分に視線を落とす。

「おれの注意をそらして小瓶を捜すつもりか?」

リリーは皮肉っぽい笑みを浮かべて首を振った。「違うわ。気持ちよくしてあげたいだけよ」

その答えを聞いてマックの体は震えた。心引かれる申し出だが、断るべきだ。意識をはっきり保っておく必要がある。今夜はすでに一度、理性を失っているのだから。

「おれは大丈夫だ。気持ちだけもらっておく。一緒に少し眠ろう」

「大丈夫じゃないでしょう？　こんなにかたくなってるくせに」

リリーは本気で誘惑している。ああ、誘いに身をゆだねることができたらどんなに楽だろう。「リリー、おれがどれほどきみを抱きたいかはわかってるはずだ。だが、このテントは狭すぎる。今夜はきみを楽しませてやりたかっただけだ。さあ、体から力を抜くんだ。また次の機会がある。眠ろう」

リリーは顔をしかめたが、反論しなかった。隣に寝転んでジャケットと毛布でふたりの体を覆い、ぴったり寄り添って深く息をついた。

よし。少しは緊張がほぐれたようだな。正直なところ、彼女がこちらの言うことを素直に聞くとは思っていなかった。まったく驚かされてばかりだ。昔のリリーがどんな女性であったにせよ、今夜、出会った人物は別人だ。十年前のリリーなら、自分で下半身をこすりつけながらクライマックスに達したりはしない。彼女の奔放さにマックはたじろいでいた。

しかし、今のリリーについておれがなにを知っているというんだ？　かつての内気なバージンと混同してはいけない。あのときの娘はもういないのだから。隣に寝ているのは気が強くてセクシーな、警官あがりの探偵だ。おれを泥棒だと決めつけ、警察に突きだそうとしている女。ウィルスを奪おうとしている女。

マックはリリーに目をやった。彼女の本心を知りたかった。本音で話したかった。だが、そのためには秘密を打ち明けねばならない。いずれにせよ、今は不可能だ。もしかすると、この先も無理なのかもしれない……。

リリーの息づかいが深く、穏やかになった。どうやら寝入ったようだ。オーガズムがよかったのだろう。鬱積（うっせき）した欲望は解き放たれる必要があった。それは自分も同じだが、ほしいものが手に入らないのは今に始まったことではない。今夜、おれが切望していたのはリリー。そして、これまでもずっとそうだった。

たしか我慢は人を成長させるはずだ。

少なくとも、今夜眠れないことは確かだった。

リリーは翌朝早く目を覚ました。彼女はマックの体に半分覆いかぶさるようにして寝ていた。寒さで体が痛むうえに、昨夜の行為を思いだすとひどく腹がたった。

ウィルスと携帯、あわよくば拳銃も手に入れようと思ったのに、つかんだのはオーガズムだけ。小瓶も携帯も拳銃もない。そして、いまだにとらわれの身なのだ。

たしかに最高のクライマックスだったけれど、自分を拘束している男の腕のなかで眠りに落ち、目が覚めてもその男の腕のなかにいるなんて。

まったくあんたはたいした探偵だわ。みごとな腕前よ、リリー。

奇妙なことに、昨日の行為を恥じる気持ちはなかった。わたしの必要としているものをマックがさしだしてくれただけ。受けとっていけない理由はない。緊張で高ぶった体は、究極のオーガズムを切望していた。究極かどうかはともかく、気持ちよかったことは間違いない。

マックの太いこわばりをうずめてもらうことはできなかったけれど、いちばんほしいものがいつも手に入るわけじゃない。

だいいち過去を掘り返す気はないし。でも、肉体関係に限定するなら……楽しんだって悪くないでしょ？　大人の男女が同意に基づいて関係を結ぶのだから。わたしはもう世間知らずの小娘じゃない。最後の駆け引きからだいぶ成長した。今ならマックにだって対処できる。それに、マックとともに歩む未来などないこともわかっている。それなら、十年前に利用されたように彼を利用してどこが悪いのだろう？　ベッドでの彼は最高だ。キスも愛撫も極上級、マックほど強烈なオーガズムを与えてくれる相手はいない。昨日だってすごく気持ちよかった。わたしが馬乗りになって彼にクリトリスをこすりつけているあいだ、彼は横たわっていただけだというのに。

昨日のことを思いだすと全身が燃えあがった。ああ、もっとほしい。

でも今はだめだ。作戦を練らないといけない。少しマックをじらして、おあずけをくらわせてやろう。そうなるとわたしもおあずけをくらうことになるけれど……。

「朝からなんだか難しい顔をしているな」

リリーは顔をあげ、陰りのある魅惑的な目をのぞきこんだ。「あら、普通よ」

「よく眠れたかい？」

「死んだように寝てたわ。オーガズムのおかげね」

「光栄だ」

リリーはにこっと笑った。「わたしだけいい思いをしてごめんなさい」

マックがほほえみ返す。ふたりはテントから這いだした。リリーは洗面所へ直行したが、ふと着替えがないことに気づいた。歯ブラシはもちろん、ヘアブラシすらない。しかたがないので水で口をゆすぐ。顔をあげて薄汚れた鏡をのぞくと、化粧が崩れて目の縁が黒ずんでいた。リリーは顔をしかめた。どこかで買い物することをマックが許してくれるといいのだけれど。それにしてもあの人、小瓶と携帯をどこへ隠したんだろう？ なんとかして見つけださなきゃ。

リリーが洗面所から出るころには、テントは撤収されていた。

「マック、いくつか買わなきゃならないものがあるの」

「ああ、わかってる」マックは振り向きもせずに言った。「女はいろいろ顔に塗りたくるものがいるんだろ？　バイクのシートも変えないといけないんだ。あのちっぽけなシートじゃ女の尻はおさまらないし、これから数日かけてかなりの距離を移動するんだから」

顔に塗りたくる、ですって？　リリーは笑みをもらした。それに新しいシートに、かなりの距離？　「どのくらい移動するの？」

「それは言えない」マックは折りたたんだテントを袋に押しこみ、立ちあがってこちらを向いた。「景色のよさは保証つきだ。きっと楽しめるさ」

リリーはくるりと目をまわし、バイクへ向かうマックのあとを追った。景色ねえ。まあ、少なくとも手がかりにはなりそうだ。

荷づくりがすむと、マックは自分のジャケットをリリーに投げ、はおるように言った。

「あなただってこれがないと困るでしょ？　前に乗るんだもの」

「きみのジャケットを買うまでのあいだくらい我慢するさ」彼がバイクにまたがってこちらを見る。「さあ、乗った、乗った。今日は忙しいんだ」

リリーはあきらめのため息とともにハーレーにまたがり、マックの腰に腕をまわしてぎゅっとしがみついた。バイクはキャンプ場をあとにしてぐんぐんとスピードをあげていく。最初に、家族経営の小さな食堂（ダイナー）に立ち寄り、濃くて香り高いコーヒーを飲んだ。ロールパンは多少ぱさついていたものの、昨夜からまともな食事をしていない胃には十分おいしく感じられた。食事が終わると、マックはすぐにバイクを走らせた。

早朝の冷たい風を受けながら、リリーはふと気づいた。これまでもバイクで短い距離を移動したことはあったが、本格的な遠乗りをしたのは昨夜のスリリングなドライブが初めてだ。あのときは本能の叫ぶまま、ごく自然にハーレーの後部座席に飛び乗っていた。

だが、いざ太陽の下で右へ左へとカーブを疾走するマックを見ていると恐怖がこみあげてきた。後部座席はいかにも添え物といったつくりで、お尻がはみだしてしまう。背もたれもないため、前傾姿勢で彼にしがみついていないと振り落とされそうだった。

ゆうべはこんなことに気づきもしなかったなんて。びしびしと空を裂く銃声に、そこまで考えている余裕がなかったのね。絶体絶命のピンチを脱して周囲が見えてくると、バイクに乗るというのはどちらかと言えばぞっとする行為に思えた。〝危ない香りを漂わせた男のバイクに乗り、髪を風になびかせて、エンジンのうなりとともに疾走する〟なんてロマンティックなものじゃない。

危険な男のバイクに乗っていることは間違いないけれど……。リリーの妄想の中心はいつもマックとハーレーだった。この瞬間、わたしは念願かなって彼と一緒にバイクに乗っている。

そうね、そう思えば悪くないかも。たしかに髪は風になびいてるし、まるで飛んでるみたいじゃない？　あまり悲観的にならずにいい面を見れば、むしろ思いっきり開放的な気分と言ってもいいんじゃないだろうか？　足もとから伝わってくるバイクの振動とうなりはひどく刺激的だった。マックの背中に胸を押しあて、腿を密着させているのは……最高だわ！

だが、その興奮も一時間ほどで冷め、しだいに休憩が待ち遠しくなってきた。お尻が痛い。新しいシートを買ってくれるらしいけれど、どうかクッションがきいていますように。

二時間が過ぎると、リリーはバイクから飛びおりたくなった。体じゅうがおろしてくれと叫んでいる。背中の筋肉はがちがちで、お尻の感覚はなくなり、腿のあいだの敏感な場所は……もう限界だった。

ありがたいことに、マックはほどなくしてバイク専門店の駐車場へと乗り入れた。リリーは凝った筋肉をのばし、腿のあいだのずきずきする部分をさすりたいのをこらえて彼のあとにしたがった。

マックが新しいシートを購入するあいだ、カウンターの脇で待つ。続いて彼について衣料品売り場へ移動し、ジャケットを試着してみた。

「重たいのね」

「転倒したときのために肘と肩にパッドが入ってるんだ」

リリーは眉をつりあげた。「転倒したりするわけ？」

マックがにやりとした。「まさか。だが、保護されているほうが安心だろ。しかもこれを着ていれば寒くない。じき夏になるとはいえ、バイクは車よりも寒いからね。夜は冷えるし」

リリーはうなずいた。

「脚を保護するためのチャップスとブーツもいるな」

彼女は足もとを見た。「靴ならあるわ」

「その靴だとマフラーの熱で靴底がとける。ブーツが必要だ」

リリーはくるりと目をまわし、必要な装具を選ぶマックのあとをおとなしくついてまわった。チャップスにブーツ、ヘルメット、手袋、そしてゴーグルを選び、パッドの入った革のジャケットと一緒に購入する。彼が選んでくれたブーツはたしかに丈夫そうだった。彼女は満足げな様子のマックと連れだって店を出た。

「前のシートはどうするの？」駐車場でシートを交換し始めたマックに尋ねる。

「ここに置いていく。どうしようもないからな。用がすんだら……また交換するさ」

用がすんだらって？　わたしをどこかへ置き去りにしたあとってこと？　もとのシートを手放さなければならないことを申し訳なく思っていたリリーは、たちまち気持ちを切り替えた。わたしが一緒に来たいと言ったわけじゃないわ。シートを捨てることになったからって、責任を感じる必要はない。

新しいシートは分厚くて弾力がありそうだ。マックは女性仕様だと言いながら、背もたれまでとりつけてくれた。やった！

「これで女でも乗れる。前よりだいぶましになったはずだ」

「女性のヒップに対応するクッションと、女性仕様の背もたれってわけね」

マックがにやりとする。「そうさ。バイク乗りの女（バイカー・ベイビー）になるなら、ツーリングを楽しまなきゃな」

バイカー・ベイビー。キュートですてきな言葉だわ。マックと知りあってもう何年にもなる。彼はいつだってバイクを持っていたが、乗せてくれたことは一度もなかった。それどころか、いつもわたしを遠ざけようとした。わたしは一緒にいたいと言ったのに。あのころのわたしときたら、しつこくまつわりつく子犬みたいだった。

失敗から学ばないと。あのときだって、向こうへ行けと言われた時点でさっさと家に帰ればよかったのよ。そうしたら今ごろどうなっていたかしら？

マックがいなければ、父に言われるまま大学へ進学して、法律を学んでいたかもしれない。自分がなにをしたいかなんて考えもせずに。

傷つきはしたけれど、マックがいたからこそ自分自身を見つめ直し、親に敷かれたレールを拒否して自分の人生を生きることができた。自分の生き方を確立できた。これで自分の心を守るすべさえ知っていたなら、マックとの関係もましな終わり方をしていたかもしれない。

いいえ、それはないだろう。わたしは悪い男に心を奪われる運命だった。夢中になってもしかたのない相手に、必死でわたしを追い払おうとした男に恋する定めだったのだ。

わたしはマックの拒絶を受け入れなかった。結局、この体の奥深くには父、ジョン・ウエストの遺伝子が組みこまれているのだろう。頑固で、妥協を知らないところなんてそっくりじゃない。わたしはマックに追い払われるたび、絶対にくどき落とす覚悟で舞い戻った。

マックは〝理想的な恋人〟とはほど遠かったから、父は彼を毛嫌いしていた。当時マックはお金もなく、問題を起こしてばかりいた。彼の両親はアル中で、特に父親は刑務所に出たり入ったりを繰り返していた。大学へ進学なんてするはずもなかったし、なんのキャリアも目標も持っていなかった。マックが好きなことと言えば、ぶらつくか、バイクに乗るか、車をいじることくらい。それから、けちな盗みも。そうそう、それが特技だったわ。だから手先が器用なのよ。

わたしはそんな彼の手に魅了された。高校時代、放課後は決まってガレージへ行き、改造車のエンジンルームをのぞきこむマックの姿に見とれていたものだ。

マックがかけてくれた言葉は〝汚れるぞ〟のひと言。

わたしは汚してほしいとさえ思っていたのに。油だらけの手で新品の服を撫でまわされたかった。無骨な手を素肌に感じたかったし、無精ひげの生えた顔を頬にこすりつけられ、口づけをされたかった。

朝の冷たい大気のなか、マックの記憶が体を芯からあたためていく。まるで雪に覆われた山が炎に包まれるように。

こんな記憶は心の奥底に葬り去るのがいちばんだ。わたしはマックの体に引かれてるだけ。今は彼のことを考えて思い悩んでいる余裕なんてない。どうやって小瓶を奪うかに専念しなきゃ。

だが、マックは隠し場所によほど自信があるようで、サドルバッグを引っかきまわそうが体を探ろうが気にかけるそぶりもない。今のうちに小瓶を隠せそうな場所を絞りこんでおいて、チャンスが到来したときにまごつかないようにしよう。

「これでよし」マックがサドルバッグに工具をしまって立ちあがった。「シートのとりつけは完了だ。次は女のたしなみに必要なものとやらを買いに行こうか。それと着替えだな」

煉瓦みたいなシートとは打って変わって、新しいシートは極楽だった。ふたりはさほど離れていない店にバイクをとめ、ジーンズとシャツと下着を何組か購入した。次にドラッグストアで歯ブラシやヘアブラシ、それに化粧品を買った。わたしだって女だ。ちよっとくらい〝塗りたくって〟きれいにしたいという気持ちは持ちあわせている。

衣類や日用品を手に入れると、いくらか気分がましになった。これで携帯さえあれば、上司と依頼人に連絡できるのに。だが、それにはもう少しかかりそうだ。どこへ行ってもマックが鷹（たか）のように目を光らせているので、こっそり公衆電話を使うわけにもいかない。依頼人に泥棒の一味と誤解されていないことを祈るばかりだ。この状況では窃盗犯として全国に指名手配されたっておかしくはない。

そう考えると胃が痛くなった。なんとしても携帯を手に入れなければ！　そして小瓶を奪ってマックを振り切り、シカゴへ凱旋（がいせん）するのだ。

マックが法に抵触する行為をしているとは思いたくないが、彼は過去にも違法行為を犯している。たち直っていてくれればと願っていたのに……。

無駄だったようだ。

彼への愛は断ち切ったのだから、更生しようがしまいが関係ないけど。

リリーの衣類と化粧品はサドルバッグにおさめられた。マックは彼女がチャップスをつけるのに手を貸したあと、自分の分をとりだして、脚を通し、ジッパーをあげてボタンをとめた。

ハーレーの横に立つマックを見ただけで、リリーの体は燃えるように熱くなった。革のチャップスとジャケットを身につけ、手袋をはめて、黒っぽいサングラスをかけたバイク野郎。これ以上セクシーなものなんてある？　革の上下に包まれたその姿と男っぽい香りによだれが出そうだ。ああ、もっと近寄って体に手を這わせてみたい。いっそのこと、この場で裸になって彼に体をこすりつけたいくらいだ。

しっかりして。こんなの単なる肉体的反応でしょ！

そのとおりよ、リリー・ウエスト！

リリーもジャケットを着て、手袋とゴーグルをつけた。そしてふたりは再びバイクにまたがり、大通りを南下し始めた。

てっきり幹線道路に入るものと思っていたが、リリーの予想ははずれた。バイクは大通りを曲がって脇道に入った。やがて二車線の道路にぶつかると、その道路を進んだ。幹線道路の入口が次々と後ろへ流れていく。

信号でバイクがとまったところで、リリーは前かがみになって体を押しつけ、マックの耳もとに顔を寄せた。「どこへ行くの？」

「南だ」

リリーはあきれて目をまわした。そのくらいきかなくてもわかってるわ。「南のどこ？」

「言えない」

そう答えるだろうとは思ったが、ともかくきかずにはいられなかった。リリーは体を引いてマックの腰に手をあて、ツーリングを楽しむことに決めた。太陽がのぼるとかなりあたたかくなる。ジャケットと手袋とチャップスが冷たい風を防いでくれるので快適だった。顔にあたるあたたかな日ざしにだんだんと気分がほぐれ、気がつくと彼女は景色に見とれていた。カーブに合わせて自然に体を傾けることができるようになったし、腿に伝わる振動にも慣れた。

州境が近いことはわかったが、どのくらいの距離を移動したのかはわからない。あたりの風景に見覚えはなかった。

どこへ連れていくつもりかしら？

それに、ウィルスはいったいどこにあるの？

4

　日暮れまでに八時間以上も走ったため、リリーの尻はずきずきし、腿は痙攣(けいれん)していた。もうたくさんだ。町が見えてくるたびに、今夜はここで休もうとマックが言ってくれることを願った。今日バイクをおりたのは、給油のときと簡単な食事をしたときだけ。コンビニの食べ物は味もそっけもなかった。

　ふたりは中華料理店に立ち寄って料理をテイクアウトした。ありがたいことに、マックがようやくモーテルの駐車場にバイクを乗り入れた。ハイアットやマリオットホテルとはいかないが、キャンプ場ではない。それだけで大感激だった。一日じゅうバイクに乗りどおしだったためおなかは減ったし、くたくたに疲れている。なによりシャワーを浴びて着替えたかった。チェックインして部屋に入り、ベッドを見たときは、涙が出そうになった。

「疲れたかい?」マックが棚の上にバッグを置きながら尋ねた。

「ちょっとね」

「腹は?　おれはぺこぺこだ」

「飢え死にしそうよ」

「中華料理が嫌いじゃないといいけど」

今ならなんだってオーケイだ。おなかがぐうぐう鳴っている。「おいしそうだわ」

リリーは窓際の小さな円テーブルの脇に腰をおろし、料理の香りを吸いこんだ。マナーのことが頭をよぎったが、正直なところ空腹すぎてかまっていられない。彼女はまるで一週間も断食していたかのような勢いで箸をつかみ、小さな紙パックに顔をうずめた。

「本当に腹が減ってたんだな」マックが眉をつりあげた。

「そのとおりよ」ナプキンをつかんで、喉に垂れたソースをぬぐう。それから水のペットボトルをとりあげてごくごくと飲んだ。ああ、ようやく人心地ついたわ。空腹が満たされたら、次はシャワーだ。昨日から着たきりすずめで気持ち悪いったらない。髪は風のせいでもつれているうえ、べとついている。自分の姿を想像してリリーは身震いした。

「そんなことをしなくていい。きみはきれいだよ」

彼女はマックを見た。「なんのこと?」

「髪をいじってるじゃないか。そのままのほうがセクシーだ」

リリーは自分が手で髪を撫でつけていたことに気づいてもいなかった。「これは〝くしゃくしゃ〟って言うの。セクシーなんかじゃないわ」

「そうは思わないね。ワイルドだ。恋人と何時間もベッドで過ごしたみたいで、すごく色っぽい」

そんなはずはない。もつれた髪はまるで鳥の巣だ。「あなた、目が悪いんじゃない？」

マックは首を振った。「いいや。視力には自信がある」

彼はいつでもわたしを高揚させることができる。ちょうど今みたいに目を細め、深みのある声で語りかけ、わたしの欲望に火をつけるのだ。

欲望はいいけど、心は厄介だ。こんな旅は一日も早く終わらせてしまうに限る。リリーはベッドの脇にある電話をちらりと見た。マックに邪魔されることなく上司と連絡をとるには、どうすればいいだろう？

「シャワーを浴びたければ先にどうぞ」リリーはマックと目が合わないよう、料理の入っていた紙パックを見つめたまま、なにげないふりを装って言う。

「おれはいい。きみが先に使えよ」

いいわ。どっちにしてもチャンスには変わりない。マックがシャワーを浴びている隙に、上司に電話して状況を伝えることくらいはできるだろう。ウィルスの件を話すことだってできるかもしれない。忘れてならないのは、わたしは窃盗犯じゃないと念を押すこと。携帯電話を紛失したから、犯人の隙を見てこちらから報告を入れると言えばいい。そうすれば上司も依頼人になにがしかの報告ができる。美術品泥棒として連邦捜査局（FBI）の最重要指名手配者にあげられるなんてごめんだ。

いくらマックだって、小瓶を持ったままシャワーを浴びたりはしないだろう。あの小瓶さえ見つかれば、ここを飛びだしてタクシーをつかまえ、シカゴに戻ることもできる。

選択肢はいくらでもあるわ。

マックがシャワーを浴びているあいだに電話をかけ、小瓶を見つけてここから脱走しよう。リリーは、はかない望みを胸に秘めて着替えをつかんだ。失敗したら裸で部屋をうろつくしかないが、そこまでの度胸はない。確実にマックの気をそらすことができるだろうけれど。自分の考えに苦笑しながらリリーはバスルームに入り、シャワーの蛇口をひねった。小さな空間に蒸気がたちこめると心が浮きたつ。彼女は汚れた服を脱ぎ捨ててシャワーブースに入り、流れ落ちる湯に身を任せた。

あまりの気持ちよさに思わずうめき声がもれた。何時間でも浴びていたいが、そういうわけにもいかない。リリーは清潔であることのすばらしさを噛みしめながら、シャンプーで髪を洗い、コンディショナーをつけた。しばらく目を閉じて、背中にシャワーを浴びながらコンディショナーを浸透させる。

突然、シャワーブースのドアが開いて冷気が忍びこんできたので、リリーは驚いて悲鳴をあげた。裸のマックを見て愕然とする。

「なんのつもり?」

「シャワーを浴びるつもりさ」

リリーは動揺を悟られまいと眉をつりあげた。「わたしが終わるまで待てなかったの?」

マックはにやりとした。「待てたけど、待ちたくなかったんだ」

体がかっと熱くなった。これだから十年前も、わたしはこの人に身を投げだしてしまったのよ。この人から離れられない理由はこの磁力、逆らいがたいまでの強引さだ。ほしいものを手に入れるためならルールも破るし、常識などものともしない。わたしの体を這う瞳は陰りを帯び、とり違えようのないメッセージを発している。わたしがほしくて、セックスをしたくてここに来たと。わたしを抱きたいと。

混乱させようというねらいもあるに違いない。動揺させるか、嘘にまみれた安心感を植えつけるかしたいのだろう。自分に夢中にさせて、裏切ることができないようにするつもりなのだ。

肉体的に引かれているという点に関しては自分も同じだ。わたしは彼がほしい。だったら、セックスをしても心を許さなければいい。わたしだって大人の女だ。心を守るすべくらい身につけている。これは目標を達成するための手段なのよ。マックの信頼をとりつけて小瓶のありかを探りだす。この肉体を仕事に役だてるのだ。マックが犯そうとしている重大な過ちはどんな手を使っても阻まなければならない。そうしなければ彼は、かなりの期間を獄中で過ごすはめになる。

リリーには考えがあった。愛のダンスだってその一部だ。その過程で快感が得られるとすれば、ボーナスみたいなもの。ちゃんと限度をわきまえておけばいいのよ。

「気にしないで続けろよ」マックの高ぶった声が聞こえた。

マックの下半身は勃起しかけている。リリーはそこに手を触れてキスしたいと思った。ゆうべは拒まれたが、今夜は拒否されることはないだろう。今度はわたしがマックの心を乱し、悩ましい思いをさせる番だ。彼に歓びを与えているのは自分だという満足感を味わいたい。リリーは石鹸をとって湯で湿らせ、しっかりと泡だてて自分の乳房に塗りたくった。泡が胸の先端を伝って腹部へと流れ落ちる。マックは泡のあとをくい入るように見つめていた。

マックの視線はまるで情熱的な愛撫のようにリリーを駆りたてた。男性を挑発するのは初めてだが、自分の大胆さに驚いたりはしなかった。マックといると、わたしは普段よりも奔放になる。リリーは両手で乳房を持ちあげるようにして、親指で胸の先端を撫でまわした。肌はすっかり敏感になっている。こらえきれずにうめき声がもれた。

「おれに抱かれたいのか？」マックがつぶやく。

「ええ」そそりたつものがほしくてたまらなかったが、まだわずかにためらいが残っていた。なぜ欲望のままに飛びこめないのだろう？　なぜいつも過去が邪魔をするの？　あせらなくてもいいのよ、リリー。まずはちょっといたずらしてやりなさい。彼をもてあそぶなんてすてきじゃない？

マックが手をのばしてきたので、リリーはあとずさった。まだだめ。もっと見せつけたい。ほんのすぐそこにある快感の予感にもだえさせたい。このいたずらはやめられそうになかった。自らの手をマックの手に見たて、なにをしてほしいかを見せつける。乳房にあてた手を下へ這わせ、脚のあいだに滑りこませた。指がクリトリスを見つけ、ゆっくりと円を描くようにこすり始める。マックの目が大きく見開かれた。

全体をなぞってから柔らかなひだをかき分け、花唇に指を滑りこませた。リリーの興奮は最高潮に達した。

マックの口がぎゅっと引き結ばれた。顎がこわばり、息をするたびに鼻孔がふくらむのがわかる。彼の緊張を感じとることで、リリーの興奮はさらなる段階へと進んだ。

「もうだめ、マック。あなたがほしいわ」

マックが一歩踏みだすと、リリーは手をあげて彼の動きを制した。

わたしが苦しめているのは彼？　それとも自分自身？　もはやリリーにはわからなかった。ああ、クライマックスを味わいたい。絶頂が近いことはわかったが、マックに手出しさせるつもりはなかった。今はだめ。コントロールするのはわたしだ。十年前の小娘とは違うってことをわからせてやる。簡単にだまされたりしないんだから。

それに、マックにすべてをゆだねることにまだためらいがあった。前にそうしたとき、彼はわたしのもとを去った。再び傷つく危険は冒せない。今度はわたしが彼を捨てる番だ。

わたしったら、こんな冷酷な計算をしながらも、全身を燃えたたせ、あそこを痙攣させて今にも達しそうだなんて！　さっさと捨てるつもりでいる男を自分のなかに迎え入れたいと思うなんて！

リリーは混乱した気持ちを振り払い、感覚だけに意識を集中させた。マックの熱い視線が快感を高めてくれる。

指をクリトリスにこすりつけてのぼりつめ、全身をオーガズムに震わせた。脚を広げ、自分の手でクライマックスに達するところをマックに見せつける。

絶頂をきわめて体を震わせながら、リリーは指を引き抜いて口に含み、自分の蜜をなめとった。

「きみって人は！」

リリーは前に進みでてひざまずき、マックのこわばりに手をのばしながら顔を見あげた。

目の前で繰り広げられたショーに呆然（ぼうぜん）としていたマックは、下半身に柔らかなてのひらを感じてはっとした。壁に手を突き、リリーの手にこわばりをゆっくりと押しつける。彼女はほほえんで、手のなかの屹立したものに目を落とした。付け根から先端部分まで指を這わせ、ふくらんだ部分を親指で撫でまわす。頂にわきあがった真珠のようなしずくをぬぐうあいだも、終始マックを見あげて彼の注意を独占しようとした。

まるでリリー以外、この世に見るべきものなどないかのように、マックの目は釘づけだった。彼女はセックスの化身。あのつややかな唇から目をそらすくらいなら死んだほうがましだ。おれのしずくをぬぐった親指を、リリーが口に含んだ。誓ってもいいが、こんなにセクシーな女は見たことがない。昔の彼女は性に関してとても奥手だった。たしかに自らバージンを捧げたし、情熱的ではあったが、目の前の女のように大胆で自信に満ちてはいなかった。

「しょっぱい」リリーはそうつぶやくと、こわばりの根元をつかんで口もとへ運んだ。舌を突きだして頂に這わせる。

マックは膝ががくがくして、壁についた手に力をこめた。リリーが先端を唇に含んで吸いあげる。面子（メンツ）を気にしなくていいのなら気絶しているところだった。まったく、彼女ときたら！

十年前、リリーはセックスについてなにも知らなかった。その変貌ぶりに、嫉妬のかけらが胸を突き刺した。おれは彼女を捨てたとき、なにを期待していたんだろう？　再会の可能性はほとんどないのに、ほかの男を知らずにいてほしいとでも思っていたのか？

リリーはもう生娘じゃない。せがまれるままバージンを奪ったのはおれだ。だが、彼女がこの十年間にいくらか経験を積んだことは疑いようもなかった。

たとえばフェラチオのやり方。リリーはこわばりを口に含み、暗く、熱く、濡れた口のなかに引きこみながら舌で刺激を加えてくる。それから喉の奥のこれ以上は無理というところまで招き入れる。

強く吸われると先端がしめつけられ、そのまま達してしまいそうだった。

「リリー」これ以上続けたら、かわいらしい口のなかに熱い液体を注ぎこんでしまう。いつどこで、彼女はこんな巧みなテクニックを身につけたのだろう？　考えたくないのに、そのことが頭を離れない。

きっと生まれつきだ。過去に口でしてもらったことはない。たぶんリリーには生まれつきの才能があって、以前はおれがそれを知る時間を持たなかっただけだ。

おいおい、マック・キャンフィールド。離れていた十年間、おまえだって清廉潔白とは言いがたいくせに！

リリーの唇は灼熱のマグマのようだった。彼女はくぼみに舌を這わせ、ペニスを口から引き抜いてしげしげと眺めてから、痛いほど高ぶった部分を撫でまわす。マックはもう限界だった。彼女のなかに入りたい。そう思ってリリーの体を抱きあげようとすると、彼女は抗った。

「だめよ」頭をかしげてマックを見る。「わたしがするの」

リリーの体を流れ落ちた湯が床にあたり、蒸気となってたちのぼる。まるでおれの魂を抜きとるために、地獄から遣わされた悪女みたいだ。

そんなイメージが頭に浮かび、マックは笑みを浮かべた。男を引きつけてやまない、おれだけの悪女。熟れた唇と熱く湿った舌で男を誘惑し、もてあそぶ。リリーはびくびくと脈打っている割れ目を舌でなぞり、先を口に含んでにじみでてくる液体をなめとった。マックははっとして彼女の頭を支え、こわばりを深く押しこんだ。

これが彼女の望みなら、最後まで身を任せよう。マックはそそりたつものをさらに奥へと押しこんだ。リリーは文句も言わずに受け入れ、夢中でしゃぶりついてくる。付け根の二つのボールをやさしくマッサージされると、今にも達してしまいそうだった。

「いやなら口を離したほうがいい。さもなきゃ出すぞ」

マックはこらえた。ペニスが脈打ち、爆発に向けて震え始める。リリーは体をそらしてほほえむと、彼を根元まで頬ばった。強く吸いあげて締めつける。

貨物列車が猛スピードで走り抜けるような勢いで、オーガズムがマックの体を貫いた。彼はぴくぴくと痙攣しながら口に突き入れ、リリーのあたたかい口のなかに思いきり解き放った。彼女が唇をぎゅっとすぼめる。ふたりの視線が合った。リリーの顔には純粋な欲望が浮かんでいる。マックは息をすることもままならなかった。リリーが再び吸いあげると、ずきずきと脈打つこわばりと連動するように、体が激しく痙攣した。

男子たるもの、気を失うわけにはいかない。だが、脚の震えはどうしようもなかった。マックは大きく息を吸いこんでからリリーを立たせ、腕のなかに抱き寄せた。彼女の唇を覆い、長く激しいキスをする。リリーはうめき声をあげ、マックの濡れた髪に手を滑らせた。

なんてこった。こわばりは収縮するどころか、さらに熱くそそりたっている。マックはこの場で挿入しようと彼女の脚に手をかけた。

だが、リリーが抱擁を解いて首を振った。「それはだめ」彼女の瞳にはいたずらっぽい光が宿っている。「もうちょっとおあずけよ」

マックは彼女の意図をつかみかねて眉をひそめた。「リリー?」警告するように言って、再び近づこうとする。

だが、リリーはマックの胸に手をあててにっこりした。「マックったら。期待しながら待つのも楽しいわ」

待ちたくなんかない。今すぐ彼女がほしいのだ。彼女のすべてが。今ここで。だが、リリーは本気で拒絶している。ショーは終わったのだ。

「きみがそう言うなら」マックは肩をすくめ、体を洗えるようリリーに石鹸を手渡した。体を洗ってシャワーブースを飛びだしていく後ろ姿を、マックは曇りガラス越しに見つめた。彼女が記録的な速さで体をふき、バスルームを飛びだしていく。その背後でドアがきっちりとしまった。

おれは利用されたのだろうか？　腹をたてるべきかもしれないが、リリーがしてくれたことを考えると怒る気もしない。巧みなテクニックでそそりたった下半身はまだ緊張していた。リリーはおれを歓ばせようとしたのだろうか？

だが、そうでないのかもしれない。

リリーは明らかにあわてて出ていった。ほかに大事な用でもあるかのように。ねらいはわかっている。マックはにやりとして、ゆっくりと熱い湯につかった。別に急ぐ理由などなかった。リリーがなにをたくらんでいるにせよ、成功するはずがないのだから。

おれはそこまでまぬけではない。体を洗い終えるころには湯は水に変わっていた。マックがシャワーから出ると、困惑した様子のリリーが服も着ないでバスルームの壁に寄りかかっていた。

こちらにタオルを投げてよこす。

「むかつくわ。部屋の電話になにをしたの？」

マックはタオルを受けとり、無邪気そうに言った。「電話？　なんのことだい？」

「わかってるくせに！　ベッドの脇にあった電話のことよ！　どこへ隠したの？」

「おれたちがシャワーで楽しんでいるあいだに脱走したんじゃないか？　フロントに連絡しないとな」

リリーはくるりと目をまわし、マックが用意した洗濯ずみのTシャツを横どりしてバスルームから出ていった。彼が見ている前でTシャツを頭からかぶり、汚れた衣類を棚の上に片づける。それから上掛けをはがしてマットレスに飛びのり、リモコンを片手に彼をにらみつけた。マックはボクサーショーツをはくと、リリーの脇に腰かけた。

「小瓶と携帯も隠したでしょ？」リリーの声は低く、いらだちがまじっていた。

「まあ、そうだな」

リリーはマックのほうを見ようともせず、ぱちぱちとチャンネルを変えた。

いちゃいちゃしようと思ったのに、ころころと態度の変わる女だ。まあ、文句は言えないか……。リリーが携帯と小瓶を捜すことくらいはお見通しだったので、彼女がシャワーを浴びている隙に、備えつけの電話をはずし、小瓶と携帯は見つからない場所に移しておいた。正確に言えば、バイクの収納ボックスに入れて鍵をかけ、その鍵を見つからない場所に隠した。リリーがバイクに乗れるとは思わないが、油断はできない。試しに乗って逃走しようとするかもしれないのだ。

「リリー、なにを期待していたんだ?」マックがそばに寄ると、リリーはさっと飛びのいた。質問の答えはなかった。

〝ふん〟を返事とカウントするなら別だが……。

「ウィルスを渡すわけにはいかないし、仲間に連絡をとらせるわけにもいかない。今のところ、誰を信用していいかわからないんだ。おれたちを撃ってきたやつの正体もわからない。美術館の誰かかもしれない。きみの依頼人かもしれない。判断がつかないんだ」

「そうね」リリーはそれだけつぶやいて、テレビ画面を凝視したままチャンネルを変え続けた。

リリーから漂ってくる冷気でシーツに霜が降りそうだ。彼女を怒らせてしまった。

「おれの依頼人のことはわかってる。悪人じゃない」

「わたしの依頼人だってそうよ」

「口ではそう言っても、実際のところはわからないだろ?」

「わかるわよ!」リリーはためらうことなく答えた。「信頼できない人の下で働いたりしないわ。それに、やばそうな依頼に手を出したことはないもの」

リリーはいつだって誠実だ。それが大きな欠点になることもある。「だまされた可能性もある」

彼女がじろりとこちらをにらんだ。「わたしはまぬけじゃないわ。自分が法律のどっちにいるかくらいわかってる。あなたのいるところもね」

「おれは正しい道を進んでる」

「あら、そう?」

「本当だ。きみが信頼しないのもわかるけど」

「わかってくれるの? それは寛大だこと」

皮肉は十分に伝わった。リリーにはおれを信じる理由などない。

たとえおれを信じる気持ちが残っていたとしても、州から州へと連れまわし、ウィルスの受け渡しを終えて置き去りにするときが来たら、再び彼女を捨てるときが来たら、そんな気持ちは消え失せるだろう。

たいていの場合、自分の仕事は好きだった。自由だし、盗みの腕を正しい目的に生かすことができる。しかも、アドレナリンが全身を駆けめぐる興奮も味わえる。

だがときどき、この仕事がたまらなくいやになる。ちょうど今みたいに。

5

翌朝になると、リリーはマックと口もききたくなくなっていた。ベッドはひとつしかないので一緒に寝るしかなかったものの、よっぽど毛布と枕をつかんで椅子に丸まって眠ろうかと思ったくらいだ。あまりに寝心地が悪そうだったので断念したが……。そもそもマックに腹をたてているからといって、わたしが不快な思いをする必要はない。あんなやつ、どこに寝てたって関係ない。そういうわけで、リリーはマックからなるべく離れ、ベッドの反対側で眠りについた。ベッドのなかはあたたかくて快適だったが、彼女はひと晩じゅう寝返りばかり打っていた。

部屋の電話と携帯と小瓶を隠されたことも頭にくるが、ひと晩じゅう同じベッドに寝ていながら本当にしたいこと、つまりセックスができないなんて最低だ！

マックのせいじゃないことくらいわかってる。そもそもわたしの手と口が悪い。さらに言えばわたしの脳みそ……いつまでも過去を引きずっているこの心が悪い。もはや初恋の傷からたち直れない十代の小娘じゃない。一人前の女なのに。分別もあるし、体だけの関係があることも理解してるのに。ゆうべも、その気になればマックを受け入れて快感を手にすることはできた。人生で最高のセックスをしたあと、彼の腕に抱かれながら眠ることだってできた。

でも、わたしはそうしなかった。怖かったから。なんて愚かなんだろう。今こそ大人になって過去をのりこえるときだ。マックは今度もわたしを捨てるだろう。それはそれでつらいけれど、きっとのりこえられる。十年前、わたしたちのあいだにはなんの共通点もなかった。それは今も同じだ。彼との関係で得られるのは、満足のいくセックスだけ。それとウィルス入りの小瓶。必ず彼を出し抜いてみせる。もしかしたら、マックに失ったものを自覚させ、後悔させることだってできるかもしれない。被害者ぶるのはやめて、主導権を握るのよ。小瓶と携帯を隠されたからって、ゲームが終わったわけじゃないわ。

わたしはこの十年間でかなりのことを学んだ。バージンを奪われて捨てられたあと、手に入らない男のことを考えて生きるのはやめた。もちろん悲嘆に暮れた日々もあったし、もう一度やり直すことができるのではないかと夢見た時期もある。

だが、数ヵ月が過ぎ、マックが訪ねてくる気配もなければ連絡してくる様子もないことがわかると、自分の夢がいかに子供じみていたかに気づいた。大人の女になるときが来たと悟ったのだ。そうしてマックは過去の人になった。わたしは先へ進もうという決意を胸に、世の男たちに果敢にタックルした――もちろん本当に飛びついたわけじゃないけど……。大学時代につきあった男たちはたいてい、酒好きで無粋な、どこにでもいる男子学生で、洗練されているとは言いがたかった。誰とも真剣な交際にいたらなかったのは、率直に言うと、こちらが興味を持てないのと同様、向こうもわたしにさほど興味を示さなかったからだ。大学卒業後もデートをする機会はたびたびあった。相手はたいてい警官だったが、どの男に対しても長くつきあうだけのときめきを感じなかった。

それでもセックスについては勉強になった。自分はどうされるのが気持ちよくて、なにがそうではないか、どうすれば男を歓ばせることができるかを学んだ。もう経験のないバージンではない。これまでに身につけたテクニックのすべてをマックに試してみるつもりだ。

次に彼がわたしのもとを去るときは、わたしの体を忘れられないはず。今度は、わたしが振り返らずに立ち去る番よ。

こんなのつまらないこだわりかもしれないけれど、だったらどうだっていうの？　ちょっとくらい仕返しする権利はあるはずでしょ？　だいいち、涙よりも怒りのほうがずっと生産的だ。

ふたりは朝食を食べ、荷物を積みこんでモーテルをチェックアウトした。リリーは後部座席にまたがった。エンジンが始動し、マフラーから轟音（ごうおん）が発せられると、興奮に体じゅうがぞくぞくした。マックがバイクを発進させる。リリーは彼の腰に手をあて、ひんやりとした朝の空気が髪を撫でる感触を楽しんだ。バイクに乗るって最高だわ！

今日もマックは南へ向かった。

「今日はどこへ行くつもりか教えてくれる？」答えはわかっていたが、一応尋ねてみた。

「しばらくしたら着く」予想どおりマックははぐらかした。「きみも楽しめると思うよ」

楽しむ？　そうよね。わたしは誘拐も同然の状態で、行き先もわからぬまま連れまわされるのが大好きだ。仕事も首になるかもしれないというのに、なぜまたしてもマックと一緒にいるのだろう？　そう、その仕事のためよ。冒険と興奮を与えてくれるであろう仕事のため。

だが、探偵をしていても今以上に冒険心をあおられることなどないような気がした。

気温はすぐに上昇したが、不快ではなかった。周囲には息をのむような景色が広がっている。リリーは普段幹線道路を使うほうなので、車窓からの景色といえば、コンクリートと看板、ホテルにファーストフード店が定番だった。ところが田舎道はまったく違った。決まりきった道路標識の代わりに、いろいろな看板や家々が点在し、たまに町が出現する。逃げるチャンスが訪れるか、電話が見つかったときのために、彼女は標識をひとつひとつ確認していった。少なくとも現在地を推測する手がかりにはなる。

背の高い木々からなるうっそうとした森のなかに、家々が埋もれるように立っていた。隣の家と二キロも離れている家もある。広大な庭では子供たちが遊んでいた。思いきり駆けまわったり、隠れんぼをしたり。ロビン・フッドになったつもりでいるのかもしれないし、わたしにはわからない流行りのゲームをしているのかもしれない。ここには子供たちの遊びの世界を制限するものなどなかった。都会の喧騒とはかけ離れた穏やかな土地がどこまでも広がっている。鹿が道路を横断するのさえ見かけた。シートに深く腰かけ、スモッグとは無縁の澄みきった空気を吸いこむと、体じゅうの筋肉がゆるんでいくのがわかった。

バイクは州境を越えてミズーリ州に入った。幹線道路を横断して、そのまま二車線の道を進んでいく。喉を潤したり休憩を挟んだりしながら、数時間は走った。道はすいていたが、それでも何台かの車とすれ違ったように思う。はっきりとは覚えていなかった。

やっぱりわたしって優秀な探偵だわ。リリーは皮肉っぽく思った。新鮮な空気と田舎道くらいで、自分の直面している問題を忘れてしまうなんて。こんな調子では、百五十キロ近く尾行されていたとしてもまったく気づかないことだってあり得る。

頭を使わないと本当に首になるわよ。もう手遅れかもしれないけれど……。

いいえ、そんなことはない。解雇されてたまるもんですか！　ウィルスを奪って凱旋してみせる。こんなところで命を落としている場合じゃない。そのためには尾行されていないことを確かめないと。さっと体をひねって後ろを見たが、車の影はなかった。オーケイ。今のところは大丈夫みたい。

昼過ぎになるとバイクを見かけるようになり、その頻度は時間とともに増え続けた。増殖するバイクは一様に同じ方向へ向かっている。リリーは面くらいながらもバイクの数を数え始めた。ひとりで走っている男性ライダーもいれば、女連れもいる。女性ライダーもいた。マックが一時停止の標識でバイクをとめたとき、リリーは身をのりだして彼の肩をたたいた。

「なにが始まるの？」

マックは頭を後ろへかしげた。「じきにわかるさ。もうすぐだ」

なぞなぞは嫌いだ。それでもバイクの一団に囲まれると、なんとも言えない興奮がわきあがった。耳をつんざくエンジンのうなり。ほかのバイクと抜きつ抜かれつを繰り返しながら高速でバイクを飛ばしていると、まるで巨大な生き物の一部になったような気がしてくる。バイクの数があまりにも多くなったので、途中で数えるのはあきらめた。ライダーたちはみな感じがよく、すれ違いざまにほほえんだり手を振ったりしてくれた。

マックの知りあいかしら？　ここでウィルスの受け渡しをするつもり？　それとも単

に楽しんでいるだけなの？　リリーは興味津々だった。

ほかのバイクのあとを追うようにマックが細い脇道に折れた。放牧場のような場所にたくさんのバイクがとまっている。

ものすごい数だ。何百台……いいえ、千台はあるかも。ふたりはバイクをとめて地面におりたった。マックがリリーのヘルメットもしまってくれる。リリーは周囲を見まわしながら、頭を揺すってヘルメットでぺしゃんこになった髪を整えた。バイクはまだ続々と入ってくる。エンジン音がすさまじく、体を寄り添わせないと話もできなかった。

「これはなにごと？」

「バイクラリーだ」マックはそう言ってテントのほうへ歩きだした。「毎年ここで開催されるんだ」

目の前に出現した光景にリリーはあんぐりと口を開けた。革、革、革！　男性も女性もいる。音楽が大音量で響き、食べ物や飲み物の売店がいたるところに立っていた。タトゥーやボディ・ピアスの店もあるし、Tシャツやバイク関係の小物も売られている。ありとあらゆるものがあった。

それにこの人たちの格好ときたら！　特に女性はすごい。裸と見まがうほど布地をけちっている。チャップスの下はTバックで、上はちっぽけなビキニだけを身につけた人、想像の余地などまったく残されていないシースルーのシャツを着た人。ずらりと勢ぞろいしたセクシーな女性たちを前にマックが鼻の下をのばせないよう目隠しをしたいくらいだった。

こんなことを考えるなんてばかげている。マックはわたしのものではないし、わたしだって彼の恋人じゃない。マックが女性たちに色目を使おうが、うまく誘いだしてさわろうが、彼の自由なのに。どんな女性とつきあおうと、わたしに口を出す権利はない。

そう思うと、ものすごくいらいらするけれど……。

のりこえるのよ！　あなたの恋人じゃないんだから。あなただって自由じゃない！

リリーはその考えににっこりした。ぴったりしたジーンズや革のパンツに、たくましい胸を際だたせるようなTシャツを着た男たちを眺めてもいいということだ。彼らはバイクの手入れ同様、体の手入れも怠っていないようだった。

たしかにすてきな男性はたくさんいる。問題は、わたしが見たいと思うのが、そばにいて手を触れたいと思うのが、マックだけだということだ。彼に思いを寄せてもむなしいだけだということは、十年前と同じくらい……いいえ、あのとき以上にわかっているのに、心だけはどうしようもない。

そんなことより、この人たちがここでなにをしているかを考えよう。マックがここでウィルスの受け渡しをするつもりかどうかを見きわめることが大事だ。うまくすれば電話を見つけられるかもしれないし、人ごみにまぎれて逃げだすことができるかもしれない。マックの動向に目を光らせておかなければ。

観覧席のそばへ行くと、さらに音楽が大きくなった。混雑もさっきよりひどくなっている。人々は寄り集まって話をしたり、笑ったり、飲んだり、踊ったりしていた。太陽が南中し、さらに気温は上昇している。空には雲ひとつないが、気持ちのいい風が吹いているので暑すぎることはなかった。一部の女性たちの装いを考えると、気温が高くて幸いと言えるだろう。いや、彼女たちの場合は〝装い〟ではなく〝露出〟と言うべきかもしれないが。リリーはいまだに女性たちの奔放な姿にどぎまぎしていた。彼女たちは度胸がある。わたしよりも勇敢なことは間違いない。

それにしても、なんて楽しいイベントだろう！　巨大な掲示板を見ると、車種別のレースから遠乗りまで、バイク関連のさまざまなイベントが夕方まで目白押しだ。午後遅くには、女性の〝びしょ濡れTシャツコンテスト〟なるものまであった。リリーは鼻を鳴らした。

「出場する気かい？」リリーの肩越しに掲示板を見たマックが言った。

「まさか」リリーは首を振り、彼に向き直った。

「出場すべきだ。きみなら優勝間違いなしさ」マックはリリーの胸にちらりと視線を送ってウィンクし、肩に腕をまわした。「さあ、ビールを飲もう！」

ふたりは食べ物とビールを買って座る場所を見つけ、バンドの演奏に耳を傾けた。顔見知りでもなんでもない人たちに囲まれているにもかかわらず、明るい雰囲気にリリーの心はなごんだ。マックはバイクをネタにして誰とでも気軽に言葉を交わしている。逆に言えば、どこまでいってもバイクの話で、うさんくさいところはまったくなかった。

リリーは、マックや周囲の人たちの話に耳を傾けた。遠乗りの話あり、参加したレースやイベントの話あり。まったくなじみのないライダーたちの集まりなのに、これまでに味わったことのないあたたかさを感じる。自分のような新参者でさえ、みんなに受け入れられているような気がした。なにを着ていようと、見た目がどうであろうと関係ない。こぎれいだろうと、野暮ったかろうと、バイクで乗りつければ仲間なのだ。バイク乗りのあいだでは、社会的地位なんて関係ない。バイクに乗ることがファミリーの証だった。

服装で判断した自分が恥ずかしかった。ここには人を判断する者などいない。見てくれなんてどうでもいいのだ。肩書も生いたちも関係なく、みんな純粋に楽しむために集まっている。大勢の人が立ちどまって声をかけてくれた。建設現場の作業員もいたし、弁護士やウエイトレス、学校の先生もいた。リリーにとっては衝撃だった。さまざまな人生を歩んでいる人々がひとつの場所に集っている。そのすべてがバイク乗りで、このイベントでは対等だなんて。

わたしが育ってきた環境とは正反対だ。特に父の考え方とは。父にとっては育ちこそすべてだった。大切なのは人脈や家族、そして財産だ。その人がどういう人かなんて関係ない。誰とつきあうかが大事なのだ。これは父娘でいつも口論になる話題だった。

リリーは父のお供で参加したどんな集まりで会った人々よりも、この見ず知らずの集団のほうに親近感を覚えた。彼らはデザイナーズ・ブランドのドレスに身を包んでいるわけでもなければ、ダイヤモンドのアクセサリーをぶらさげているわけでもないし、これはオペラ観劇でもなければ、大金持ち主催の慈善パーティでもない。草の上に座って、プラスチックのコップからビールを飲み、ロックバンドがかなりたてる音楽を聞いているだけだというのに。

「静かだな」マックが身を寄せてきた。

リリーは彼のほうを見てほほえんだ。「すごく楽しいわ」実際、楽しすぎて仕事のことを忘れていた。ここ数時間ほどは、ウィルス入りの小瓶や携帯電話は頭をかすめもしなかった。ほんの数分でもマックのそばを離れられたなら、誰からでも携帯を借りることができただろうに。あまりにもリラックスして自分の世界に没頭していたせいで、唯一やらねばならないことを忘れていたのだ。

マックのそばにいるときのわたしは本当に救いようがない。

十年前と同じだ。

もうっ！　リリーは立ちあがってジーンズについた草を払った。

「どこへ行くんだ？」マックが彼女を見あげる。

「トイレよ。それにもう一杯ビールがほしいの。あなたはどう？」

「いいね。おれも行くよ」

　こっそり携帯を借りる計画はもう頓挫かしら？　そうだ、女性用トイレのなかで借りるって手もあるわ。だが、マックの背中越しに簡易トイレを目にしてその希望も消えた。あのなかで携帯を借りるなんてあり得ない。ふたりは用を足したあと、売店でビールを買った。

「マック？」

　魅力的な声がして、ふたりは同時に振り向いた。マックが眉をつりあげる。

「ジェシーじゃないか！」

　ジェシーと呼ばれた女性がマックに腕をまわし、唇にキスをした。リリーは眉をつりあげながらも必死で平静を装った。この人がウィルスの受取人？

　まるで雑誌のなかから抜けだしたかのような女性だった。ビキニタイプのトップスとローライズのジーンズのあいだから、へそがのぞいている。胸は豊かで、ブロンドの髪をベリーショートにしてつんつんとたてたヘアスタイルがハート形の顔によく似合っていた。グリーンの瞳はこれまで見たこともないほど美しい。

　自分のことを嫉妬深いタイプだとは思わないが、この人なら女だって欲情しそうだ。

マックがどう思っているかは想像にかたくない。

「やっぱりあなただったのね！」ジーンズのベルト通しに親指を引っかけて、ジェシーが言った。「ここでなにをしてるの？」

マックは肩をすくめてにっこりした。「偶然近くにいたから、寄ってみたんだ」彼はリリーを振り返った。「こっちは友人のリリー」

リリーは慎重に笑顔をとりつくろい、手をさしだした。「よろしく、ジェシー」

ジェシーはにっこり笑うと、うれしそうにリリーの手をしっかりと握った。「リリー、こちらこそよろしくね。マックが恋人を連れてきたなんて感激よ！　ひとりが長すぎたもの」

「ジェシー、よけいなことを言うな」マックが顔をしかめる。

「はい、はい」ジェシーは向きを変えてリリーと腕を組んだ。「マックったらわたしのことを妹みたいだって言うのよ。彼には妹なんていないし、ほしいと思ったこともないくせに。ハエみたいにぶんぶん飛びまわってよけいなことに首を突っこむからだそうよ」

リリーは心底不思議に思った。このふたりはどういう関係かしら？　もしかして……仕事仲間？　高校時代の知りあいなら、わたしも知っているはずだ。つまり、ふたりはわたしが高校を卒業して大学へ進学したあとに出会ったことになる。

「マックとあなたはどうやって知りあったの？」バンドが演奏している広場へ戻りながら、リリーは尋ねた。

「マックとは……もうずいぶん長いつきあいになるわ」ジェシーは地面にぺたりと腰をおろし、脚を組んだ。「八年くらいかしら。わたしが十五のときよ。当時のわたしはかなりまずい問題を抱えてたの。マックはわたしの救世主よ。でも、こんなこと言ったってマックには内緒にしてね。いい気になるから」マックが後ろに座ったので、ジェシーは最後のほうをささやくように言った。

「なんの話だ？」

「女同士の話よ」ジェシーが肩越しに答えた。「あなたもくだらない話をする男友達を見つけてきたら？」

リリーは笑った。マックはわたしが携帯を借りたりしないよう、すべての会話に耳をそばだてているつもりだろう。

とりあえずジェシーがウィルスの受取人ってことはなさそうだ。本来なら嫉妬の炎を燃やすべきなのだろうが、なぜかできない。どう考えても二十三歳以上とは思えないこの女性に、リリーはすでに好意を抱いていた。しかもジェシーには、年齢とは不釣りあいな鋭さもある。ジェシーのことをもっと知りたかった。

「あなたはマックの仕事のパートナーなの？」

「わたしが？　まさか！　わたしと一緒じゃマックの神経が持たないわ。ときどき一緒に遠乗りしたりはするけどね」

「自分のバイクを持ってるの？」

ジェシーがまばゆい笑顔を見せた。「ええ！　ずっとおんぼろの中古を転がしてたんだけど、数年かけて貯金して、ぴっかぴかのハーレー八八三を手に入れたのよ！　小さくてわたしにぴったり」

まあ、ジェシーは罪深いほど魅力的で、おまけにバイクに乗るわけ？　すべての男の夢ね。しかもおもしろくて、親しみやすくて、あけっぴろげで、同性に嫌われるタイプでもないなんて。まったく！　どこかひとつくらい欠点があってもいいんじゃない？

「テキサス出身なの？」

ジェシーがうなずいた。「転々としてることが多いけど、故郷と呼べるのはダラスよ」

「アクセントを聞いて南部の出身だなと思ったの」

ジェシーが笑う。「あなただって。テキサス出身でしょう？」

「ええ。でも今はシカゴに住んでるの」

「そう。でも、テキサス・ガールには違いないわ」

ジェシーと話しているうちに故郷がなつかしくなった。実家が恋しいのではない。再びあの父と一緒に住むのはごめんだ。だが、テキサスはなつかしかった。たぶんマックの故郷でもあるからだろう。

まったく、なんでも彼に結びつけるなんて、わたしときたら相当重症だわ。もっと頻繁に自分に気合を入れないと。

「ねえ、シカゴに住んでいるなら、どうしてマックに出会ったの？」今度はジェシーが尋ねた。

「学校が同じだったの。幼なじみみたいなものよ」

ジェシーはすばやくマックを見てからリリーに視線を戻した。「昔の恋人ってわけ？」

マックが身をのりだしてくる。ひげがリリーの頬をかすめた。

「ジェシー、きみはおしゃべりがすぎる」

ジェシーはマックに向かって舌を突きだした。「いつものことでしょ。わたしが根掘り葉掘り質問するのをとめられたことなんてあった？」

「ないね」マックが答える。「きみは、自分とはなんの関係もない、個人的でたち入ったことをききたがる」

ジェシーはふんと鼻を鳴らしたが、気にしている様子はなかった。「いいわ。ヒントはもらったもの。あなたたちふたりが交わした熱々の情事に関してはノーコメントってわけね。現在進行形かもしれないけど」

「ジェシー！」

リリーはこらえきれずに吹きだした。ジェシーを嫌いになれるはずがない。あれこれ詮索(せんさく)しているときでさえ、まったく悪気が感じられない。リリーはずっと妹がほしいと思っていたが、結局はひとりっ子で寂しい思いをした。子供のころは遊び相手まで吟味され、父がふさわしいと認めた相手としか遊ばせてもらえなかった。

リリーはビールを飲み干して立ちあがった。

「おかわりかい？」マックが尋ねる。

リリーはうなずいた。気持ちのいい天気と二杯のビールですでにほろ酔い気分だが、かまわない。ずっと気を張っていたせいでストレスがたまりまくっている。油断してはいけないことくらいわかってるけど、こんなに楽しいんだもの、一日くらい休んでもいいわ。明日になったらまたストレスと闘いながら、あれこれ頭を悩ませればいい。とりあえずはマックから目を離さなければ大丈夫、よね？

「おれが買ってくる」マックが言った。「ジェシー、よく見張ってろよ。リリーに電話を使わせちゃだめだ」

ジェシーは眉をつりあげた。「あなたがそう言うなら」

リリーは手を振ってマックを見送ったが、彼から目を離さずにいた。マックがビールを売っているテントに並ぶのを確認して満足する。「どっちにしろ、今のわたしはまともな会話ができそうにないわ」

「ちょっとね。アルコールは飲み慣れてないの」

「酔っ払ったの？」ジェシーが尋ねる。

ジェシーが鼻を鳴らす。「わたしも弱いのよ。すぐまわっちゃうわ」プラスチックのコップを掲げる。「これはソーダ水。ビールを二杯も飲んだら、今夜の寝床がわからなくなっちゃうもの。ひとり旅だから判断力を失いたくないの。わかるでしょ？　どっかの男がのしかかってきたら尻を蹴とばしてやらなきゃ」

リリーは笑いながらこたえた。「あなたならできるわ」

「そうよ。わたしみたいなストリート育ちは、自分で自分の身を守るすべを学ばないと生きていけないの。つまりパンチやキック、それにナイフの使い方を覚えないとね」

そういう子供時代がどんなものなのか、リリーには想像もつかなかった。恥ずかしくなるほど箱入りで育てられたからだ。それに比べて隣に座っているこの女性は、自分の身を守るためにひとりで戦ってきたのだ。

「そんな子供時代を送ったなんて、すごく苦労したでしょう」

ジェシーは肩をすくめて笑った。「今は大丈夫。すてきな人生を送ってるわ。マックのおかげね」

「マックはなにをしたの？　あの……もし話したくなければ話さなくていいのよ」

「あら、ぜんぜん平気よ。ある晩、車を盗もうとしていたところを彼につかまったの。

ものすごくびっくりしたわ。警官だと思ったから」

十五歳のジェシーが車を盗もうとしているところなど想像もできなかったが、若いうちはいろいろ魔がさすものだ。「マックはあなたをつかまえてどうしたの？」

「友達の家に連れていってくれたわ。その友達はわたしに仕事をくれた。仕事をしながら学校へ通わせてくれて、帰る場所がないって言ったら寝る場所まで提供してくれたの」

「あなたの家は？　ご両親はいないの？」

ジェシーが顔をしかめた。「あれを親と呼ぶなら、家もあったし、親もいたわ」

家族のことは話したくないらしい。恵まれた家庭環境ではなかったのだろう。「それからどうしたの？　学校は卒業した？」

ジェシーがぱっと顔を輝かせた。「ええ！　高校を卒業して大学にも進学したのよ！それから仕事について、学費を返し、ようやく自分のバイクを買ったの」

「すごいわね！　誇りに思うべきだわ！」

「ええ。身を粉にしてがんばったつもり。でも、マックがいなきゃ無理だった。彼はわたしをストリートから引っぱりだしてくれた。弱音を吐くたびにしかってくれたわ。わたし、最初のころはすぐに根をあげてたの。マックは、今の自分じゃなくて数年先の可能性に目を向けろって言ってくれた。すごい人よ。実の父親なんかより、よっぽど父親みたいだった」

ジェシーの目に光る涙に、リリーは強く心を動かされた。自分の知っているマックと、ジェシーの話してくれたマックを一致させようと試みる。

マックは文字どおりジェシーの救世主なのだ。

マック・キャンフィールドとはいったいどんな男なんだろう？　本人の言うとおり、まっとうな道を歩んでいるの？　この十年で彼は変わったのかしら？

わたしの評価は間違ってる？

マックがビールとソーダ水を持って戻ってきた。

「ありがとう」リリーは、腰をおろすマックをまじまじと見つめた。

「なんだ？」

リリーは首を振った。「なんでもないわ」

マックがジェシーをにらんだ。「リリーになにを言った？」

ジェシーはまつげをぱちぱちさせた。「どうしてそんなことをきくの？　なんにも言ってないわ。あなたの邪悪な過去をばらすとでも思った？」

マックはリリーの髪をひと房つかんでもてあそんだ。「その類の話なら、リリーはすでに承知してるさ」

下腹部からあたたかいものがこみあげてきた。マックはジェシーと言葉を交わすあいだもリリーから目を離さなかった。彼女もまた、マックから目をそらすことができなかった。

「もうっ！　あなたたちが草の上でいちゃつくのを見たくなければ、どっか行けってこと？　そんなの見たら、うなされちゃうわ」

マックがにやりとした。リリーは彼から視線を引きはがしてジェシーを見た。「ごめんなさい。ここにいて」

「冗談でしょ？　あなたたちときたら、今にも始めちゃいそうじゃない。なんだか親のセックスをのぞいてるみたい。もう退散するわ」

リリーはくすくす笑った。

「またあとでね。はめをはずしすぎないでよ。あと、お願いだから、ことを始めるのは部屋を見つけてからにしてね」ジェシーはそう言い残し、手を振りながら去っていった。

「とてもかわいい人ね」リリーは言った。

「悩みの種だ」マックが答える。「でもいい子なんだ」

「あなたが彼女にしてあげたことを聞いたわ」

マックが顔をしかめる。「まったく、よけいなことを言いやがって」

「あなたは彼女の恩人なのね」

彼は肩をすくめてバンドのほうに目をそらした。「ジェシーはひどい親を持って途方に暮れてたんだ。おれはそういう家庭がどんなものか知ってる。だからほんのちょっと正しい方向に押してやったのさ」

リリーはマックの頬に手をあて、自分のほうを向かせた。「あなたは彼女の恩人なのよ」そう繰り返す。

今度はマックも目をそむけなかった。リリーを自分の膝にのせ、体に腕をまわす。

「もうジェシーの話はいいよ」

マックの瞳は極上のブランデーみたいだ。情熱にとけて強い光を発している。リリーはわれを忘れた。何千もの人に囲まれているのに、まるでふたりきりみたい。

彼はわたしにキスをするつもりなんだわ。本当ならどこへ行ってたのかを突きとめなきゃいけないのに。マックは誰かにウィルスを渡したかもしれない。だが、そんなことはないと本能が告げていた。

それにわたしにキスしようとしてるんだもの……。ああ、わたしったら、なんて立派な私立探偵なの？

リリーはマックの唇が触れる瞬間を待ちわびた。いつものように稲妻が体の芯を貫き、抑制から解き放たれた世界がまわりだす瞬間を。

唇が合わさり、舌が侵入してくると、リリーはマックのシャツにしがみつき、キスに溺(おぼ)れた。

•

6

リリーを腕に抱き、キスをすると、周囲の人々も音もすべて消えた。

いつもながら時間も場所も適当とは言えないが、かまっていられない。リリーの体はあたたかく、柔らかかった。彼のキスにこたえて、物憂げに、このうえなくセクシーに舌を絡ませてくる。

リリーの唇はビールと彼女自身の味がした。ちょっとばかりスパイシーで甘い。どれほど時がたとうとも、決して頭から追いだすことができなかった女の味だった。

こんなことはすべきでないのは百も承知だった。また、リリーを利用して捨てることになる。だが、マックは自分をとめることができなかった。リリーはおれの人生における最強の媚薬(びやく)だ。どうやっても抗うことができない。彼女からはあたたかな日に降りそそぐ日ざしのにおい、そして革と麝香(じゃこう)の香りがした。

リリーはおれの女だ。離れているあいだになにがあったとしても、いつだっておれのものだった。この唇も舌も、まさにおれとキスをするためにつくられたようだ。体だって、パズルの隣りあったピースのようにぴったりだ。ほかの女性とこれほどの一体感を感じたことはない。おれたちはけんかしているときですら息が合っている。おれにはそれがわかるし、リリーにもわかっているはずだ。

浮かれ騒ぐ人々に囲まれてリリーを抱き、キスするだけでは物足りなかった。もっと彼女に触れたい。彼女のなかに入り、長いあいだ我慢していたものを味わいたい。

マックはしぶしぶ唇を離し、リリーを膝からおろした。

「どうしたの?」リリーが尋ねた。

「なんでもない」マックは彼女の手を握ったまま上体を寄せ、耳たぶに唇をつけた。「おれは今からきみを抱く。きみがこの場で周囲の視線を浴びながら愛しあいたいと言うなら別だが、そうでないなら部屋を見つけないと」

リリーが小さく息を吐いた。彼の首にあたたかい吐息がかかる。マックは体を離して彼女の姿を眺めた。唇が小刻みに震え、目が情熱に潤んでいる。リリーは無言でうなずいて彼にしたがった。

読み違えようがない。彼女は〝抱いてほしい〟と言っているのだ。

マックの下腹部が緊張しているのは誰の目にも明らかだったが、彼は気にしなかった。

見たいやつには見させておけばいい。この瞬間、リリーとふたりきりになれる場所を探すこと以外はどうでもよかった。

幸いにも助けてくれそうな友人の姿が目に入った。

「ジム」

古いバイク仲間がこちらを振り返った。五十代後半のジムはガールフレンドとともに、バイク関係のイベントにはいつも顔を出している。

「マックじゃないか！」ジムが手を振った。「会えてうれしいよ。しかも美女と一緒とは」

マックはうなずいた。「シーラは？」

ジムは勘弁してほしいというように目をまわした。「露店を見に行ったよ。今度はなにを手に入れてくることやら」

「キャンピングカーで来たのか？」

「それ以外になにがある？」

「一時間ほど車を貸してもらってもいいかな？」

ジムはリリーをちらりと見てから、マックに視線を戻してにんまりした。「もちろんさ」

「おれたちはまだテントをはってないんだ。リリーが少し疲れたみたいだから」

「無理もない。外は暑いからな。遠慮なく使ってくれ」ジムがポケットから鍵をとりだしてマックに手渡した。「あの木立の向こうに駐車してあるんだ」ジムが指さした。「内側から二重に鍵をかけられるようになってる。シーラとおれで、邪魔が入らないように気をつけといてやるよ。おれたちは食べ物の屋台のあたりにいるから」

「ありがとう。借りができたな」マックは通りすぎざまにジムの背中をたたいた。

「あの人、わたしたちがなにをするつもりかお見通しよね？」キャンピングカーへ向かいながら、リリーが小声で尋ねた。

「もちろんさ。ジムだって何度かおれの部屋を使ったことがある。古いつきあいなんだ。気にすることはない」

リリーはマックのほうに身を寄せた。「誰が気にしてるなんて言った？」

彼女の頬は上気し、唇がかすかに開いている。ビールを飲んだせいとも考えられるが、そんなに量を飲んだわけではないから、原因は別にあるのかもしれない。

欲求不満とか、性的欲望とか、おれがほしくてしかたないとか？　そのせいで赤くなっていると思うほうがずっと楽しい。

ジムは気のきいた場所に駐車していた。イベントスペースからはかなり距離があるうえに、青々と茂る木立を挟んでいるのでプライバシーが保たれている。今、おれたちにいちばん必要なものだ。マックはロックを解除してリリーを先に乗せると、自分もステップをあがって内側から鍵をかけた。

リリーは小さなリビングルームに立っていた。

もう言葉など必要なかった。マックは彼女に歩み寄り、胸に引き寄せて唇を重ねた。荒く息をつき、舌を絡ませながら、お互いの体を覆っている革の服をはぎとる。マックはしゃがんでリリーのチャップスのボタンをはずし、ゆっくりと両脇のジッパーをあげた。彼女は無言のままうつむいて、マックがベルトのバックルをはずす様子を見つめている。

リリーの服を脱がせるのは、クリスマスのプレゼントを開けるときのようにわくわくする作業だ。マックはブーツとソックスを脱がせ、ジーンズにとりかかった。ボタンをはずし、ジッパーに手をかける。指の関節が肌に触れると、リリーが鋭く息を吸いこんだ。

いいぞ。ちょっと触れただけなのに敏感に反応している。指が腹部をかすめただけでこれほどの反応を示すなら、裸になって彼女のなかに入ったら、いったいどんなことになるのだろう?

それを想像するとこわばりがびくっと動き、もうどうにも我慢できなくなった。リリーのジーンズを引っぱってヒップと脚をあらわにし、彼女がジーンズから足を抜くあいだ手をとって支えてやる。それから前かがみになってヒップのふくらみを両手でつかみ、自分のほうへ引き寄せて腿のあいだに口をうずめた。パンティまで甘いにおいがする。熱く濡れた麝香のような香りだ。そこに舌を這わせたいという欲求には逆らえなかった。布地の上からでも彼女の味がする。

リリーは身を震わせ、マックの顔に下腹部を押しつけた。「マック」小さくささやく。マックはパンティの生地をめくって舌で溝をなぞり、そのまま熟しきった蜜壺に舌先をさし入れた。甘い液があふれだし、リリーが身を震わせて彼の髪をつかむ。

マックは欲望の命ずるままにパンティをはぎとり、リリーの花園をあらわにした。熟れて潤った花弁は見たこともないほど美しい。左右の丘にはシルクのような茂みがわずかにあるだけで、すべすべして探索しやすそうだ。マックはクリトリスをなめ、口をすぼめてやさしく吸った。歓びを与えたい一心で、リリーの発する声に耳を澄ませる。

リリーがソファの上でのけぞり、さらに大きく脚を開いた。いい眺めだ。セックスを楽しみ、貪欲にオーガズムを追求する女性はすばらしい。リリーはまさにそういう女性だった。息づかいや、浮きあがるヒップ、訴えかけるようなまなざしを見ればわかる。すごく色っぽい視線だ。あの瞳を見るとたまらない気分になる。マックはリリーの顔を見つめながら、二本の指を彼女のなかにさし入れた。指は抵抗なく滑りこんでいく。内側の壁がマックの指に吸いついてきたが、彼はかまわずクリトリスを吸いあげた。

「そんなふうにされたらいっちゃうわ」

それが目的だ。彼女がこの指を締めつけ、てのひらを愛液でびしょびしょに濡らしながら絶頂に達するところが見たい。歓びを与えているのはこのおれだという実感を味わいながら、リリーがオーガズムに達するところを眺めたい。マックはかたくなったクリトリスを舌で転がしながら、一定の速度でピストン運動を繰り返した。リリーの唇が開き、呼吸が激しくなる。目がぱっと見開かれた。

「ああ、だめ！」リリーはそうつぶやくと、腰をさらに高く持ちあげ、甘く濡れた秘所をマックの顔にこすりつけて絶頂に達した。内壁が指をぎゅうぎゅうと締めつけてくる。マックは快感の波が引き、彼女の体から力が抜けるまでクリトリスを攻め続けた。それからようやく立ちあがると、彼女のシャツを脱がせ、ブラジャーのホックをはずして乳房を解放する。胸の頂を味見したくてどうにも我慢できなかった。ピンクのつぼみは誘いかけるようにぴんとたっている。マックは片方の乳首を口に含み、唇と舌で挟むようにした。リリーは肌まで甘かった。彼女の口からもれる低いうめき声に興奮をあおられる。彼はもう一方の乳首にむしゃぶりつき、つややかに濡れてかたくとがるまで舌で転がした。それから、一歩さがってリリーをじっくりと眺めた。

彼女は一糸まとわぬ姿で、欲望をたたえた体をピンク色に染めている。

こちらはまだ服を脱いでもいないというのに。そそりたつ部分が解放を求めて猛（たけ）り狂っている。こいつをなだめるのが次のステップだ。

リリーはソファにもたれ、脚を広げたままマックを誘っていた。先ほどのオーガズムで充血した秘所が濡れて光っている。マックは彼女の視線を感じながらブーツを脱ぎ、チャップスをはずした。

「それを着ているとすごくセクシーだわ」リリーがマックを眺めまわして眉をつりあげた。

マックはにっこりしてジーンズのジッパーをさげ、急ぎすぎないように注意しながらジーンズをおろした。十代の少年でもないのに、彼女のなかに入りたくてどうにかなってしまいそうだ。

そういえば、おれは一度しかリリーを抱いたことがない。十年でたった一度きりだ。あのときはリリーもバージンだったし、最高の経験とは言いがたかった。おれもまごついていた。もちろんやさしくしたつもりだ。キスをして、時間をかけて舌で絶頂に押しあげたあと、リリーがリラックスして潤っていることを確認し、痛みを最小限に抑えようとした。だが、問題は肉体的な痛みだけではなかった。彼女を抱けば、とり返しがつかないほど傷つけてしまうことがわかっていた。その夜、彼女のもとを去るつもりでいたのだから。

あの晩、おれはのり気じゃなかったが、リリーは抱いてくれと言いはった。あの出来事は彼女が望んだものだった。結局、おれは彼女のバージンを奪い、傷つけた。どう慰めていいのか言葉もなかった。

今度はもっとましな経験にしてみせる。ふたりのあいだにはいまだ障壁があるが、前とは違う。

ああ、二度とリリーを傷つけたくないのに、おれはまた彼女を傷つけようとしているのか!

マックはシャツを頭から引き抜いて床に投げた。そして裸のまま、リリーに歩み寄った。


もう十年なんだわ。最後にマックとベッドをともにしてから十年にもなる。

ここ何日か彼とふざけあってはいたけれど、今度こそ本当にセックスするのだ。マックが近づいてきた。彼の顔には、これからなにをするつもりなのかがはっきりと刻まれている。笑顔もおふざけもなし。からかったり、じらしたりのゲームは終わったのだ。ここからはお遊びじゃない。

リリーはソファの背もたれをぎゅっとつかみ、かすかな恐怖心を覚えながらマックを待った。

〝もう傷つけないで〟という心の訴えを、愚かしくて子供っぽいと切り捨てる。大丈夫よ。セックスと感情を切り離すことくらいできるわ。これは体だけの関係よ。大地を揺るがすような経験である必要はない。

単純に最高のセックスを楽しむだけ。

「そのとおりだ」

マックが彼女の体に腕を巻きつけ、ぐいと引き寄せた。リリーは驚いて小さく叫び、彼と目を合わせた。「なにが？」

「最高のセックスってとこさ」

ああ、わたしったら声に出して言ってしまったのね。「そうよ。もちろんだわ」これ以上まぬけなことを言う前に、リリーはマックに口づけした。

キスにこたえて、マックの大きくて柔らかい唇が巧みに動く。彼の腕に抱きかかえられると、リリーの世界は文字どおり回転を始めた。マックが彼女の舌を探りあて、わがもの顔に唇を奪う。

〝大地を揺るがすような経験である必要はない〟ですって？　わたしはなにを言ってたのだろう。自分を抱き寄せるマックの腕の筋肉がかたく盛りあがるのが伝わってくる。まるで海賊の戦利品になったみたいだ。彼は略奪者で、わたしは獲物。興奮しすぎて卒倒しそうだ。十年前のセックスでも、これまでにつきあった男たちとの情事でも、気を失ったことなんて一度もないのに。

それどころか、くらくらしたこともなかった。だけど今は違う。そして、それはビールを飲んだこととはまったく関係ない。マックの熱い唇と、ダンスを踊るように絡みついてくる舌、それに自分の体に吸収しようとするかのように抱き寄せてくる腕のせいだ。たいていの男はセックスのとき自分の快楽を追求する。プレイしているのは自分だけとでも言わんばかりに。だけどマックは、わたしの歓びを自分のことのように感じてくれる。わたしは彼の一部であり、わたしの歓びは彼の歓びでもあると思ってくれている。

リリーが求めているのはそれだった。彼とひとつになること。

彼女は軽々と抱きあげられ、小さなベッドルームのベッドに横たえられた。

マックがリリーの両腕を脇に押しつけ、両手でウエストをつかんで動けないようにする。リリーはぞくぞくした。この人に征服されると思うと、とてつもなくエロティックな気分になる。

彼がのしかかってきて、両脚のあいだにこわばりが触れた。互いの腿がこすれあう。リリーは炸裂（さくれつ）する欲望に泣き叫びたくなった。懇願しそうになるのを唇を噛みしめてこらえる。本当は〝すぐにちょうだい〟と叫びたかった。

マックはそそりたつ部分をこすりつけるだけだった。腿の毛があたってくすぐったい。こわばりの先端は谷間に分け入ったかと思うとすぐに引き抜かれ、そのままクリトリスに移動した。

リリーは歯を噛みしめ、マックをにらみつけながらヒップを持ちあげて催促した。本気で言わせるつもり？

そう思ったとき、マックが体を引き、一気に彼女を貫いた。

リリーはあえぎ、体内に異物が侵入してくるすさまじい感触にうめいた。前のときからあまりにも長かった。長すぎた。それに、以前はぎこちなくて、ある意味では苦痛でもあった。彼を歓ばせたいと思ったけれど、痛みを忘れることはできなかった。恥ずかしさのあまり、自分のしていることがよくわかっていなかった。十年前のあの日は、あまりにたくさんのことが頭に渦巻いていたのだ。

今は目の前の男と、つきあげてくる感覚だけに集中できた。痛みはなく、完璧な歓びだけがあった。熱く大きなこわばりが脈打っている。マックが腰を引くと反射的に内壁が締まって彼を逃すまいとした。リリーはマックの体に脚を巻きつけ、腰をあげてさらに深く迎え入れた。

「すごくきれいだ」リリーを見おろしながらマックがささやいた。

マックこそすばらしい。両手で体重を支えながらのしかかってくる体はまさに筋肉の塊だ。全身が鍛えられ、脂肪など一グラムもなかった。スポーツジムなんかではなく、肉体労働で鍛えられた体だ。そして彼はその筋肉を総動員してわたしを高みへ押しあげようとしている。

部屋は蒸し暑く、ふたりの肌に汗が吹きだした。マックが上体をかがめてリリーを抱き寄せる。彼はリリーの脚を抱えあげて片方のヒップをわしづかみにし、さらに体を密着させてきた。突き入れられるたびに汗で体が滑る。リリーは、すべてを奪いとろうとするかのような熱いキスに無我夢中でこたえた。

解放のときが近づいてきた。リリーは甘美な瞬間を引きのばそうともがいた。マックに抱きしめられたまま、できるだけ長くこの快感を味わっていたい。キスされ、体をまさぐられながら突きたてられると、ふたりを隔てているすべての障壁が意識から消しとんだ。

マックのこわばりがリリーの蜜壺をかきまわし、クリトリスを撫であげる。彼女は唇を引きはがした。

「マック、だめ」

彼が動きをとめた。「どうした?」

「いっちゃうの」

マックの口もとにうっすらと魅惑的な笑みが浮かぶ。「それのどこが悪いんだ?」

「いきたくないの。まだだめ」リリーは手をあげてマックの髪をすいた。豊かで、柔らかく、汗で湿っている。

「ベイビー、おれのためにいってくれ。二度と抜けなくなるくらい締めつけてくれよ」

卑猥(ひわい)な言葉にリリーの体はひくひくと痙攣した。マックがピストン運動を再開する。

触れあっている場所すべてが、焼きごてがあてられたかのように熱くなった。

汗と体液に肌を滑らせながら、ふたりの体は浜辺で砕ける波のように寄せては返した。マックがペースをあげると、リリーはオーガズムの高波にいやおうなく押しあげられ、彼の腕にしがみついて頂点にのぼりつめた。マックが絶頂を迎えた彼女の叫びをキスで封じ、下半身を押しつけてうめく。彼が痙攣しながら自分のなかで炸裂した瞬間、リリーのクライマックスは極限に達した。彼女は体を震わせ、力つきた。

息を切らせながら、リリーはマックから離れまいとしがみついていた。他人のベッドに汗だくの体で横たわっているという事実が頭をよぎるが、今はどうでもいい。ここがどこであろうと、わたしにとっては完璧に満ち足りた天国だ。

マックがやさしく長い口づけをして、リリーの下唇をなめた。

「おいしい」

リリーは笑った。「ビールの味?」

「いや、きみの味だ。ちょっぴり辛くてスパイシーなのに甘い」

彼女は息を吐いた。

「あと百回くらいきみを抱きたいけど、ジムとシーラに車を明け渡さなきゃ」

リリーはあきらめのため息をついた。「そうね。シーツは洗ったほうがいいかしら?」

マックが笑ってリリーにのしかかった。「ジムたちが洗うさ。知りあった当時、あのふたりは一度といわずおれのベッドを使ったことがある。そのときはおれが洗濯係という栄誉を受けたんだ、お互いさまさ」

彼はリリーの手をとって引っぱり起こし、バスルームへと案内した。

ようやく思考力が戻ってくると、リリーはマックが服を着てジャケットに腕を通すところを注意深く観察した。彼のそばに寄ってジャケットの下に手を滑りこませ、腰に腕をまわす。マックはジーンズの尻ポケットから拳銃をとりだし、ジャケットの内ポケットに移した。

リリーは顔をしかめた。「抱きしめようとしただけで、拳銃を奪おうとしたわけじゃないわ」

「嘘だね。うまいこと銃を奪おうとしたくせに」

彼女は鼻を鳴らした。「知ったかぶりはやめて」

マックはリリーに腕をまわした。「きみはおれの拳銃を奪おうとした。または携帯かウィルスをね」

「つまり、まだウィルスを持っているのね？　ラリー会場で誰かに渡したりしてないのね？」

マックの顔から笑みが消え、いつものかたい表情が戻ってきた。打ち崩すことのできない壁がふたりのあいだに再びたちはだかる。「知らないほうがきみのためだ」

「マック、お願い」マックをせかしたくないし、愛しあったあとのなごやかなひとときを壊したくない。だが、小瓶の中身を知っている以上はどうしようもない。見過ごすわけにはいかないのだ。わたしは女で、女としての歓びを享受したけれど、同時に元警官で私立探偵でもある。ウィルスのことを忘れるわけにはいかない。

マックが抱擁を振りほどいた。「この件についてはおれを信じてくれ」

リリーはジーンズのベルト通しに親指を引っかけ、極度の欲求不満にため息をついた。胸のなかはもやもやした気持ちでいっぱいだった。「信じたいわ。どんなにそうしたいと思ってるか、あなたにはわからないでしょうね。ジェシーの話を聞いて、あなたが人を思いやる心を持っていることがわかった。故意に何百万もの人を苦しめたりするような人じゃないと」

「そのとおりだ」

「それならなぜ正直に話してくれないの？　そんなに難しいこと？　いつもわたしとまっすぐに向きあおうとしないのはなぜ？」

マックは髪をかきあげた。「きみが危険にさらされるからだ」

「ばかげてるわ。あなたと一緒にいるのだって十分危険なのよ。あなたにとってはわたしを連れまわすほうが好都合なんでしょうけど」

彼はこたえなかった。

「十年前と一緒ね」冷たい現実に頬をぶたれたような気分だった。

マックが顔をしかめる。「なんだって？」

「十年前もあなたはわたしを遠ざけた。わたしを信頼してくれなかったわ」

マックは首を振った。「違う。おれがテロリストにウィルスを売ると思いこんでいるのはきみだぞ。信頼していないのはきみのほうだ」

「そうかしら？　十年前、あなたはわたしの愛や、あなたへの誠意を信じてくれなかった。愛してる、一緒にいたいと言ったのに、わたしには自分のしていることがわかっていないのだと決めつけたわ。わたしに必要なものがなにかわかっていると思っていたんでしょう？　わたし自身よりもよくわかってると思ったのよね？　ちょうど今みたいに」

「それは言いがかりだ」

マックが声を落とし、視線をそらした。彼のことはよくわかっている。これは嘘をついているときのしぐさだ。

どうしてこうなるの？　ふたりの距離が近づくたびに、仲を引き裂くような出来事が起こる。わたしたちは一緒にいるべきではないのかもしれない。頭ではとっくにわかっていた。わたしは法を守らせる立場の人間だ。だけどマックは……どっちなのか見当もつかない。そして、彼はわたしに話す気がない。こんな状況でうまくいくはずがないのだ。

今こそ過酷な現実を受け入れるときなのかもしれない。互いに引かれているとはいえ、わたしたちはほんの数時間一緒にいるだけで必ず口論になる。考え方も価値観も正反対だ。

かつて父が言っていたことが正しいのかもしれない。わたしとマックは住む世界が違う。共通点もないし、人生で大事に思うものが違う、という意見が。

昔も今もマックはわたしを信じていない。

そして今となっては、わたしまでもが彼を信じられないのだ。

リリーはドアに近づいて内側の錠をはずした。マックの手が彼女の手にかかる。

「どこへ行くんだ?」

「外よ。ここは息が詰まりそうだから」

「それなら一緒に行こう。ひとりで行かせたくない」

リリーは表情がよく見えるよう、顔だけマックのほうに向けた。

「わたしが信じられないんでしょう?　あなたは心配しているのでも、わたしのためを思っているのでもないわ。わたしが手近な電話を手に入れて、通報すると思っているだけなのよ」リリーはマックに向きあった。「そうしたければ、あの晩、美術館で通報できたのよ」

マックが目を見開くのを見て、リリーはうなずいた。「そう、わたしはあなたが侵入するところを見てた。この手には携帯があった。その気になれば、警察に通報して、彫刻を盗んで出てきたあなたを逮捕させることもできたのよ」

マックはショックを受けた様子でリリーを見つめている。

「なぜ通報しなかった？」

リリーはこみあげる涙をまばたきでごまかした。彼に泣き顔を見られたくない。「本能でわかったからよ……あなただってことが。バイクの音や、立ち方なんかで、あなただとわかったの。わたしは自分の任務にそむいた。この手でキャリアをつぶしたのよ。あなたのためにね。落胆するあなたを見たくなかったから。ばかでしょう？」

リリーはマックに背を向け、車から出ていった。

マックはとめなかった。

7

立ち去るリリーの後ろ姿を見送ったマックは、いらいらと髪をかきあげた。

ちくしょう。彼女が相手ではそう簡単に運ばないだろうということは覚悟していた。だが、お互いのことを理解できたと思ったのに……。少なくとも、なにがしかのあたたかな感情が生まれたと思った。実際にふたを開けてみれば、あたたかいどころか灼熱地獄だ！

互いを求める心に火がつき、リリーとの距離が縮まるたびに、仲を引き裂くようなことが起こる。

マックはリリーに答えを与えなかった。むしろ、そのほうがいいのかもしれない。距離を置いていたほうが、彼女もおれと別れやすいだろう。

おれ自身にとっても、きっとそのほうが楽だ。今のおれがどんな人間で、誰のために動いているのかを明かすことができない以上、リリーにはなにもわからないままでいてもらうしかない。彼女は不信感を抱き続けるだろうし、それについてはどうすることもできない。信じてくれと訴え続けることはできるが、彼女にはおれを信じる理由がないのだ。

リリーのあとを追いかけなかったのは、お互いに冷静になる時間が必要だと思ったからだった。美術館での彼女の行動を知ったあとでは、最寄りの電話に飛びついて警察に通報するとも思えなかった。

おれはリリーを信頼している。すべてを話せば、彼女は全面的に協力してくれるに違いない。

だが、おれは組織に誓いをたてた。あの誓いには重い意味がある。おれという人間がなにを思ったとしても、どんな個人的理由や欲求が生じたとしても、〈ワイルド・ライダーズ〉を裏切ることはできない。自分だけの問題ではなく、仲間を危険にさらすことになるからだ。ほかに選択肢はなかった。

まったく……お手あげ状態だ。マックはジムに車のキーを返し、リリーを捜した。ほどなく、さほど離れていない場所にいる彼女の姿が目に入った。リリーはジェシーと連れだって野外ステージの近くに座っていた。あの場所で会話することはほとんど不可能だろう。マックが近づくと、ジェシーがこちらに顔を向けた。リリーは胸の前で腕組みをしたまま、こちらを振り返る気配もない。前を向いたまま、マックの存在を無視してバンドの演奏に集中していた。こわばった体のラインから内面の緊張が伝わってくる。リリーが音楽を楽しんでもいなければ、くつろいでもいないのは明らかだった。

リリーは腹をたてている。しばらく機嫌は直らないだろう。だが、おれにはどうすることもできないし、これがおれの任務なのだから謝罪するつもりもない。ここは下手に刺激せず、ジェシーに任せておこう。マックはふたりの後ろに陣どって、リリーと周囲の人々を観察した。

周りに注意を払うのは今に始まったことではない。美術館から逃走して以来、警戒を怠ったことはなかった。あれ以来ずっと、狙撃犯に尾行されている可能性を疑い、背後にも神経をとがらせてきた。誰かに見張られている可能性は低かった。尾行されていたなら、とっくに気づいているはずだ。

だが、決めつけることはできない。なにごとにも百パーセントはないし、それほど簡単に敵の目を逃れられるとも思えない。マックは敵に尾行されているつもりで行動していた。ウィルスとリリー、守るものがふたつもあるのだから、油断するわけにはいかない。好むと好まざるとにかかわらず、おれはリリーと行動をともにするしかない。しかも解放してやれるときが来るまでは、彼女にこちらの事情を知られるわけにはいかないのだ。

太陽が沈み、昼間の熱気はとうに消え失せていた。リリーは先ほどまで手に持っていたジャケットをはおって、吹きつける強い風に背中を丸めている。夏がすぐそこまで来ているとはいえ、夜はまだ冷える。夕暮れの空気と同じくらい冷たいリリーの態度から推測するに、今夜は互いの体であたためあうことはできそうになかった。

マックはジェシーの肩をたたき、バンドの音楽に声がかき消されないよう耳もとに顔を寄せた。「テントを張ってくる。リリーを見ててくれ」

ジェシーはうなずいただけで、再び音楽に没頭した。マックはバイクを駐車した場所に戻り、この機会にグレーンジに連絡を入れた。

「本部で独自に調査してみた」グレーンジが口火を切った。「あの彫刻がシカゴへ運ばれる前に展示されていた各都市の展示会場から、警備カメラの映像を入手することができた」

「それで?」

「ニューヨークで最初に展示されて以来、すべての会場でよく似た人物が確認された」

興味深い事実だ。「誰なんです?」

「まだ手がかりはないが、背格好や歩き方からほぼ同一人物に間違いない。いずれの映像でも黒っぽい服装で屋外をうろついている。美術館の警備員でないことは確認ずみだ。ロングコートに帽子、黒っぽいスラックスを身につけ、物陰で煙草を吸っている」

「ハンフリー・ボガート気どりですね」

グレーンジが鼻を鳴らした。「巡回展を訪れた客全員について、同じ人物が複数の会場に現れていないかを調査しているが、まだ時間がかかる」

「あなたの推測を聞かせてください」

「あの彫刻にウィルスが仕込まれていることを知ってるやつがいたんだろう」

「すべての会場を下見して、盗むタイミングをねらっていたと?」

「そうかもしれないし、そうでないかもしれない。まだ確信があるわけではない。あらゆる角度から検討してみないと」

ほかにどんな理由があって各地の美術館を調べるというんだ? マックは頭を振り、状況の分析はグレーンジに任せることにした。「シカゴの様子はどうです? リリーのことは問題になってますか?」

「巡回展で盗難があったことはもちろん大ニュースになってる。非難の矛先は夜警チームだ。マスコミが集中し、美術館はかなりまずい立場にたたされてる。リリー・ウエストの関与についてはいっさい触れられていない」

「よかった」リリーの失踪(しっそう)について騒がれたくない。探偵事務所が彼女に疑惑の目を向けていなくてよかった。もちろん、リリーの上司がわが身かわいさから騒ぎたてないだけかもしれない。だが、彼女に盗難の嫌疑をかける可能性もある。地元の警察と協力してリリーを指名手配することだってあり得るのだ。

「リリーが窃盗犯にされないよう手を打たなければ」

「それについてはすでに処理した。これまでにつかんだ情報では、美術館でリリーの拳銃が見つかったことから、彼女が窃盗犯に誘拐されたのではないかと心配しているようだ。彼女に容疑はかけられていない」

マックは笑みを浮かべた。グレーンジはあらゆる組織に顔がきく。「それを聞いて安心しました」

「彼女はなにも知らないままなんだな」

「なにひとつ」そして、状況がわからないことに心底腹をたてている。自分が彼女の立場でも同じように感じるだろう。

「その状態を維持しろよ。それに油断するな。おまえがウィルスを持っていることを敵に知られている以上、おまえはねらわれるぞ」

「警戒は怠りません」マックは携帯電話をポケットにしまい、バイクからテントをおろした。設置場所を探して、人のいないほうへ進む。木立に分け入り、周囲のテントから適度に離れた場所にテントを立てた。ほかのライダーにならって、ジェシーやほかの顔見知りが駐車している近くにバイクを移動する。みんなテントの近くに駐車しているはずだ。作業が終わったので、マックはリリーとジェシーを捜しに戻った。野外ステージのそばにふたりの姿はなかったが、周囲を捜すと食べ物の屋台のそばにいるのが目に入った。

ジェシーがマックにハンバーガーとフレンチフライ、それに飲み物を手渡してくれた。

「食べてないんじゃないかと思って。リリーは今にも寝ちゃいそうよ」

「ありがとう」ハンバーガーを三口ほどかじると、自分がいかに空腹だったかということに気づいた。食事をするといくらかましな気分になってくる。マックはリリーに目をやった。顔色が悪いし、目の下にはくまができている。

「疲れたのかい？」

リリーは肩をすくめてソーダをひと口飲んだ。

「きみのテントはこのあたりなのか？」マックはジェシーに尋ねた。

「ええ。川の近くに仲間のテントがあったから。あなたは？」

「キャンピングカーの近くだ」

「わたしたちのほうに移動してもいいわよ」

「ありがとう。でも大丈夫だ」

ジェシーはリリーを一瞥(いちべつ)してマックに視線を戻した。唇をへの字に曲げる。「そうでしょうね。彼女ったら、指をパチンと鳴らしたら寝ちゃいそうだもの。もう寝かせてあげなさいよ」ジェシーはリリーに腕をまわしてさっと抱きしめた。「おやすみ」

リリーはどうにか小さなほほえみを浮かべ、ジェシーを抱き返した。「ジェシー、おやすみ。ありがとね」

マックがポケットからいくらかの金をとりだしてジェシーにさしだした。ジェシーは金を見てからマックと目を合わせて頭を振った。「あなたってときどきどうしようもないわね。あれはわたしのおごりよ」

マックは笑って前かがみになり、ジェシーの頰にキスをした。ジェシーはウィンクをして歩み去った。

そしてテーブルの上に沈黙が落ちた。マックは息を吐き、なにか言いたいことはあるかとリリーに尋ねるべきだろうかと迷った。だが、疲れきった様子を見る限り、やめておいたほうがよさそうだ。だいいち、けんかはもううんざりだ。リリーは本当に疲れて見える。「寝る準備はできたかい?」

リリーが肩をすくめた。「できたと思うわ」

マックは彼女をテントに案内した。リリーは無言のままテントにもぐりこみ、片側に横になった。もちろんこちらに背を向けて……。彼はリリーに毛布をかけてから自分もあおむけになった。暗がりに横たわったまま頭上のキャンバス地を見つめる。

バンドの演奏が聞こえてくる。まだまだ外は盛りあがっているようだ。ひと晩じゅう騒ぎ明かすつもりなのだろう。少なくとも一部の連中はそうに違いない。

「あなたは楽しんできてもいいのよ」

マックはリリーのほうに顔を向けた。「なんだって？」

「仲間と楽しんでくればいいじゃない。わたしは大丈夫だから」

今度は体ごとリリーのほうを向く。「別に行きたくなんかないよ」

「ここにいたいわけでもないでしょう？」

「リリー、おれたちは長いつきあいだ。おれが自分の意に沿わないことはしないとわかってるだろう？」マックの指がポニーテールの先端に触れた。シルクのような手ざわりだ。「外に出たければそうするさ」

リリーはしばらくなにも言わなかったが、まだ起きているのはわかっていた。

「わたしを解放して。あなたと一緒にいることはできないの。警察に通報したりしないから」

それはわかっている。「だめだ」

リリーは寝返りを打ってマックと向きあった。「なぜ？」

マックは答えようと口を開いた。だが、なにが言えるというのだろう？　同じやりとりの繰り返しだ。事情は話せない、と繰り返すだけ。どんなにこの状況が気に入らなくても、〈ワイルド・ライダーズ〉の存在は誰にも知られるわけにはいかない。

「話せないんだ」

「いつかは話せるようになるの?」

薄暗がりのなかでリリーに自分の表情が見えることを願った。「もちろんさ。心から打ち明けたいと思ってるよ。いつかね」

そう言いながらも、そんな日が来ないことはわかっていた。自分の嘘に胸が痛んだ。真実を告げられないことがつらくてたまらない。最低の気分だった。

リリーは起きあがり、膝を抱えこむようにして座った。テントのなかにさしこむ月明かりのせいで、見たくないものまで見えてしまった。ひどい欲求不満に襲われ、息もできない。

マックのことはよく知っている。だから彼が嘘をついていることもわかった。彼はわたしに真実を告げる気はないのだ。あの殺人ウィルスをどうするつもりか知らずに、どうやって彼を思いやることができるだろう? どうして愛しあうことができるの? 人々に甚大(じんだい)な被害を与えるかもしれない相手に、愛情を抱くことはできない。

リリーは肩越しにマックを一瞥した。「あのウィルスは何百万人もの人を殺すことができるのよ」

「わかってる」

「そのなかには子供も含まれているのよ」

「そうだ」

リリーは泣きそうになるのをまばたきでごまかし、視線をそらした。どうしてこんなことに巻きこまれてしまったのだろう？　とんでもないタイミングで、とんでもない場所にいあわせてしまった。

しかも間違った相手と……。だけど、わたしが警察に通報して、あの彫刻をとり戻していたとしたら、どうなっていただろう？　あのウィルスは誰の手に落ちたの？　ウィルスを彫刻に仕込んだやつは、疑われずに街から街へとウィルスを運びたかったに違いない。天才じゃなくてもそのくらいはわかる。でも、誰が、なんのためにそんなことを？　ねらいはなに？

それにマックはなぜ、わたしと協力すれば仕事がやりやすくなると思わないのだろう？

男ってときどき救いようがないんだから。いいわ。本当のことを教える気がないなら、自力で探りだすまでよ。

「リリー」

マックがリリーの後ろに移動し、髪をかき分けて首筋に息を吹きかけた。リリーはぶるっと震えて彼を振りほどこうとしたが、がっちりと肩をつかまれていてできなかった。こんなに腹をたてているというのに、その相手に肉体的に引かれてしまう自分がいやでたまらない。誰に対しても弱気になったことなんてないのに、マックの前に出るととたんに心もとない気分になる。

「おれはこれまでいろいろなことをしてきたし、たくさんの間違いも犯したと思う。だが、何百万もの罪もない人々に害を与えたりしないし、ましてや子供たちを傷つけることなど絶対にできない。それはわかっているだろう?」

わかってる。昔、マックが怒っているところを見たことがあった。すさまじい怒りをたぎらせ、欲求不満を募らせて、体に触れなくても張りつめた空気が伝わってくるほどだった。だがそんな状態であっても、彼が誰かに殴りかかったり、他人を故意に傷つけたりしたことはない。彼はいつだってぎりぎりのところで怒りを抑えるのだ。

「あなたがそんな人じゃないことはわかってるわ」口に出してそう伝える必要があった。マックが子供を傷つけ、家庭を崩壊させるような人にウィルスをゆだねるなどと思っていないことを伝えなければならない。リリーは焦燥感に駆られた。彼はあれでなにをするつもりなのかしら?　なんとしても探りださなきゃ。

だが、無理強いしてもだめだ。

マックが首筋にキスをしてきた。肌に唇を押しつけた状態でささやかれると、背筋がぞくぞくする。

「おれを信頼するのが難しいことはわかってる。おれにききたいことがあるのもわかってる。信じてくれ。話せるときが来たら、きみに知ってほしいことが山ほどあるんだ。これまでの十年間、おれがどこで、どう生きてきたのかを知ってほしい」マックはリリーの上半身をひねるようにして自分のほうに向かせた。月明かりに照らされたマックは欲望と深刻さの入りまじった表情を浮かべている。「いつか話せるときが来たら、なにもかも話すと約束する。きみに知ってほしいんだ」

リリー自身もマックに承知しておいてもらいたいことがあった。自分の意思は伝えておきたい。「わたしはかぎまわるのをやめないわよ」

マックは口角をあげた。「知ってるさ」

「あなたからウィルスを奪ってみせる」

「きみが全力で向かってくることは承知のうえだ」

リリーは唇をゆがめた。マックが身をかがめて再び彼女の首筋に唇をつけると、くすぶっていた怒りと不満がとけていった。緊張から解放されたい。今夜はこれ以上の進展はないだろう。わたしは彼のそばにとどまるし、彼も別れを急いではいない。それはマックがまだウィルスを持っている証拠でもあった。受け渡しがすんだなら、わたしに用などないはずだ。彼がわたしをそばに置くのは、通報させないようにするためだけ。それがわからないほどばかじゃない。

でも、今はそれでもいい。そのうち自分の仮説を検証してみよう。自分だけの力で。

マック・キャンフィールドの謎を解き明かすのは一時中止だ。今は別のこと、肉体の神秘を検証する時間。そして彼をわたしのとりこにする。彼に接近するのが目的だもの。そうでしょ？　ウィルスがほしいなら、押しのけたってなんにもならない。ぐちゃぐちゃの感情はひとまず脇に置いて、今すべきことを思いださなきゃ。

マックがリリーの正面にまわりこんで顎と唇にキスをしたが、彼女は抗わなかった。唇を開いて、彼の探索に身をゆだねる。

彼の唇にため息をひとつ落として、リリーはキスにこたえ始めた。巧みなキスに、張りつめていた気持ちがゆるんでいく。マックは口の端を噛み、下唇に舌を這わせてから、舌を深くさし入れて彼女の舌をなめた。リリーの下腹部にぽっと炎がともり、口からうめき声がもれた。

「その声が好きだ。それを聞くと気が変になるよ」

「そうなの？」

「ああ。おねだりされてるみたいだ」

リリーは笑ってマックの膝にのり、彼と向きあった。脚を巻きつけ、彼のほてった体に身を寄せる。

「寒いのか？」マックが尋ねた。

「ええ。あたためて」

「そのためには服を脱がせなきゃ」

リリーはマックの首に手をかけて上体をそらし、胸を突きだした。「どうぞ」

「この体勢じゃ難しいな。地面にほうりだして、ちょっと転がさないと」

「いいわ。レスリングをするとあたたまるもの」

「それはきみが協力しない場合だけさ」

「誰が協力するなんて言った?」

暗がりのなかでもマックの目が光るのがわかった。主導権を争って彼ととっくみあうなんて、想像するだけでもぞくぞくする。この窮屈なテントでは難しそうだが、だからこそよけいに刺激的に思えた。もちろんマックのほうが体力はあるだろう。でも、勝算がないわけではない。

ふたりはかなり長いあいだにらみあっていた。どちらも微動だにしない。リリーはマックが飛びかかってくるタイミングを読んでいた。脚をつっぱって彼を押しのける。マックがつかもうとした手をさっと引っこめ、彼の後ろにまわりこもうとした。手首を押さえつけられたら負けだ。リリーは腿にぎゅっと力をこめた。脚力には自信がある。そのままマックの腰に脚を巻きつけ、本物のレスリングの試合のように彼を床に引き倒す。

驚いたマックが声をあげながら横に倒れた。

リリーは笑いながらマックの背中に飛びのった。だが、いつまでも優位を保てないことはわかっていた。マックが彼女を振り落とし、即座にのしかかってくる。彼女は横に転がって膝を抱えこみ、腕をとらせまいとして足の裏で彼の体を押した。マックが彼女のほうにぐいと腕をのばす。リリーはその筋肉の動きに見とれた。

マックのほうが力は強い。こちらを傷つけないように手加減していることくらいわかっていた。マックはリリーの体からおり、自分の寝ていたほうへ転がると、彼女のウエストをつかんだ。リリーの体を床から持ちあげ、一緒になって横転して腹這いにさせる。それから彼女の腕をつかんで引っぱり、腰の上で羽交い締めにした。

「おれの勝ちだ」

リリーの首に荒く、熱い息が吹きかけられた。

ヒップにあたっているこわばりが、ほてった体をさらに熱く燃えあがらせる。ふざけあったことでマックもかなり興奮した様子だ。リリーは腰を突きあげ、そそりたつものにこすりつけた。

「悪い子だな」マックはそうささやきながらも、彼自身をさらに押しつけてリリーの欲望をあおる。

「大きいわ」

「ああ。熱くてかたい。ほしいのか?」

リリーは唇を噛みしめた。下着はもうびしょびしょだ。彼女はささやいた。「抱いて。

今すぐに」

マックがリリーのウエストをつかみ、ジーンズのジッパーをおろす。ヒップから腿へ、そして膝の上へとジーンズがさげられるあいだ、リリーはおとなしく待った。彼が自分のジーンズのジッパーをおろす音が聞こえ、腿と腿がこすれる。秘所にこわばりが触れた。

マックはポニーテールをつかんで軽く引っぱった。「なにがほしいんだ？」

リリーはにっこりして答えを拒んだ。ああ、思いきり貫いてほしい！

隆起した先端をクリトリスにこすりつけられると、まぶたの裏で歓びの火花が散った。マックが侵入してくるときの感触を想像してぎゅっと目を閉じる。

「なにがほしいか言ってみろ」

そんなことよく知ってるくせに。どうしてさっさとくれないの？　すでに受け入れる準備は十分に整っており、花唇は期待に潤ってわななないている。マックは相も変わらず重い隆起を花弁にこすりつけていた。満たされない要求に、リリーの全身がずきずきとうずく。それでも彼女はこたえなかった。

マックがもう一度ポニーテールを引っぱった。その荒っぽい動作に花唇が刺激され、欲望の炎がさらに勢いを増した。

「こうされるのが好きなんだな」

それは質問ですらなかった。それなのに返事をする必要なんてあるのだろうか？　マックはもう一度、さらに強く髪を引っぱった。「なにがほしいか言うんだ。そしたら望むものをやろう」

マックの手が腿のあいだを撫であげる。巧みなテクニックを駆使した容赦ない攻撃は拷問に等しかった。リリーが体をほてらせて身もだえすると、マックが手を引いた。それと入れ替わりにこわばりがあてがわれ、その先に到来するものを期待させるように先端だけが押しこまれた。「きみのなかに押しこんで、奥まで突いてやる。それでいいのか？」

「ええ。マック、お願い」しぶしぶ負けを認め、リリーは答えた。そうせずにはいられなかったのだ。もう待てない。

マックが前かがみになって、リリーの首筋に舌を這わせた。ふくらみきったペニスが花弁を撫でる。もうだめ。耐えられない。

「あなたの勝ちよ」彼女はうめいた。「入れて」

マックは力強くリリーを満たした。わたしは負けてなんかいない。勝ったのだ。彼のこわばりが内壁を押し広げようとする。予想以上の刺激にリリーは毛布を握りしめた。彼自身をぎゅっと締めつけ、放すまいとする。

「すごく締まってる。それに熱いし、こんなに濡れている。こうしてほしかったんだろう?」

リリーは答えなかった。声が出なかったのだ。答える代わりに腰を突きだし、さらに深く迎え入れようとする。マックはその意図を察して、腹部に到達するのではないかと思うほど深く彼女を貫いた。突き入れられるたびに情熱があふれだす。マックはリリーがどうすれば感じるかを知りつくしていた。突き入れる角度が変わり、Gスポットが刺激されると、オーガズムに似た小さな躍動が襲ってきた。

「マック、マック」深く貫かれ、高みに押しあげられるたびに彼の名前が口を突いて出る。腹部にまわりこんだマックの手がゆっくりとクリトリスを刺激し始めたとき、リリーは気も狂わんばかりになった。完璧だ。内側と外側の両方から刺激され、彼女は粉々に砕け散った。

「ベイビー、そうだ」マックがささやく。「きみの液でおれを濡らしてくれ」

クライマックスに達したリリーの叫びがバンドの演奏と共鳴する。絶え間なく押し寄せる快感と情け容赦ない攻撃に、リリーは激しく痙攣した。マックがヒップをつかんで熱いほとばしりを注ぎこみ、身震いしながらうなると、彼女も再び絶頂へ押しあげられた。

これこそワイルドな生き方だわ。マックとこんなふうになりたいとずっと思っていた。こんな気分にさせてくれた人はほかにいない。わたしが心から欲するものを与えてくれるのはマックだけだ。

　リリーは荒い息をしながら脱力した。マックが彼女をしっかりと抱きしめ、首筋にキスをする。

「もう汗だくだわ」この言葉を聞いたマックが肌をなめたので、リリーは笑い声をあげた。

「体が塩分を求めているのさ」

　可能な範囲で体をふき、服を着ると、マックはあおむけに寝転んでリリーを引き寄せた。ふたりの体に毛布をかける。

「寒くないか？」

「あったかいわ」

「よし」

　リリーはマックに身をすり寄せ、外の騒々しいパーティの音を聞いていた。しだいにまぶたが重くなる。彼の腕のなかはあたたかくて心地いい。そして安心感があった。

　もちろん、すべてに満足したわけではなかった。まだ足りない。質問に答えてもらうまでは満足するわけにはいかないのだ。

　マックについてはまだ答えを出していない。それでも、不安定ながら一時的な和解が成立した。今はそれで我慢しなきゃ。

なぜ目が覚めたのか、マックは自分でも説明できなかった。ついにバンドの演奏が終わり、ざわめきが消えたからかもしれない。話し声も足音もしなかった。

いやな静けさだ。上体を起こして暗闇に目を慣らす。普段から眠りは浅いほうだった。仕事柄それはしかたない。特にこういう荷物を運んでいるとなれば、なおさらだ。

リリーはマックが体を起こしたのにも気づかず眠っていた。毛布を引きあげ、冷えないように体の下にたくしこんでやる。マックはブーツをはいてジャケットのジッパーをあげ、ポケットに拳銃を忍ばせた。ウィルスはテントに置いていくべきだろうか？　それとも持っていくべきか？　結局、持っていくことにした。ここに置いていけばリリーに危害が及ぶかもしれない。それだけは許容できなかった。誰かがおれたちを見張っているとすれば、リリーよりもおれをねらうはずだ。

テントの外に出て入口のジッパーを閉めた。身を切るような風に、マックはジャケットの襟をたて、襟もとをつかんでかきあわせた。いまだに徘徊（はいかい）している数少ない徹夜組を除いて、ほとんどの人は寝静まったようだ。飲み物や食べ物を売る屋台はすでに店じまいしていた。再び店が開くのは日がのぼってからだ。バンドも器材を片づけて、すでに会場をあとにしていた。

再びさっきの妙な感じが戻ってきた。なにかがおかしいと本能が告げている。マックはこういう直感を大事にしていた。片方の手をポケットに滑りこませて、拳銃の安全装置がはずれていることを確かめる。そして怪しげな気配に注意しながら、テントの後方にとめたバイクのほうへと歩いていった。

物音はしない。怪しい動きをする者や、部外者らしき人影も見あたらなかった。だが、うなじの毛が逆だっている。これはよくない兆候だ。誰かに見られている。マックにはわかった。バイクにたどりつくと、直感が正しかったことがわかった。

いつもは鍵をかけてあるサドルバッグが開いていた。素人のしわざではない。切り裂かれたり、引き裂かれたのではなく、錠が開けられているからだ。バイクのまわりをぐるりと確認するあいだも、胃がよじれるような感覚が続いていた。物取りじゃない。なにかを捜していたのだ。マックは周囲を警戒しつつ、サドルバッグのなかに手を入れた。やはりなにもとられていない。つまり、こそ泥のしわざではないということだ。犯人のねらいは明白だった。

ウィルスだ。おれたちはつけられていたのだ。どうして気づかなかったのだろう？思い返してみれば、ラリー会場へ向かうバイクの群にはいろんなやつがまざっていた。バイカーのひとりかもしれないし、ラリーを楽しみに車でやってきた連中にまぎれこんでいたのかもしれない。木々やテントのひとつひとつに目を走らせてみたが、それらしき人物はいなかった。だが、犯人が今すぐに行動を起こす可能性は低い。まだ出歩いている人もいるからだ。おれを襲撃すれば、誰かが気づく。騒ぎになれば、みんなが助けに駆けつける。ライダーたちは連帯意識が強いし、会場には知りあいも多い。おれをねらっているやつもそれは承知しているはずだ。ラリー会場では手出しをしてこないだろう。だが、仲間から離れたあとは油断できない。ライダー仲間の庇護がなくなってから、おれたちを襲うつもりかもしれない。

策を練る必要があった。それもとびきりの作戦を。この会場から誰にも尾行されずに抜けだす方法を考えるのだ。

まずはリリーを起こそう。それからジェシーを捜さねば。

8

マックは熟睡しているリリーを揺り起こした。

「まずいことになった」

リリーは勢いよく起きあがり、ブーツを引き寄せた。「なにがあったの？」

「ゆうべ、バイクを物色したやつがいる」

彼女が目を見開く。「物取り？」

マックは首を振った。「サドルバッグの錠の開け方から見てプロのしわざだ」

「ウィルスを捜していたってこと？」

「まず間違いない」

「どうやってわたしたちの居場所を突きとめたのかしら？　ここへ来るまでほとんど車を見かけなかったのに」

「だが、一台もいなかったわけじゃない。もしかしたらライダーかもしれない。そのほうがまぎれこみやすいからな。おれのバイクをねらったということは、尾行されていたと思って間違いない。美術館で撃ってきたやつとは別人ということもあり得るが、同一人物である可能性も捨てきれない」

「犯人はまだうろついていると思う？　わたしたちを見張ってると？」

マックはうなずいた。「まだ数時間しかたってないからな。この先どうするかを考えながら日の出を待ってたんだ」

「どうしてすぐに起こしてくれなかったの？」

彼はほほえんだ。「きみには睡眠が必要だったからさ」

「戦闘準備は完了よ。なにをすればいい？」

「知りあいを探して、気づかれずにここを抜けだす方法を相談する。テントを出たら、おれと手をつないで、なるべくにこにこしていてくれ。なにもなかったようにふるまうんだ。そばを離れないように」

リリーの頭にはいくつもの疑問が浮かんでいたが、今はただ、マックが自分を信頼して計画を打ち明けてくれたことに興奮していた。「わかったわ」

ふたりは食べ物を売る屋台までそぞろ歩き、コーヒーと朝食を買い求めた。それからジェシーと仲間たちの座っているテーブルへと歩み寄った。どこから見ても、眠たそうなバイク乗りがぼそぼそと世間話をしているようにしか見えないはずだ。リリーたちはテーブルを囲み、頭を寄せて小声で話しあった。

マックはウィルスのことにいっさい触れず、誰かに尾行されているので行き先を悟られずに脱出したいと話した。リリーは、マックの友人たちがそれ以上詮索をしないことに驚いた。即座に協力を申しでてくれたところを見ると、友情は強固らしい。

ライダーのモットーのようなものだろうか？

計画が検討された。彼らの話をそばで聞いていたリリーは思わずにやりとした。名案だわ。

「みんな頭に入ったか？」マックがささやくような声できく。

ジェシーの隣に座っていた大柄な男がうなずいた。「心配するな。うまくやるよ」

「あなたは自分のことだけ心配すればいいわ。わたしたちはわたしたちで、与えられた役割をきちっとこなすから。それじゃあ、予定した場所で落ちあいましょう」ジェシーが言った。

「恩に着るよ」マックが言う。

「いいってことよ」別の男がこたえた。「一発ぶちかましてやろうぜ」

彼らが去ったあと、マックはベンチをまたぐようにして座り、リリーにキスをした。

「誰のしわざか見当がつく？」

「ウィルスをほしがっているやつだ」

「バイクを荒らした犯人を突きとめるべきだと思わない？　ここにいるあいだがチャンスでしょ。美術館で撃ってきたやつかもしれないわ」

「そうかもしれないし、そうじゃないかもしれない」マックは髪をかきあげた。口もとはかたく引き結ばれている。「どうやったにせよ、犯人がおれたちの移動経路を尾行してきたのは確かだ。仮に相手が狙撃犯と同一人物だとしたら、ここで対峙するのはまずい。周囲の人たちを危険にさらすわけにはいかないからな」彼はリリーに向き直った。

「必ずチャンスはある。だが、それは今じゃない」

「犯人はまた襲ってくると確信してるのね」

マックはうなずいた。「間違いなくね。今回うまく逃げることができたとしても、必ずまた見つかるだろう」

なんとも暗い見通しだ。「計画がうまくいくといいわね。あなたの友達はすばらしいわ」

マックはにやりとした。「わかってるさ」立ちあがってリリーを抱き寄せる。「おれがリードするから、口を挟まず、言うとおりに動いてくれ。急な展開になると思う。それがこの作戦のねらいだから」

「わかったわ」

マックがテントを片づけるあいだにリリーは荷づくりをすませた。興奮で胸がどきどきする。ハーレーのそばには、朝食のテーブルを囲んでいた面々が集まっていた。ジェシーもいる。

一般のライダーたちはすでに活動を開始しており、荷づくりをして、会場をあとにする者も多かった。周囲はごった返している。みんなが集まってきたので、リリーは作戦の開始を察した。マックに体をつかまれ、ヘルメットをかぶせられる。頭をさげて顔を隠すよう指示が飛んだ。ふたりはマックのバイクとは別のバイクにまたがり、あっというまにラリー会場をあとにした。マックのバイクに誰が乗っているのかを確かめる暇はもとより、しっかりしがみつく間もないほどだった。たくさんのバイクに囲まれて幹線道路へ出る。リリーは顎を引いてうつむいた姿勢を保った。髪をヘルメットにたくしこんでいるので、ぱっと見では誰かわからないはずだ。

今日は南へは向かわなかった。ふたりはたくさんのバイクとともに、東、どちらかと言えば北東へ向かった。そのまま四十キロほど走り続ける。いまだ集団から分離したバイクはなかった。リリーは振り返って、誰かにつけられていないかどうか確認したかったが、マックの肩越しにサイドミラーをのぞき見るのがせいいっぱいだった。そこに映っていたのはたくさんのバイクだけだ。

ついに三つの幹線道路が交差している地点にさしかかった。リリーは今ごろになって、まわりのライダーたちが似たようなバイクに乗り、後部座席にもれなく女性を乗せていることに気づいた。革の上下にヘルメットという服装もよく似ている。尾行しているやつがいたとしても、これでは見分けがつくはずがない。

なんて結束の強い集団なのだろう。さらなる攪乱をねらって、ライダーたちはそれぞれの方向へ散っていった。自分もこの作戦の一部なのだ。そう思うと、リリーの体内にアドレナリンが充満した。どうかうまくいきますように！

ふたりは四台のバイクと一緒に一時間ほど走った。まずは二台が別方向に別れ、最終的にはマックとリリーだけになった。誰が尾行していたとしても、どのバイクのあとを追えばいいかわからないに違いない。マックのバイクですら、ラリー会場に集まっていた数百台とよく似ていた。マックは脇道に入り、もとの方向へと戻り始めた。リリーは今度こそしっかり振り返って後方を確認したが、誰もいなかった。

トイレに行くのと、コンビニで簡単な食べ物を買う以外は休まず、ふたりは一日じゅう走り続けた。公園で十台のバイクと合流したのは、すでに日が暮れてからだった。そこにはジェシーのバイクも、マックのバイクもあった。

「尾行されたやつはいるか？」バイクを交換しながらマックが尋ねた。リリーはそのときになって初めて、ナンバープレートまでがとり替えられていたことに気づいた。数人の男たちがマックのナンバープレートを彼のバイクにとりつけ直している。すごい。あらゆる可能性を考えていたのだ。

ジェシーが首を振ってにやりとした。「誰もいなかったわ。わたしたちはセーフよ」

マックは全員と握手をした。「みんなに借りができたな」

「ツーリング日和だったぜ」男のひとりが言った。「楽しかった」

「なにかあったら、いつでも頼ってくれよ」別の男が言う。

リリーはマックの後ろに乗り、バイクが走りだすとジェシーに手を振った。日が落ちたとたんに風が冷たくなる。リリーはマックのウエストに腕を巻きつけて体を密着させた。革のジャケットとチャップスが身を切るような風を防いでくれた。


リリーはじきにどこかで休めると期待していたのだが、マックは走り続けた。バイクをとめる気配すらない。そのうちに爪先の感覚がなくなってきた。手袋をしているにもかかわらず指先の感覚もない。彼女はマックのジャケットのポケットに手を入れ、彼に身を寄せた。

危険が迫っているから先を急ぐつもりなのね。それならわたしもがんばらなきゃ。リリーはあたたかいものを思い浮かべた。南国、ビーチ、海。肌を焼く太陽の下で、汗が玉になるまで寝そべるなんてどう?

裸になって、興奮で息がとまってしまうくらいマックと愛しあうのもいい。ワオ。これってきくわ。想像するだけで、もうあたたかくなってきた。マックにしがみついて背中に頭をあずける。ふたりきりになれる場所へ行って、服など脱ぎ去ってしまいたい。ふたりのあいだを阻むものすべてをとり去ることができたらいいのに。

本当にそうできればいいと思った。不信感という見えない壁を消してしまいたい。コーヒーショップでばったり再会し、盗難やウィルスなどといった障害物なしでやり直せたらどんなにいいだろう！

だけど、それは不可能だ。マックはマックで、わたしはわたし。自分以外の誰かになることはできない。

リリーはあきらめのため息をつき、マックの背中にもたれた。わたしたちはさしあって同じサイドにいる。ウィルスをねらっているやつに対抗しているのだ。相手は警察機関なんかじゃない。もしも警察だったなら、バッジを誇示しながらラリー会場のどまんなかに突入してくるはずだ。つまり、相手はやましい意図を持った連中ということになる。マックも犯人の見当がつかないようだ。もしかすると見当がついても、わたしに話さないつもりなのかもしれない。だけど、少なくとも計画の一部を明かしてくれたし、まだウィルスを持っていることも教えてくれた。それはいい兆候だ。わたしを信頼しているという証拠だわ。そう思うと、少し気分がましになった。互いの利害が完璧に一致していないまでも、希望はある。彼女は希望という小さな光にすがった。

状況が変わり始めているのかもしれない。

今は、ほんの数時間でいいからどこかで休みたかった。長時間バイクに乗り続けたせいで背中が痛い。ようやくバイクが幹線道路から脇道に折れた。リリーは目的地が近いことを祈った。マックが大きな鉄の門の前でバイクをとめ、インターフォンを押す。どう見ても個人の家のようだが、ともかくバイクをおりて横になれそうな場所にたどりついたのだ。彼女はうれしさのあまり泣きだしそうだった。ここがどこで、どのくらいの距離を移動したのかはわからないが、このいまいましい乗り物からおりられるならどこでもかまわなかった。とりあえず目に入る範囲で、住所や名前など現在地を割りだせそうなものを探してみたが、やはりなにもなかった。

門の上に設置してあるカメラがふたりの姿をとらえる。すぐに門が開いて、マックが敷地内へバイクを乗り入れた。リリーが後ろを振り返ると、門は自動で閉まった。誰の家にせよ、セキュリティ・システムは万全だ。家屋に続く長い小道も明るく照らされている。あの高い石壁をのりこえて、こっそり玄関へたどりつくなんて不可能だ。

家は二階建てで、洪水対策が施してあった。マックは舗装された小道に沿って家屋の脇を抜け、裏手にまわった。網で囲われたポーチには明かりがともっているが、その向こうの景色までは見えない。マックがバイクのエンジンを切ると、水音が聞こえた。

「ここはどこ？」リリーが尋ねた。

「オザーク湖さ。友人が住んでるんだ。さあ、おいで」

ふたりは階段をあがり、裏のポーチへと続く網戸を開けた。

「ノックしなくていいの？」

「必要ないさ。おれたちが来たことはわかってる」マックは先に室内に入り、リリーのためにドアを押さえた。

彼女は居心地のよさそうなキッチンに足を踏み入れた。すべてがきちんと片づいていて感じがいい。とはいえ、最新式の設備や贅沢（ぜいたく）なものがあるわけではない。旧式の器具や調度品、黄色いチェックのビニール張りの床は、いかにも夏のあいだの別荘といった趣だ。

だが、家のなかにはあたたかな雰囲気が漂っていて、誰かのおばあちゃんの家を訪ねているような気分になった。リリーはすでにくつろいでいたが、どんな人が住んでいるのかわからないのでマックのそばを離れずにいた。背の高い男が廊下を抜け、明るいキッチンに入ってくる。マックが近づいて男の手を握った。

「トム」

「マック。訪ねてくれてうれしいよ」

トムは四十代後半に見えた。がっしりとした体格で、黒い髪は短く刈りこまれ、こめかみには白っぽいものがまじっている。目も黒く鋭かったが、笑った顔はやさしげであたたかかった。

「こちらの女性は?」トムが尋ねた。

「友人のリリーだ。高校以来のつきあいなんだ」

マックが荷物をおろしにバイクへ戻ると、トムは物珍しそうな表情でリリーに近づいてきて、両手をとった。「ようこそ。そんなに昔からあいつの知りあいで、まだ愛想をつかしてない人間がいるとはね」

リリーは鼻を鳴らした。「ひとりかふたりくらいならいると思います」

「それを聞いてうれしいよ。さあ、こっちへ。コートをあずかろう。今夜はバイクに乗るにはちょっと寒すぎるだろう?」

ちょっとどころではない。リリーの指先は氷のようだった。

トムはマックとリリーをリビングルームへ案内した。ここもあたたかみのある部屋だった。磨きこまれた木の床に、ストライプ柄のソファと、そろいの安楽椅子が二脚置かれている。サイドテーブルには本が積まれていた。本はコーヒーテーブルの上にも散乱している。すっきりとしていて、高級なものはなにもない。リリーはひと目でこの部屋が気に入った。

「ひとりで住んでいるんですか?」彼女は尋ねた。

「ああ。静かで釣りもできるからね。ここは天国だよ」

リリーは片方の安楽椅子に腰をおろした。すり切れた肘あてに手を這わせる。ここには生活感があるわ。堅苦しくて無機質な家具ばかりあるわたしの実家とはまるで違う。あの家は持ち主である父そのものだ。

リリーは本の山を指さした。「読書がお好きなんですね」

「寒すぎて釣りに行けないときに読むんだ」

彼女はほほえんだ。出会ってわずか五分なのに、もう初対面の気がしない。トムのことはなにも知らないというのに。

「マックとはどういう知りあいなんですか?」

「おれと少佐は長年のつきあいだ」マックがあいているほうの安楽椅子に座りながら言った。

少佐?　そう言えば、正面の壁に額入りの勲章がいくつも飾ってある。

「あなたは軍人なんですね?」

トムがうなずいた。「もう退役したんだ。元海兵隊員だよ。うちの家系はみんなそうだ。曾祖父の代からね」

リリーは眉をつりあげ、マックに目をやった。「あなたも軍隊にいたの?」

マックが鼻を鳴らす。「まさか。おれはそんな柄じゃない」

トムが笑った。「間違いなくおまえには向かないな」

リリーは混乱した。「それならどうして？　どうやってふたりは知りあったの？」

マックがトムに鋭い視線を投げた。トムが立ちあがる。「ふたりともおなかがすいただろう？　マック、あいている部屋に荷物を入れてこいよ。食事を用意するから」

答えをはぐらかされた。またひとつ解き明かさなきゃいけない謎が増えたというわけね。ふたりが部屋を出ていき、リリーはひとりリビングルームにとり残された。トムは電話を持っているに違いない。トムがキッチンでたち働く音と、マックが二階で動きまわる音が聞こえてきた。電話を探すにはもってこいのチャンスだ。リビングルームにはなさそうなので、彼女はキッチンへ向かった。

「なにか必要なものでもあるのかい？」トムが肩越しに尋ねた。

「いいえ。なにかお手伝いしましょうか？」キッチンのなかをすばやく見まわしたが、電話はない。

「ここは任せて、座ってくつろいでいるといい」

「そうですか？　それじゃあ、お言葉に甘えて」リリーはキッチンを出て廊下を歩いた。途中にある引き戸を開く。クローゼットにバスルーム、ベッドルーム……これはトムのベッドルームね。こそこそかぎまわりたくはないけれど、どうしても電話を見つけなければ。

だが、電話は見あたらなかった。こんな僻地に住んでいながら、キッチンにもベッドルームにも電話がないなんて。ベッドルームのドアをそっと閉め、爪先立ちになって二階へあがる。そこにはベッドルームがふたつとバスルームがひとつあったが、探す前からなんとなく結果がわかるような気がした。最初のベッドルームにはなにもなかった。バスルームは問題外だ。そしてもうひとつのベッドルームには……マックがいた。

「ここには電話はないぞ」リリーの落胆した表情を読んだのだろう、彼が言った。

「こんなところに住んでいて電話がないはずないわ」

マックがにやりとした。「携帯がある。トムのポケットにでも入ってるさ」

もう！　運命は明らかにわたしの敵だ。それにこの男たちも！

「おれはシャワーを浴びる」マックが言った。「一緒に浴びるかい？」

リリーは笑った。「心引かれるお誘いだけど、やめとくわ。トムが下で食事の準備をしてくれているんだもの」

「あたためといてくれるさ」マックが一歩前に踏みだした。

リリーは一歩後ろへさがった。「あなたが先に浴びていいわよ。わたしはあなたが終わってから使わせてもらうわ。洗濯機と乾燥機はあるのかしら？」

マックがうなずく。

「よかった。服を洗濯しないと」

「現実的なことを考え始めたな。おれはセックスのことを考えているきみのほうが好きだ」

「単にわたしをぼうっとさせて、電話を探しまわったり、あれこれ質問したりさせたくないだけでしょ」

「それはたしかに間違ってないが」マックがリリーを壁に押しつける。彼女は逃げ場を失った。

欲望が目覚め、体の奥から熱いものが吹きだしてくる。一瞬にして、洗濯や電話のこと、そして階下で調理をしているトムの存在が消えた。マックの瞳が陰りを増す。彼はこちらに全神経を集中させていた。マックの手が肩から腕を伝って腰にあてがわれる。

「マック、わたしはばかじゃないのよ」

彼のそばにいるだけで心が乱れることは否定できなかった。

「もちろんだ。だからこそこの体で誘惑して、気をそらそうとしているんじゃないか」

リリーは思わず笑い声をあげた。「効果的な作戦だけど、いつかは話しあわなければならないのよ。トムって何者なの？」

「友人だ。まだおれが悪さをしていたころに出会ったんだ。何度かやばいところを助けてもらった。彼のおかげで刑務所行きを免れたのさ」

どうやらこれは本当の話みたいね。少しずつマックの過去が明らかになっていく。ほんの少しずつではあるけれど、なにもわからないよりはましだ。「ただの友達なの？それとも同業者？」たとえそうであっても、マックが教えてくれるとは思えないが。

「ただの友達さ。家も近いしね。数日間はここにいれば安心だ。気づかれずにこの家に侵入することなどできない。誰かが尾行しているとすれば必ずわかる。この家の監視装置は最新式なんだ。今はここ以上に安全な場所はない」

「ありがとう」

マックが眉をつりあげる。「なにが？」

「話してくれたこと。今の段階で話せることを教えてくれたでしょう？」

「どういたしまして。さあ、キスしてくれ。下半身はきみを求めてもうがちがちさ」マックが身をかがめてきても、リリーは逆らわなかった。彼の口づけがほしい。

唇が触れあうと、新たな熱が吹きだした。下腹部が震え、マックを迎え入れる準備を始める。

たちまち秘所は濡れそぼった。乳首がぴんとたちあがり、クリトリスが充血する。全身がマックを求めていた。こんな反応を引き起こす男性はほかにいない。こんなにあっというまに欲情してしまうなんて。ああ、今すぐマックと体を合わせ、自分のなかに招き入れたい。リリーは彼の豊かな髪に指をさし入れて近くに引き寄せた。

マックがジーンズのジッパーをおろす音に、リリーの血液がわき返った。マックは飽くことなくわたしを求めてくる。恋人を征服しようとする男の姿はとびきりセクシーだ。リリーも体を離してすばやくブーツとパンツを脱いだ。そこまで終わったところで再び壁に押しつけられる。

「ああ、リリー、きみがほしい。強く、激しく愛してあげるよ。覚悟はいいかい？」

「ええ」痛いほどの欲望がさらなる渇きを誘った。リリーは脚を広げた。マックがヒップをつかんで持ちあげ、こわばりの上に抱きあげる。リリーは彼の首に腕を絡ませ、はりつめたもののめがけて腰を沈めた。マックが激しく突いてくると、唇に吸いついてあえいだ。

マックはリリーの背中を壁に押しつけて動けないよう固定し、容赦なく彼女を攻めたてた。かたいものが激しく突き入れられる。これこそわたしが求めていたものだ。古代から続く欲望に突き動かされ、リリーはマックの唇に舌をさし入れて、彼の舌と絡ませた。

互いの口から声にならない叫びがもれる。マックはリリーのなかに身をうずめ、情熱に任せて突きあげ、こすりつけた。トムが階下にいるせいもあるかもしれない。だが、これほどまでに感じてしまうのは、わたしがどうしようもなくマックに引かれているせいだ。リリーは体の奥がきゅっと締まるのを感じた。マックにもそれが伝わったのだろう、彼は唇を離してリリーが達するのを見守った。マックの瞳に興奮がたぎる。リリーは次々に押し寄せる激しいうねりに圧倒され、叫ばないよう下唇を噛みしめた。

マックがヒップに指をくいこませて強く突き入れ、体を小刻みに震わせる。オーガズムが体内を駆けめぐるあいだも、彼はリリーから目を離さなかった。あまりの親密な行為に、目を開けているのがやっとだ。リリーもマックを見つめ返し、自分のなかに入ったまま呼吸を整えようとしている彼の髪をすいた。

床におろされたとき、リリーの脚は震えていた。マックの腕につかまってバランスをとる。

「今度こそシャワーを浴びなきゃ」リリーは彼の脇をすり抜けて着替えを手にとった。だが、バスルームに向かって部屋を出ようとしたところをマックにつかまれ、唇を押しあてられた。それは先ほどの情熱的な営みとはまったく違うキスだった。唇をやさしく押しつけられ、リリーは胸が痛くなった。

「お湯を残しておいてくれよな」マックが彼女の唇にささやく。

リリーは小さく息を吐き、バスルームに入ってドアを閉めた。蛇口をひねり、湯気をたてて流れ落ちる湯に身を任せる。壁でこすれた背中に湯がしみて一瞬顔をゆがめたが、すぐに笑みを浮かべた。愛しあったあとの幸福感にまだ体が震えている。ときどき、自分たちの相性は完璧だと思うことがある。

だが、男女の関係は気持ちのいいセックスだけでは成りたたない。マックとのあいだにはまだ足りないものがたくさんあった。信頼、そしてコミュニケーションだ。残念ながら、わたしたちにはそのどちらも欠けている。以前に比べて前進はした。それは間違いない。でも、それだけでいいのだろうか？　彼が心を開き、なにが起こっているのかを説明してくれるときが来るのだろうか？　電話はいまだに使わせてもらえない。とはいえ、その理由はわかった。

わたしの身を守るためだ。もし反対の立場なら、わたしも同じことをするだろう。わたしは犯罪者の手先じゃないから状況は同じではないけれど……。マックは誰のために動いているのだろう？　それはパズルの欠けたピース、彼が話してくれない肝心な部分だ。

だいたいトムは何者なの？　ウィルスに深くかかわっているのだろうか？　それともここも単なる通過点のひとつ？　マックを心から信じることはできなかった。彼は本当に泥棒なのだろうか？　あのウィルスに関して後ろ暗い意図を持っているのではないだろうか？　元軍人を信じてもいいのだろうか？　トムは本当に昔なじみで、ウィルスのことなどこれっぽっちも知らないということもあり得る。マックはトムにも事情を話していないのかもしれない。

相も変わらず頭のなかに疑問が渦巻いていた。マックに対する疑念を消し去ることができない。疑心暗鬼になっている自分がいやだが、彼が本当のことを話しているのか、その場しのぎの嘘をついているのか判断がつかないのだ。

だまされていないことを祈ろう。誰よりもマックには嘘をつかれたくない。嘘をつかれるくらいなら、なにも言わないでいてくれたほうがましだ。

マックを信じたい一方で、真実を求めていた。傷つきたくないが、それは避けられないだろう。どんなに心に壁を張りめぐらせても、彼と別れるときが来たらわたしが傷つくのは間違いない。

そのときふたりのあいだに残るのが嘘と欺瞞だけで、真実も前向きな関係も生まれなかったなら、わたしの心はずたずたになる。

神様、わたしは多くを望んではいないはずです。

リリーは頭を振ってシャンプーに手をのばした。

いいえ、もしかすると、わたしは多くを望みすぎなのかもしれない。

9

翌朝、リリーはひとりで目を覚ました。ゆうべはマックとふたり、すばらしく寝心地のいいベッドで眠りにつき、実際、なにもせずに熟睡してしまった。シャワーを浴びたあと、トムに夕食をたっぷりとふるまってもらい、洗濯をしながら二時間ほどおしゃべりを楽しんだ。トムは本のことや軍隊時代の話などを聞かせてくれた。リリーはベッドに入ってきっかり二秒で意識を失った。

マックのほうが疲れていたのは間違いない。何度もあくびをしていたし、まぶたは今にもくっつきそうで、椅子の上で何度も船を漕いでいた。ようやく洗濯が終わると、リリーは彼をベッドへ追いたてた。マックはリリーをものほしそうな目で見ていたが、彼女にはわかっていた——セックスをするより睡眠をとったほうがいいと。

少なくとも昨日の夜はそうだった。すっきりと目を覚ましたリリーは、早くマックの様子を確かめたいと思った。

急いで服を着て階下へ向かう。いれたてのコーヒーとベーコンのにおいが漂ってきた。トムとマックはキッチンのテーブルについていた。リリーの姿を見たとたん、ふたりの会話がとまった。

こういうのは大嫌いだ。自分の知らないところで秘密の計画が進んでいるように思えてしまう。秘密の計画が。わたしが気にしすぎなのだろうか？

きっとそうに違いない。すでに妄想の街のどまんなかに立っていて、自分だけなにも知らないような気がしている。

トムが席を立ち、食器棚からマグカップをとりだした。

「コーヒーに砂糖は？」リリーに向かって尋ねる。

「ミルクがあれば入れるけど、なければブラックで。でも、自分でします」

「さあ、座って。わたしが朝食を準備する。きみはお客さんだ。お客さんってのは座って給仕されるものなんだよ」

リリーはトムに向かってほほえむと、マックの隣に座った。マックは彼女の首の後ろに手を添えて、やさしくキスをした。

「ねぼすけくん、おはよう」

「おはよう」

コーヒーはとてもおいしかった。トムの用意してくれたベーコンと卵料理を前に、飢えた獣のようにふるまわないでいるのは至難の業だった。それほどおなかがすいていたのだ。

「留守にするのは長くても二日間だ」トムが言った。

リリーは食事を中断してフォークを置いた。「どこかへ行くんですか?」

トムがにやりとした。「釣りだよ」

「出発は?」

「今日の朝だ」

リリーはマックに目を向けた。「じゃあ、わたしたちも荷づくりしなきゃ」

「どうして? おれたちはどこにも行かないよ」マックがこたえる。

「えっ?」

「きみたちが出ていく必要などこれっぽっちもないさ」トムが言った。「ここにいて、外のデッキで湖を楽しむといい。もうあたたかいし、ここ数日間は天気に恵まれるはずだ」トムは立ちあがってマグカップを流しにさげた。「わたしのほうこそ荷づくりをしてしまわないと」

トムがキッチンを出ていくと、リリーはマックにいぶかしげな視線を向けた。「なぜここに滞在するの?」

「安全だからさ。トムの築いたこの要塞をしばらく利用して、尾行がないことを確認するんだ。ここにいれば外周をモニターできる。監視カメラの映像に目を光らせていればいいんだ。そして誰にも尾行されていないことが確認できたら出発する」

「なるほど。筋が通ってるわ」内心は胃が引っくり返るほど驚いていた。またしてもちゃんと話してくれた。情報を共有させてくれたのだ。これはすごくいい兆候だわ。正しい方向への一歩よ。ささいなことにいちいち反応しているだけかもしれないけれど、ふたりの関係に関しては、最初のときと比べて何光年も前進した。リリーはそれをいい兆しととらえた。

「それにトムの言うとおり、ここは楽しいぞ。デッキもあるし、泳ぐこともできる。太陽の下に寝転んでのんびりするのもいいだろう。しばしの休息さ」

マックがおどけて眉を上下させた。その意味するところはわかったものの、リラックスなどできるだろうか？　彼はまだウィルスを持っているし、受け渡しの場所もわからないままだ。

もちろんマックには自分の行動がわかっている。すべてを承知しているのだから、気を休めることもできるだろう。だけどわたしにとっては……それほど簡単なことではない。

一方でゲームが長引けば、それだけマックからの信頼も深まるとも思った。わたしが裏切ったり、逃げたり、情報をもらしたりするはずがないと思いこませることができる。

問題は、わたし自身、マックと一緒にいることが日を追うごとにあたり前になり、昔の感情を思いだしてしまうことだ。プロ意識を前面に押しだすのがどんどん難しくなっていく。信頼獲得の手段だったはずのセックスを、感情と切り離すことができなくなってくる。

どうやらスパイの素質はなさそうだ。わたしには感情があるし、いつまでも心に氷の壁を張りめぐらせておくことなどできない。

結局、マックのほうが一枚上手なのかもしれない。彼は単なる肉体関係と割り切って、感情と切り離すことができるのかも。互いに対する気持ちを話しあったことはないので、マックがどう思っているのかまったくわからない。彼はそんな話題に触れはしないし、こちらから切りだすつもりもない。これは気軽な遊びで、〝一時的な関係〟だと思わせておきたいからだ。わたしにとっても単なる体だけのつきあいで、ことが片づいたら、後腐れなく別れるつもりなのだと。

だったらもっと奔放にセックスを楽しまなきゃ。成りゆき任せで一緒にいる時間を楽しんでいるふりをしなきゃ。

そうすることでふたりのあいだの不信感を埋め、彼からさらなる情報を引きだすのだ。わたしにはなにを話しても大丈夫だと思いこませたい。

そして受け渡しの瞬間が来たら、ウィルスを横どりして当局に持ちこむ。マックに対する気持ちがどうであろうと、そうするしかない。

トムが片手に小さなダッフルバッグ、もう一方の手に釣り竿を持って部屋から出てきた。

「荷物はそれだけですか?」小さなダッフルバッグに目をやりながら、リリーは尋ねた。

「必要なものはすべて入ってる」トムがにやりとしてマックに向き直った。「どこになにがあるのかわかっていると思うが、なにかあったら携帯を鳴らしてくれ」

マックがうなずいた。「ありがとう」

「礼など必要ない。じゃあ、ごゆっくり」

トムは裏口から出ていった。数分もしないうちにボートのエンジン音が聞こえ、しだいに遠ざかっていった。これでマックとふたりきりだ。リリーは腰をあげて朝食の皿を洗った。マックがそれをふいて棚に片づけていく。ふたりで黙々と家事をこなすのも悪くなかった。穏やかな時間が流れていく。

リリーにもじきにトムの気持ちがわかるようになった。キッチンの窓から吹きこんでくるそよ風は夏のにおいがする。さんさんと輝く太陽を浴びていると、外へ飛びだしたくなった。

「散策に出かけましょうよ」リリーは提案した。

「いいね。ボート乗り場まで案内しよう。湖が見えるよ」

「短パンとか水着があったらよかったのに」本当にがっかりだ。バイクに乗って凍える思いをしたあとだからこそ、全身に日ざしを浴びたかった。

「大丈夫さ。トムの姪っ子とそのボーイフレンドがしょっちゅうここを訪ねてくるんだ。ふたりとも大学生くらいかな。姪っ子はいつも着替えやなにかを置いていく。引きだしを探せば水着と短パンもあるかもしれない」

「探してみるわ」リリーは二階に駆けあがり、引きだしのなかを引っかきまわした。ビキニとコットンの短パンを見つけて歓声をあげる。バストはちょっときつかったが、幸いなことにほかの部分はぴったりだった。胸がはみだしそうなのは我慢するしかない。そもそもマックと自分しかいないのだし、彼はもうわたしの裸を知っているのだから。

外は予想以上に暑かった。裏のポーチからボート置き場までの整備された小道を行くあいだも、太陽がじりじりと肌を焦がす。素足に板張りの歩道のぬくもりが伝わってきた。

なんていい気持ちなの。太陽の熱に早くもストレスの一部がとけ去っていた。

ボート置き場はとても立派で、トムのボートをつなぐだけではもったいないくらいだった。広々としたデッキには、パラソルのついたテーブルと椅子、そして日焼け用のデッキチェアが置かれている。脇には小さなボート小屋まであり、わざわざ家まで帰らなくても、着替えたりシャワーを浴びたりすることができた。一日じゅう、快適に水辺に寝そべっていられそうだ。

それにこの眺望！　美しいなんて言葉ではぜんぜん足りない。降り注ぐ日ざしに反射する湖面は、きらきらと光るなめらかな鏡のようだった。水路のようにのびた湖がどこまでも続き、ところどころ青々とした木々を冠した湖岸にさえぎられている。密集して生い茂る木々はヒッコリーやオークの森というよりも巨大な緑の丘に見えた。まさに息をのむような光景だ。リリーはデッキの端に腰かけ、爪先を湖に浸した。

「冷たい！」

マックはリリーの隣に立って、湖面を眺めていた。「あたり前さ。日ざしはあたたかいけど、まだ水遊びできるほど水温はあがってないからな。太陽の下に寝転がって体を十分あたためたあとなら、ひと泳ぎしてもいいかもしれないが」

「どうかしらね」今の段階では泳ぐなんて想像しただけで身震いがする。この凍えるような湖に身を浸すには、かなり体をあたためないといけないだろう。だが、美しく穏やかな景色に心がなごんだ。周囲を見渡すと、距離を置いて家が点在し、ボート置き場が波間に揺れていた。そのうちのいくつかにはボートがつないである。これまでのところ人の姿はなかった。とはいえ、生い茂る木々や藪に身をひそめるのは簡単だ。

今この瞬間も、誰かに見張られているかもしれない。マックはねらわれているかもしれないのだ。自分のことは少しも気にならなかった。わたしがねらわれるとは思えない。ウィルスを持っているのはマックだ。なぜか敵もそれを知っている気がした。

「ここは安全だ。万全のセキュリティが施されているからね。なにか起これぱすぐにわかる」

マックは短パンと袖を切り落としたTシャツに着替えていた。リリー好みの服装だ。彼の肉体を存分にめでることができる。

「日光浴でもする?」リリーは尋ねた。

「じっとしてるのは苦手なんだ。トムのためにデッキでも磨いてやろうかな」

リリーは立ちあがり、短パンで手をふいた。「手伝うわ」

マックが首をかしげた。「ゆっくりすればいいのに」

「手伝いたいの。ここ何日か座りどおしだったから、体を動かしたいのよ」

「そういうことなら」

マックが道具を運んできて、ふたりは本格的に掃除を始めた。

気温はぐんぐん上昇したが、不快ではなかった。実際、太陽の熱を肌に感じながらマックのそばで体を動かすのは最高だった。汗が吹きだすと、彼がホースの水をかけてくれる。リリーはそのたびに飛びあがってマックにつかみかかり、ホースを奪おうとしたので、結局ふたりともびしょ濡れになった。

そんなふうにじゃれあっているうちに数時間が過ぎ、気づいたらデッキはぴかぴかになっていた。リリーは家に戻ってサンドイッチをつくり、マックと一緒にパラソルの下で食べた。

「なんだか高校の昼食の時間みたい。覚えてる?」

「あんまり」

「ああ、そうか。あなたはクールだからその他大勢とはまじわらなかったのね」

マックは鼻を鳴らした。「昼は駐車場で煙草を吸ってたんだ」

「まったく不良なんだから」

マックがにやりと笑うと、リリーの心臓はとまりそうになった。

「おれの記憶が正しければ、きみはそういうところにほれたんだろ? ワルが好きなんだ。危険な魅力ってやつがね」

マックの言うとおりだ。特に最初のころはそうだった。いつだったか、午後の授業に必要な教科書を忘れて、昼休みに駐車場へ走っていったことがある。そこにはほかの男子生徒にまじってマックの姿もあった。何人かの男子生徒がわたしの姿を認めてちょっかいを出し始め、わたしを駐車場の隅に追いこんだ。わたしはなにをされるのかわからず、死ぬほど怖かった。ところがマックがゆったりした歩調で割って入り、彼らをとめてくれたのだ。〝彼女はおれの大事な友人だ〟と言って。男子生徒たちは肩をすくめて去っていった。

わたしはマックが助けてくれるなんて思ってもみなかった。当時は知りあいでもなんでもなかったからだ。礼を言うと、彼はたいしたことじゃないと言い捨てて立ち去った。わたしを車のそばに残して。

だけど、わたしにとっては十分たいしたことだった。彼を捜しだして、どんな人なのか知りたいと思った。

「あなたはわたしにとって、輝く鎧をつけた騎士なのよ」

リリーの言葉にマックの眉がつりあがる。「本当に?」

「いいえ、〝ぴかぴかの革のジャケットをまとったワル〟のほうがいいかも」

彼がにやりとした。「そっちのほうがおれらしい」

ふたりはサンドイッチを食べ、一時間ほど日陰でのんびりして体のほてりを冷ました。

「顔が焼けたね」

「本当?」

「ああ」マックが手をのばしてリリーの鼻の頭を親指でこすった。「まっ赤なお鼻のトナカイさんみたいだ」

リリーは彼の手を払った。「そんなことないわ」

「頬も赤い。もしかして赤面してるのか?」

彼女は鼻を鳴らした。「まさか。あなたとはいろんな経験をしたのよ。今さら赤くなるはずがないわ」

マックの眉がつりあがる。「賭けるかい?」

彼の挑戦的な言い方がリリーを熱く燃えたたせた。彼女はごくりと水を飲んで頭を振った。「賭けにならないわ。あなたのお金を奪っては悪いもの」

マックはテーブルに肘を突いて身をのりだした。「ベイビー、赤くさせられるとも。しかも全身をね」

どんな方法があるのか想像しただけで赤面しそうだ。でも、本当は試してほしいのかも。

「やってごらんなさいよ」リリーは挑戦的に言った。

マックは無言のまま椅子から立ちあがり、彼女のそばに来た。

「立って」彼が言う。

好奇心で胸を高鳴らせながら、リリーは立ちあがってマックと向かいあった。

「後ろを向いて」

リリーは眉をひそめた。「えっ?」

マックはリリーの肩をつかんで体を反転させ、自分ではなく湖のほうを向かせた。背中に彼の胸が、ヒップに股間があてがわれている。マックがリリーの腹部に腕をまわして自分のほうに引き寄せると、彼女は気持ちよさげに吐息をつきそうになった。彼と体を密着させるのはいつだってすてきだ。

「屋外で愛しあったことは？」マックがささやきかける。

刺激的な言葉に体がぞくぞくした。

「ないわ」

「じゃあ、これから体験することになる」

リリーは目を丸くした。「ここで？」木立や入江にさっと目を走らせた。近くを航行する船はないが、隣人の目がある。「マック、それはあまりいい考えじゃないわ」

「いい考えじゃなくてもかまわない。おれはきみがほしい。ここできみを抱く」

押しあてられた部分はすでにかたくそそりたっていた。マックは屹立したものを執拗に押しつけてくる。彼の発言にショックを受けていたにもかかわらず、リリーの胸の頂はかたくなり、下腹部がうずいた。こんな人目につく場所で愛撫され、抱かれると思うと、体がかっと熱くなる。

「ベイビー、誰だって見られたいという願望を秘めているものさ」マックがリリーの腹部に手を滑らせた。彼女の胃がもんどり打つ。「誰かに見られているかもしれない……おれときみの姿が観察されているかもしれないと思うと、ちょっと興奮してこないか？」

認めたくはないが、どうしようもない。「ええ」

マックは手を大きく開いて脇腹に移動させ、ビキニの縁でとめた。リリーの鼓動が激しくなる。

「怖いのか?」

「いいえ」興奮しているのかときかれたなら間違いなくイエスと答えただろうが、怖くはなかった。マックがいるからだ。彼はいつだって守ってくれる。

「脈が速い。ビキニの下はもう濡れてるんじゃないか?」

マックの言うとおり、リリーは濡れていた。彼に触れてほしい、クリトリスをなめて絶頂に押しあげてほしいという思いに、体の芯が打ち震えている。

「きみは考えを口に出すってことを学ぶ必要があるな。そのかわいい頭に渦巻いている、いけない考えを声に出してごらん。おれに聞かせてくれよ。興奮させてくれ」

「いつあなたがさわってくれるのかしらって思ってたの」

「もうさわってるじゃないか」マックはもう一方の脇腹に手を移動させ、からかうように指を動かした。だが、胸をさわる気配はない。

「もっと」

「どうやって?」

ビキニのトップスをはぎとって乳首をつまみ、口に含んで吸ってほしい。こんなのぜんぜん足りないわ。「胸にさわって」

マックは両手をあげて胸を覆った。ああ、だめ。そうじゃないの。ビキニの上からじゃだめよ。

「違う。そうじゃないわ」呼吸が乱れ、声がかすれた。

「どうしてほしいんだ？」

「じかにさわってほしいの」

「ビキニをとれっていうのか？　ここで？　誰かに見られるかもしれないのに？」

そんなふうにからかうなんて。「そうよ。とって」見られたってかまわない。直接、手で乳房をつかまれたい。乳首にさわってほしい。両脚の付け根を刺激して、この体に火をつけてほしいのだ。

マックが首の紐をほどくと、ビキニがはらりと前に落ち、乳房があらわになった。マックのてのひらがふたつの胸のふくらみを包みこむ。リリーは安堵と苦痛の入りまじったあえぎをもらした。彼の手がもたらす刺激に集中しようとしたが、どうしてもあたりを見まわしてしまう。胸もとをはだけているところを誰かに見られてしまうかしら？　もし見ている人がいるとすれば、なんて思われるだろう？

想像するだけで興奮が増した。

「こういうのが好きなんだな」マックが親指を乳首に滑らせた。

リリーは息をのんだ。マックがさらにつぼみを指でつまんで強めに引っぱる。ヒップに押しつけられた部分がかたく張りつめているのがわかった。首筋に熱い息がかかる。うなじにやさしく歯をたてられると、彼女は身震いした。

なんてはしたないことをしているのかしら。全部見られている気がする。パラソルの影にいるとはいえ、ちょっとその気になればすぐにわたしたちの存在に気づくはずだ。他人に見られて興奮するなんて思ったこともなかった。おかしいのは、誰に見られてもかまわないと本気で思っていることだ。マックの指が腹部へとさがり、短パンの縁をなぞり始めた。リリーはもうどうでもいいと思った。

彼の手の行きつく先はわかっているし、そこをさわってほしくてたまらない。秘密の丘をてのひらで覆って、指をさし入れてほしい。それもこの場で！

マックの手がとまり、ビキニのウエスト部分をからかうように撫でた。リリーはその感覚に身を震わせた。

「濡れてるんだろ？　さわってほしいのかい？」

「ええ」

「指を入れてほしいのか？」

「ええ、そのとおりよ。知ってるでしょ」花弁がわななく。

「奥まで探索して、甘い蜜をクリトリスに塗りつけてほしいのか？　それがきみの望みなのか？」

リリーはどうにかなってしまいそうだった。マックはわざとこんなことを言っているのだ。彼の手はからかうように短パンの縁をなぞるだけで、本当に触れてほしいところを微妙に避けている。

「そうよ」リリーは頭をそらし、彼の肩にあずけた。「いかせて。早く」

マックは短パンに手を入れ、ビキニの横紐を引っぱってほどくと、布を引き抜いてテーブルの上に落とした。

「邪魔だったんだ」低くうなるような声でリリーの耳もとにささやく。

その声からマックの興奮が伝わってきた。彼もわたしと同じくらい切迫した欲望を抱えているのだ。ビキニをはぎとられたことで、リリーは息をすることもおぼつかないほど高ぶっていた。熱いてのひらをあてがわれると、燃えさかる炎に油を注がれたように感じられた。リリーは体を丸め、焼けつく感覚に耐えた。

マックが蜜に濡れた手を、やさしく、なめらかに動かし始める。十分に潤った指はよどみないリズムでリリーの溝を撫であげた。クリトリスをさわられるたびに、体の芯を稲妻が貫く。それは想像を絶する衝撃だった。

「こんなに濡らして」マックが指先をリリーのなかにさし入れ、じらすように動かした。それから引き抜いて、再び入口付近をゆっくりと愛撫する。それはまるで拷問だった。

「お願い」リリーは懇願した。どう聞こえようが、かまわなかった。この営みの主導権はマックにある。わたしを支配しているのは彼だ。彼が与えてくれるものがほしいし、そのためならなんでもする。もっと見てほしい。うずく部分を太陽の光にさらけだして、彼にクリトリスを吸われたい。

「どうしてほしいか言ってごらん」

「なめて」

マックの舌が耳たぶをなめる。「ここかい？」

リリーは身震いした。「違うわ」

「じゃあ、どこを？」

「クリトリスを」

マックは手を引き、リリーをデッキに置いてあるピクニックテーブルへ連れていった。このテーブルにはパラソルがなかった。テーブルの上には明るい日ざしが降り注ぎ、湖まで視界をさえぎるものはない。

「テーブルの上にあおむけになって」

リリーは言われたとおりにした。テーブルからはみだした脚がぶらぶらしている。マックの瞳は情熱に暗くけぶり、見つめているだけで引きこまれそうだった。その表情には笑いなどみじんもなく、目は深い欲望をたたえている。リリーは心臓が飛びだしそうで、息をするのも苦しかった。

「脚をあげて」マックが命令した。

リリーが脚をあげると、マックは短パンをつかんで引きおろした。そして地面に落とし、彼女の脚を大きく広げてあいだに立つ。リリーは体を弓なりにして彼を求めたが、手で胸を押し戻された。

「だめだ。寝てろ。きみはおれのものだ」

彼のもの……本当に？　今この瞬間はそうに違いない。たとえ永遠に続かなくてもいい。大切なのは、今、マックがわたしに触れていることだ。リリーは体の力を抜いて、太陽のまぶしさに目を細めた。それから頭を持ちあげるようにしてマックを見つめた。彼がベンチを引き寄せて彼女の脚のあいだに腰をおろす。マックはリリーをちらりと見て意地の悪い笑みを浮かべると、彼女の体を引き寄せて、潤った部分がテーブルの縁に来るようにした。

マックの湿った口が秘められた部分を覆った瞬間、リリーはこらえきれずに甲高い叫び声をあげた。マックの舌がクリトリスのまわりに円を描いて彼女をじらし、苦しめる。そうでなくてもオーガズムまであと一歩だったリリーが、これ以上耐えられるはずもなかった。腰を高く突きあげ、半狂乱になってマックの顔に彼女自身をこすりつける。彼は両手でリリーのヒップを支え、とけかかったアイスクリームを一滴も残さず味わおうとするかのように彼女のひだをなめあげた。

リリーの花唇からは蜜がわきだしていた。しぶきをあげて砕ける波のようにクライマックスが襲いかかってくる。彼女は正気を保つためにテーブルの角をきつく握りしめた。熱い液が尻のほうまで流れだし、彼の顔を濡らす。マックは彼女が息を荒らげてぐったりと力を抜くまで容赦なく攻めたて、花唇に舌をさし入れて蜜を飲み干そうとした。

リリーにはたち直る時間すら与えられなかった。マックが立ちあがってシャツを脱ぎ捨てる。彼女はあまりの快感に圧倒され、彫刻のような肉体があらわになっていくのを横たわったまま見守った。彼が短パンを脱ぎ捨てて、いきりたったものを両手でつかんだ。それから強く握って、根元から先端までゆっくりとしごく。先端に盛りあがる真珠のようなしずくを味見したくて、リリーは舌なめずりをした。

「動こうなんて思うなよ」猛り狂ったものをしごき続けながら、マックが警告する。「おれはここできみを奪う。脚をテーブルにのせるんだ」

マスターベーションをするマックの姿に、リリーのなかで新たな欲望がはじけた。膝を曲げ、テーブルの縁に足を置く。マックが近寄ってきて一気に彼女を貫いた。リリーは頭をそらして目を閉じた。こわばりを迎え入れた快感に甘いうめき声がもれる。マックのペニスは彼女の内側を押し広げ、誰も到達したことのない場所を刺激していた。マックに引かれているから、そう思うのかもしれない。ペニスのサイズはそんなに変わらないはずだ。

かった。

だけど、やはりなにかが違う。マックのように感じさせてくれる男性はこれまでいな

マックはペニスをいったん引き抜いてから、再び押し入ってきた。快感が炸裂し、リリーは思わず息をのんだ。さらに奥まで迎え入れようとして腰をあげる。

「おれを見ろ」

目を開けたとたんに息が詰まり、感情が爆発してあらゆる神経を揺さぶった。なによりすばらしいのは、彼のまなざしだ。マックは行為だけでなく、わたしの顔を見てくれる。突き入れるたびにわたしの目をのぞきこみ、反応を確認してくれる。

彼は肉体的快楽だけでなく、わたしのすべてを求めているのだ。

マックの気持ちがはっきりと伝わってくる。できれば、これが精神的な結びつきであることに気づかないでいたかった。本当は屋外で愛しあおうが、他人の目を意識して興奮をあおろうが関係ないのだ。害のないお遊びとかゲームなどという言葉は、マックを見た瞬間に吹きとんでしまった。

わたしたちはセックスをしているのではなく、愛を交わしている。彼はペニスだけでなく、全身でわたしを愛してくれている。口に出して言われなくてもわかった。彼がわたしを見つめたまま上体を倒し、頬を愛撫して情熱的にキスをしてくれるだけで十分だ。

リリーは情熱的でセクシーな愛の行為に古代から変わらぬ方法でこたえ、マックを締めつけた。

マックはリリーの築いた壁を突き破り、心を要求していた。

涙がこみあげ、目尻から頬へとこぼれ落ちた。奇妙なことに、涙はリリーの歓びを損なうどころか、さらなる高みへと押しあげた。

どんなゲームを仕掛けようと、自分になにを言い聞かせようと、そんなものは嘘っぱちだ。マックとのことは利害関係なんかで割り切ることはできない。これまでも、そしてこの先もずっと、わたしはマックを愛し続けるだろう。

10

リリーは泣いていた。マックが自分のなかにいて、すごく気持ちがいいのに涙がとまらなかった。一方のマックは、なにが起きたのかわからないでいた。彼は一瞬硬直してからかがみこみ、彼女の頬を流れ落ちる涙を親指でぬぐった。

「ベイビー、どうしたんだ？」

リリーは首を振ってマックの手首をつかむと、自分のほうへ引き寄せた。「なんでもないの。やめないで」

リリーの声はかすれていた。彼女は熱に浮かされたような表情を浮かべ、全身をほてらせている。太陽の熱と愛の行為によってあふれでた汗がきらきらと輝き、まるで地上におりたった女神のようだ。マックは再び彼女のなかに沈みこんだ。そして、それ以上はなにも考えられなくなった。リリーがいいと言うなら、それでいい。

セックスの最中に感きわまる女性もいると聞いたことがある。これまで、行為の最中に泣かれたことなどなかったが、そもそもリリーとほかの女性を比べても意味がない。彼女と愛を交わしているときほど相手を身近に感じたことはなかった。おれたちふたりはぴったりだ。リリーの敏感な反応や、完全に身を任せてくれるしぐさ、そのすべてがおれを高めてくれる。それに彼女に包みこまれているときの感触！　柔らかく脈打つ濡れた花弁に締めつけられると、ほかのすべてがどうでもよくなってしまう。

リリーは再びあえぎ声をあげたが、もう泣いてはいなかった。腰を浮かして、マックをさらに深く導き入れようとする。その要求にこたえてマックは彼女の脚を抱えこみ、深く突き入れた。リリーはヒップをテーブルから突きだすようにして横たわっているので、秘められた部分が丸見えだった。引き抜くたびに充血したひだが吸いついてくる様子がよくわかる。それはどんな男の目も釘づけにするエロティックな眺めだった。

だが、マックの目をとらえて放さないのは、なんといってもリリーの顔だった。突き入れるたびに顔をゆがめ、苦悶しているようですらある。愛の行為に没頭する女性、体と心の両方を解放し、恥じらうことなく男の目を見つめ返す女性の姿ほどそそられるものはなかった。

リリーが視線をまっすぐ向けてくる。もっとも原始的な方法でまじわっている最中に、男の心のなかをのぞきこもうとしているようだ。彼女が自分とのセックスを恐れていないことが伝わってきて、マックはぞくぞくした。なめらかで熱い蜜壺のなかで快感と苦痛を同時に体験する。こんな拷問があるとは。マックは興奮して汗だくになっていた。やめたくない。美しくてワイルドなおれの雌猫の魅惑的な姿を一日じゅうでも眺めていたい。だが、腰の奥から突きあげるような感覚がわきあがってきた。彼女のなかで絶頂に達したい。暴走列車のように体の中心を貫く欲求に、マックは必死に抵抗した。

どうやらリリーのほうが先にクライマックスを迎えそうだった。マックはリリーの脚を解放して背中に手をまわし、彼女を抱き起こした。くるりと反転してテーブルにあおむけになり、ひとつになったまま自分の上にのせる。「ベイビー、いってごらん」

リリーはうれしそうに瞳を輝かせ、マックの体をまたいで腰を浮かせたかと思うと、頭をのけぞらせて勢いよく沈みこんだ。彼の上に完全に座りこむようにして、こわばりを余すところなく受け入れる。きつい締めつけと内壁の震えに、マックは動きをとめた。それからリリーのヒップをつかんで持ちあげ、下に落としながら自分のものが沈みこむ様子をじっくりと眺める。突き入れるたびにリリーの花弁が吸いつき、締めつけてくるのがわかった。その部分を目のあたりにすることで、さらに快感が増した。きわめつけはリリーの反応だ。

彼女の手が胸に置かれた。乳房が前方にかしぎ、薔薇(ばら)色の突起がこちらを誘うように揺れる。マックはリリーの胸のふくらみを手で覆い、その先端を指でこすった。

「ああ、気持ちいいわ」リリーが言った。

セックスにのめりこんでいるときの彼女の声が好きだ。それ以上に好きなのは、常識にしばられない奔放な反応だ。

「どのくらい気持ちいい？」マックが乳首をつまむと、締めつけがさらにきつくなった。

「そうか、そのくらいか」今度は乳首を軽くつねってみた。リリーが腿をぎゅっと閉じようとする。

「ああ、もっと」

リリーが脚の付け根に手を入れて自分でクリトリスをさすりだした。そんなことをしたら長くは持たない。マックは彼女の姿を見つめながらさらにきつく乳首を引っぱり、今にも決壊しそうな奔流を抑えようとした。まだだ。

「自分でいってごらん。おれに見せてくれ。きみを感じたいんだ」

リリーと自分の両方からさざ波のような感覚が押し寄せてきた。達しそうになるのをこらえていると汗が吹きだしたが、マックは屈しまいとした。せわしなくクリトリスをこするリリーの手から、その恍惚（こうこつ）とした表情へと目を移す。彼女の歓びはおれの歓びだ。

リリーがオーガズムの波にのまれ、口を半開きにして小さく叫ぶ。彼女はクライマックスに達して目を見開いたあと、再びマックに焦点を合わせた。リリーの爪が彼の胸にくいこんでいる。

次の瞬間、力強い爆発が起こり、マックは一瞬なにも見えなくなった。ほとばしりの強さに腰がテーブルから浮きあがる。彼は大声でうめき、すべてを出しつくして崩れ落ちた。リリーはそのあいだずっと彼にしがみついていた。マックは荒く息をつき、ヒップを抱きかかえたまま彼女の美しい瞳に視線を戻した。相変わらずこちらを見つめている。リリーは一度も目をそらさなかった。

その顔に笑みが浮かび、雌猫が天使に変身した。

「ここじゃ日焼けするな。家に戻ろう」

「わたしが上になってるんだから、わたしが命令するのよ」リリーが生意気な笑みを浮かべた。

「へえ、そうかい？」マックはそう言うと、彼女のなかに入ったまま一気に立ちあがり、家に向かって歩き始めた。リリーは抗いもせずに脚を腰に巻きつけ、首にしがみついてきた。

「自分のことをタフだと思ってるんでしょ？」

本当にタフだったら、こんなことをしたりしない。リリーのこととなるとおれがどれだけやわになるか、彼女には想像もつかないのだろう。「そのとおりさ」

「ふうん。わたしだって武術のたしなみがあるのよ。その気になれば、ここであなたをねじ伏せることだってできるんだから」

マックは足をとめてリリーを見た。ふたりの鼻先が触れあう。「そうしたいのか?」

リリーは肩をすくめた。「別に。暑いし、汗だくだし、体が痛いの。今はシャワーを浴びたいわ。だからあなたを蹴とばすのはあとにしとく。涼んで、シャワーを浴びて、少し休んでからにね」

マックはのけぞって笑った。「現実的だな。それでこそおれの女だ」

彼は家に入り、二階のバスルームに入ってからようやくリリーを床におろした。蛇口をひねり、湯の下に彼女を引き入れる。シャワーのしぶきがかかると、リリーは笑い声をあげた。

マックはリリーの体全体に湯をかけてから、シャンプーをつかんで彼女の頭にかけた。

「なにしてるの?」

「きみの髪を洗うのさ」

「まあ」

マックは髪のシルクのような手ざわりを楽しみながら、頭皮をマッサージするようにして洗ってやった。こんなことをしていると仲間に知れたら間違いなく笑われるだろうが、リリーに触れるのはいつだってすばらしい。髪を洗ってやるのが男らしい行為かどうかなど、どうでもよかった。見返りはたっぷりあるし、リリーはため息をついて身を任せている。マックは彼女の頭を前方に傾け、女性は必須(ひっす)だと言いはるコンディショナーを塗ってやった。

コンディショナーを洗い流すと、ボディソープを両手にとり、手をこすりあわせて泡だたせる。それからゆっくりと円を描くようにリリーの背中に広げた。

「マック」

「なんだい?」

「それって……」

続きを待ったが、リリーは黙ったままだ。「それって?」

「人に体を洗ってもらうなんて初めてよ」

リリーはほとんどささやくように言った。こんなふうに彼女を慈しんだ男がほかにいないとは! マックは頭を振った。リリーはもっと大切にされてしかるべきだ。おれなんかじゃ及びもしないほどの贅沢を与えられるべきなんだ。金持ちの男に甘やかされ、高価なプレゼントを買ってもらい、スパでのんびりするのが似合っている。料理や掃除は使用人がやる。そんな贅沢な生活にリリーがいかにすんなりとなじむかを思うと、思わず笑みが浮かんだ。彼女はそういうふうに育てられたのだから、あたり前だ。隠れたり、銃でねらわれたり、逃亡を続けるなんてちっとも似合わない。それはおれの人生であって、リリーの生き方じゃない。

リリーはほかのどんな女とも違う。

マックは自分とリリーの体を隅々まで洗った。時間をかけて彼女の肌を丁寧にこする。リリーが彼を見あげてほほえんだ。

「大丈夫かい？」

「完璧よ」彼女はすべてを承知しているかのように笑った。

マックはリリーの下唇を親指でなぞった。「ああ、完璧だった」

完璧すぎるくらいだ。

状況が変わり始めていた。ああ、こんな仕事さえしていなければ！　いや、待て。そうじゃない。もともと仕事は好きなんだ。

ただ最近は、いつも好きだとは言えなくなっていた。

ふたりは体をふいて服を着た。

「おなかはすいた？」リリーが尋ねた。

「ちょっとね」

「わたしはぺこぺこなの。冷蔵庫になにが入ってるか見に行きましょう」

結局、ハンバーガーを食べることに決め、リリーがフライドポテトの下ごしらえでジャガイモの皮をむいているあいだ、マックは外へ出て肉を焼く準備をした。彼はこの機会に電話でトムの様子を確認してみることにした。トムは一回目の呼びだし音で電話に出た。

「リリーとはどんな感じだ？」トムが尋ねる。

「うまくやってるよ」

「尾行のほうは？」

「今のところ、あたりをうろついているやつはいない。監視装置をチェックしたが、なにかを探知した様子はなかった。尾行はいないと思う。うまくまいたんだろう」

「そいつはいい。いつそこを発つんだ？」

「明日の明け方に」

「じゃあ、そのころ戻るようにする。出がけに会えなかったとしても、すぐに戻るから。ウィルスを家に残していくのは心配だからな」

マックは液体燃料をしみこませた木炭に火をつけ、焼き網から炎が燃えあがるのを見て後ろにさがった。「よかった。ここのセキュリティは信頼しているが、ウィルスを残していくのは気が進まなかったんだ」

「ああ。心配するな。会議を早く切りあげて、おまえが発つ前に戻れるよう努力するよ」

「そうしてくれればひと安心だ」美術館からウィルスを盗みだして以来、大切に守ってきた。別の人間にゆだねるなら、引き継ぎは確実にやりたい。トムのことは信頼しているが、現にウィルスをねらっているやつがいるのだ。

「なるべくそうする。わたしのベイビーはちゃんとしまってあるんだろうな？」

マックはにやりとした。「任せとけ。あとのことについては手配できたのか？」

「ああ、話はついた。心配するな。スムーズにいくさ」

「よし。さっさとウィルスを手放して、この仕事を終えるに越したことはない。戻ったらしばらく休暇をとるぞ」

11

心臓が早鐘のように打っていた。本当に鐘の音が聞こえてきそうなほどだ。息を吸いこもうとしてもできない。世界が崩壊し、まともに考えることすらできない状態だった。土砂降りのなかで車を走らせているかのように視界もきかない。ほかにどうすることもできないまま、リリーは地下室の石の壁に背中をつけ、なんとか息を吸って、頭のなかを整理しようとした。ひんやりとした暗がりが心を落ち着けてくれる。今はひとり、暗がりにいたかった。そのほうが集中できる。

マックはまだ電話中なので時間はあった。こんなところにいることがばれたら、盗み聞きしたことも知られてしまう。それは避けたかった。

缶詰を探すために地下室におりてきたら、話し声が聞こえた。地下室の裏側の、ちょうど入口近くにある小窓が開いていて、そこからマックのブーツが見えた。誰かと話しているようだったので、最初はトムが戻ってきたのだと思ったが、姿までは見えなかった。食料品の棚を片端からチェックしながらなんの気なしに耳を傾けているうち、マックの声しかしないことに気づいた。つまり彼は電話をしているのだ。その一方通行の会話を聞くにつれ、リリーはどんどん気分が悪くなってきた。

内容を把握するのに時間はかからなかった。ウィルスを渡す相手はトムだ。しかも、ここで受け渡しをするつもりらしい。わたしにはなにも告げないまま。

てっきりふたりの関係は前進していると思いこんでいた。マックが自分を信頼し、話をしてくれるようになったのだと。

一歩前進して、十歩後退ってわけね。

いつもと同じ、秘密と嘘。まるでトレードマークみたい。リリーは自分の体を抱きかかえるようにして涙をこらえた。

でも、こんなことでくじけたりしない。感情にのまれてなるものか。この件に関しては負けるわけにいかない。マックには負けられないわ。

わたしにはやるべきことがある。今までは仕事にかこつけてマックに対する思いを肯定し、警報を無視してきた。最初は彼がわたしを誘惑してだますつもりだと責めていたのに。あのときの直感が正しかったのに、まんまと引っかかってしまった。きっとばかな女だと思われているに違いない。

だけど、それもこれまでだ。これからは冷静に考えよう。まずはマックへの恋愛感情を心の奥深くに埋めることだ。感情で動けば、成功するものも失敗してしまう。今度こそわたしは勝ってみせる。

勝つためには論理的な思考が必要だ。もしかしたら、マックはあとで話してくれるつもりかもしれない。それくらいの猶予は与えよう。あの電話で初めて計画がまとまり、今夜にも細部を打ち明けてくれるのかもしれない。それくらいの猶予は与えよう。彼が話してくれたなら、今夜にも細部を打ち明けてくれるのかも。から。少し泳がせて、話す気があるかどうかを確かめるのだ。マックは〝おれを信頼してくれ〟と言っていた。だったら信頼してみよう。チャンスを与えるのだ。打ち明けてくれたらそれでいい。でも、もしそうでなければ、次はこっちの計画を実行する番だ。そうなってしまったら、マックをどうにか拘束して、ウィルスを捜し、トムが戻ってくる前に盗みださなければならない。

そんな事態になってほしくなかった。ああ、マックがすべてを打ち明けてくれれば！

リリーは深呼吸をして落ち着きをとり戻し、サヤインゲンの缶詰を持って上へ戻った。キッチンにはマックがいた。

「ああ、地下にいたのか。どこに消えたのかと思ったよ」

リリーはアカデミー賞ものの笑みを浮かべた。「キッチンに缶詰がなかったから、地下の食料棚に保管してないかなと思って。ビンゴよ！」缶詰を掲げる。

マックはにっこりして彼女にキスをした。「さすがは探偵さんだ」

リリーは彼の脇をすり抜け、ハンバーグの種をこね始めた。「だってこれがわたしの仕事なんですもの」

「そうだな。ほかになにか手伝うことはあるかい?」

「これを焼いてくれれば十分よ。ほかのことは任せておいて」リリーはそう言って、種ののった皿を手渡した。

「オーケイ」

・

ドアが閉まると同時に、リリーは息を吐き、キッチンを動きまわった。ジャガイモの下ごしらえをして揚げ油に入れ、サヤインゲンの缶詰を開けて鍋に移す。そのあいだも外に視線を走らせ、マックが肉を焼くことに専念していることを確かめた。それから大急ぎで家じゅうの引きだしやクローゼットを開け、マックとトムがウィルスを隠していそうな場所を探った。ジャガイモの揚がり具合とマックの様子を確認するために何度もキッチンに戻らなければならなかったので、ほとんど成果はなかった。だが、トムが薬を入れている棚でいいものを見つけた。睡眠薬だ。

あとで役にたつかもしれない。リリーはふたを開けて錠剤を二錠とりだし、使わずにすむことを必死で祈りながら短パンのポケットに滑りこませた。その答えはもうすぐわかる。なんとしても真実を話してくれるように仕向けてみせるつもりだった。

マックが焼きあがったハンバーグを持ってくるころには、すべての料理を並べ終えていた。食欲はまったくなかったが、リリーはくつろいでいるふりをして料理をつまみ、どう話を切りだそうかと考えをめぐらした。

「さっき外で誰かと話してた？　誰かが侵入したんじゃないかと思ってびっくりしたわ」

マックは口のなかのものをのみこみ、ソーダを飲んだ。「いいや、誰もいないよ。トムと携帯で話していただけさ」

電話していた事実を認めてくれたことで、リリーの心に希望がわいた。トムと話した内容を教えてくれるかもしれない。「あら、そうなの？　トムはどうしてた？」

「楽しそうだったよ。今朝釣ったバスのことを自慢したかったらしい」マックは笑った。「ほかにもでかいのを釣ったそうだ。見たかったたな」

「見られないの？」

「ああ。かなり長居したからね。屋外監視カメラの画像を見直したけど、この家をかぎまわっているやつはいない。ラリー会場でうまく追っ手の目を欺くことができたようだ。だったら、そろそろ腰をあげないと」

「そう」リリーは、フォークを持つ手が震えないように気をつけた。「いつ？」

「明日の朝いちばんで発とうと思うんだ。トムは明日じゅうには戻ると言ってたが、おれたちにはまだ先があるからな」

「ウィルスの……受け渡しのためね？」

マックにも一瞬目をそらす程度の羞恥心はあったようだ。しばらくして、再び彼と目が合った。「ああ。期限が迫っているからね」

「わかったわ。出発は明日ね」希望は消えた。説得したり誘導尋問をしたりする必要などなかった。そんなことをするまでもなく、ウィルスのことも、それをトムに渡すことも、なにひとつ話してくれるつもりがないとわかったからだ。マックはわたしになにも知らせず、まだ自分がウィルスを持っているのだと思わせておく腹づもりらしい。

明日はウィルスを持たずにここを出る。そして身の安全が確認できしだい、どこかにわたしを置き去りにするつもりだろう。

憤りがわきあがってきた。それはこれまで感じたことがないほど激しい怒りだった。十年前に利用されて捨てられたとき、わたしはぼろぼろになった。傷ついたし、惨めだった。マックのことを愛していたからだ。そして今また、冷たい現実に頬を殴られた。わたしが愛した男は決して愛を返してくれない。この人には感情のかけらもないのだ。もしわたしを愛しているのなら、こんなふうに踏みにじったりはできないはず。わたしに触れ、情熱のきわみに導いておきながら、実は捨てるつもりで嘘をつくなんて。

マック・キャンフィールドのことで傷つくのはいい加減にやめにして、するべきことをしなければ。仕事に集中していれば落ちこまずにすむし、途方に暮れることもない。

「なんだか静かだな」

リリーはマックを見つめた。「ごめんなさい。少し疲れたみたい。日にあたったし……運動したから」彼女は胃がよじれそうな思いをしていることなどみじんも感じさせず、目をしばたたいてほほえんだ。

マックが笑みを浮かべ、リリーの手に自分の手を重ねた。「つまり今夜はもう疲れていて、できないってことかい？」

あろうことか、マックともう一度愛しあうことを考えても別にいやではなかった。わたしはどこかおかしいのだろうか？ 嘘をつかれて腹をたてているのに、いまだ彼がほしいなんて。この体はいつだってマックに反応してしまう。健康な証拠よね？ ちょうどいいじゃない。彼の信用を得るためならなんでもすると自分に誓ったのだから。そしてチャンスがめぐってきたら一発逆転してやるのだ。復讐は派手にやらないと。

リリーはいたずらっぽくほほえんだ。「わたしには疲れすぎるなんてことないの」

食事が終わり、マックが外の片づけをしているあいだにリリーは皿を洗った。それからリビングルームへ移動してテレビを見る。不安のあまりじっと座っているのは難しかったが、不審に思われないよう落ち着いているふりをした。

「なにをそわそわしてるんだい？」マックがリリーを抱え直す。

どうしてばれちゃうわけ？　「疲れてるはずなのに、なんだか気が休まらないの」

マックは彼女の髪を指ですいた。「どうすればリラックスできるか知ってるよ」

リリーは彼の胸に手をあて、笑いながら押し返した。「そもそも、それが原因で落ち着かないんじゃない」

「おれと愛しあってもリラックスできないってことかい？」マックはわざと傷ついたような表情を浮かべた。

「やめてよ」リリーはくるりと目をまわし、立ちあがってマックのグラスをつかんだ。「ソーダのおかわりはいる？」

「キッチンに行くならついでに頼むよ」マックはそう言うと、テレビを見やすいようにコーヒーテーブルに足をのせ、ソファに寄りかかった。

完璧だわ。リリーはキッチンへ入ると、背の高いグラスにソーダを注いで、ポケットから睡眠薬をとりだした。一錠かしら？　それとも二錠？　効き目のほどはわからないが、薬瓶には〝一錠から二錠を服用してください〟と書いてあった。二錠のませたからといって命に別状はないだろう。それに、ここから逃げるためには確実に眠ってもらう必要がある。

ソーダのなかで睡眠薬がとけていく。罪悪感がこみあげたが、すばやく気持ちを切り替えた。マックはわたしに嘘をついた。彼があのウィルスをどうするつもりかなんて神様にしかわからない。明日トムが戻ってくる前に手に入れないと、手の打ちようがなくなる。これは最後のチャンス。あれは殺人ウィルスなのだ。悪者に渡ったらとり返しがつかないし、そんな事態を許すわけにはいかない。

リリーはキッチンにあったスナック菓子とディップをトレイにのせ、飲み物と一緒にリビングルームへ運んだ。グラスをとり違えないよう注意してマックに手渡す。

「おっ、スナックだ」マックはそう言いながら塩味のスナック菓子に手をのばした。「気がきくね」

リリーはにっこりした。しょっぱいものを食べれば喉が渇く。それがねらいだ。自分もソーダを飲みながらスナックをつまんだ。テレビを見るふりをして、視界の端でちらちらマックの様子を観察する。彼はむしゃむしゃとスナックをほおばり、ソーダをがぶ飲みしていた。あとは待つだけだ。

そう長くはかからなかった。マックが何度か目をぱちぱちさせ、あくびをした。すかさずリリーも彼にすり寄ってあくびをする。それから彼の胸に手をあて、頭をもたせかけた。

「すごくしっくりくるな」マックが言った。「一緒にのんびりテレビを見ていると、幸せな気分になる」

「本当ね」そう言いながらもリリーの胸は痛んだ。自分にまわされた腕も、この安らぎも嘘なのだ。

「いつかはこういう生活がしたいな」

「どんな生活？」

「きみと湖のそばに住むのさ。子供たちも一緒にね」

嘘ばっかり！　マックの言葉を信じそうになる気持ちを振り払った。「そうなったらすてきでしょうね」リリーは必死で涙をこらえた。

「それ以上の幸せはないよ。おれは……ひと晩じゅうでも……こうして……」

マックは最後まで言い終えることができなかった。リリーは彼の腕のなかでじっとしたまましばらく様子をうかがっていたが、肩にまわされた腕が下に落ちると同時に、身を引いて起きあがった。

「マック？」

返事はない。

「マック！」体を揺すってみても彼はぴくりともしなかった。「マックったら、起きて」つねってても身じろぎすらしない。だが脈は正常で、一定のリズムを保っている。呼吸も正常だ。リリーは立ちあがって足を踏み鳴らしたり手をたたいたりして、マックが起きないかどうか試してみた。

大丈夫。目を覚ます気配はない。

チャンス到来だ。リリーはウィルスを求めて家のなかを丹念に調べていった。まずはマックと自分のベッドルーム。まだ彼がウィルスを持っているということもあり得る。だが、バッグや引きだし、クローゼットを捜しても収穫はなかった。もしかしたら、もう受け渡しがすんで、トムが隠しているのかもしれない。

でも、どこに？

リリーは階下におりてトムのベッドルームを捜した。毛布をはいでマットレスをたたき、ベッドのスプリングもはずして確認する。ナイトテーブルとドレッサーの奥と下も調べたし、引きだしの衣類をすべて出して二重底になっていないことも確かめたが、なにも出てこなかった。

次はバスルームだ。薬の入っている棚をかきまわし、鏡のついた棚をはずして後ろを押してみる。だが、なんの仕掛けもなかった。リリーは鼻にしわを寄せ、リネン類をしまってある棚にとりかかった。棚を隅々まで調べあげ、さらにほかの部屋も捜索したのに、見つかったのは失望感だけ。いったいトムはどこにウィルスを隠したのだろう？

地下室かしら？　このあいだ地下へおりたときは、ろくにあたりを見もしないで食料棚へ行ったし、マックとトムの会話を聞いたあとでは、周囲を見まわすどころではなくなってしまった。

マックの様子を見に行ったが、さっきと同じ姿勢で寝ていた。つついてもぴくりともしないし、いびきまでかいている。よし。リリーは急いで地下室へ行き、照明のスイッチを入れた。部屋の中央に立って周囲を見渡す。

小瓶を隠せそうな場所はいくらでもあったが、まずは鍵のついた収納庫が目にとまった。あれから始めよう。鍵を壊さないと。

あちこち探して、工具類のなかからボルトカッターを見つけた。これだ！　元警官なので、錠前破りのテクニックは知っている。

鍵は簡単に開けることができた。人が入れるほどの大きなキャビネットで、頭上にライトがさがっている。リリーは紐を引いて明かりをつけた。古紙の入った箱しかなかったが、念のためひとつひとつ箱を開けて中身を確認してみた。

結局なにも見つからなかったので、次のキャビネットにとりかかった。こちらは小型で、地下室の隅の工作台に設置されていた。ボルトカッターを使って鉄の扉を開ける。

だが、なかは空だった。もう！　絶対にここだと思ったのに。

洗濯機や乾燥機のなかを含め、地下室は隅々まで確認した。

だが、めあてのものはなかった。

リリーはいらいらしながら上階へ戻った。マックはまだ寝ているが、時間は無限にあるわけではない。ウィルスを見つけなければ。心臓がどきどきしていた。彼女は腰に手をあててリビングルームの中央に立ち、部屋を見まわした。いったいどこに隠したの？

壁に飾られたトムの勲章が目に入る。リリーは心のなかで思いきり悪態をついた。まったく、ふたりともくたばっちゃえばいいのよ！

リリーはふと眉をひそめた。ゆっくり壁に近づく。こんなラッキーなことってあるかしら？　彼女は一対の勲章がおさめられた額を壁からはずした。

下はただの壁だ。もしかしたら思い違いかもしれない……。だが、もう一方の額を動かそうとすると……額ははずれるのではなく、開いた。そして、その下からはめこみ式の金庫が現れた。

興奮がこみあげる。リリーは肩越しにマックの様子を確認してから金庫に視線を戻した。ええと、まず鍵がいるわね。鍵はトムが身につけているはずだ。ということは、金庫をこじ開けないといけない。

リリーは地下に駆けおりて工具箱を見つけ、なかを引っかきまわして所望のものをとりだした。鍵穴に通せるほど先のとがった工具だ。急いで上へ戻り、もう一度マックのほうをちらりと見る。彼はさっきと同じ格好で寝ていた。

工具の先端を鍵穴にさしこみ、扉に耳をあてて動かし始めた。左右にまわしながら歯車の音に耳を澄ます。片方の手で金庫の取っ手をつかんだまま十分ほどこの動作を繰り返し、何度となく取っ手をまわして鍵が開かないかどうかを確認した。

ついにカチッという音が聞こえた。祈るように取っ手をまわす。

やった！　取っ手が下方に動いて扉が開いた。そして、なかにはあの小瓶が入っていた。

マックを起こす心配さえなければ、喜びの叫びをあげていただろう。あまりの興奮に、リリーは金庫から一歩さがって膝に手をあて、呼吸を整えなければならなかった。ついに手に入れた。もう誰にも渡さないわ。彼女は両手で小瓶を守るようにして金庫からとりだし、キッチンへ向かった。テーブルの上に置いて、その脇に立ったまま小瓶を見つめる。

よし。ウィルスは見つけたわ。次はここから脱出しなくちゃ。それには足が必要だ。残念なことに自動二輪の運転はできないので、マックのバイクは問題外だ。こんなことなら乗り方を教えてもらっておけばよかった。まあ、頼んだところでマックが教えてくれたとも思えないけれど……。

そう言えば家の横にガレージがあった。リリーは外へ出て、そうそう都合よくいくだろうかといぶかりながら、木造の小さな建物へ向かった。

入口には鍵がかかっていたが、ドアの脇に窓があった。薄暗いガレージのなかをのぞくと、車らしき影が見えた。やった！　喜びのあまり、またしても叫び声をあげたくなった。次はガレージに入ってどのキーが合うか試してみるのよ。

急いで家に引き返し、トムのベッドルームへ向かう。たしか家のなかを捜したとき、ドレッサーのいちばん上の引きだしに鍵束が入っていた。リリーは床に這いつくばって、散乱したもののなかから鍵束をつまみあげた。ふと動作をとめて鍵を見つめ、くるりと目をまわす。リビングルームの金庫もこのどれかで開けられたかも。

こんなにせっぱつまってるんだもの。ちょっとくらい抜けがあってもしかたないわ。キッチンを抜け、厚手のタオルを三枚つかんでガレージへ行く。窓から侵入することになるかもしれないからだ。この鍵のどれかで開くといいけど。

ドアは開いた。リリーは満足そうな笑みを浮かべて明かりをつけ、車に歩み寄った。ロックされていなかったので、運転席に乗りこんで鍵束を調べる。シボレーのキーはひとつしかない。鍵穴にさしこんでみると、ぴったりとはまった。彼女は目を閉じ、息を詰めた。

エンジンが音をたてて回転を始めたときは涙が出そうになった。これで脱出できる！ウィルスも手に入れたし、足もある。うまくいきすぎて怖いくらいだ。リリーはハンドルに両手を打ちつけ、小さく勝利の雄たけびをあげた。いったんエンジンを切って車をおり、鍵束をポケットに入れる。

そして家に駆け戻り、自分のバッグを探ってジーンズにはき替えると、階段を駆けおりて、もう一度マックの様子を確認した。

まだ眠っている。リリーはかがみこんで脈を調べた。大丈夫、安定してるわ。

それにしても、なんてすてきな寝顔なんだろう。ふっくらとした唇、濃いまつげ、高い頬骨。頬にてのひらをあてると、肌のぬくもりや吐息が伝わってきた。

これが最後だ。そう思うと、後ろ髪を引かれる思いがした。

なぜ？　どうしてこんなに気持ちが沈むのだろう？　休憩所とかレストラン、もしくはどこかのホテルにわたしを置き去りにしたら、この人も少しは後悔するのかしら？　二度と会えないと思ったら、わたしみたいにおなかの底に突き刺さるような苦痛を感じるの？

しっかりしなさい、リリー。マックはあなたが考えているような男ではない。これまでだってそうだったし、これからもそう。ウィルスを持ってここから立ち去るのよ。

そう自分に言い聞かせてみても、痛みはおさまらなかった。マックの唇にそっとキスをする。

「さよなら、マック」

マックは身じろぎもしなかった。リリーはため息をつき、部屋をあとにした。

マックに連れられてトムの書斎で監視器材を見たことがあるので、正門が自動で開閉することはわかっていた。ここで操作できるはずだ。書斎に入ってモニター画面を見ながらボタンを押す。鉄の門がゆっくりと開いた。それからキッチンへ移動して小瓶をつかみ、バッグに突っこんだ。裏口から出て階段をおり、ガレージへ急ぐ。重いシャッターを引きあげ、車のエンジンをかけた。アクセルを強く踏みこみたいのをこらえて門までゆっくり車を走らせる。門を通過するとすぐ、サンバイザーについているボタンを押した。後方で門が閉まった。

リリーはようやくアクセルを思いきり踏みこんで車のスピードをあげた。

これで自由！　ついに自由だ！　ウィルスも手に入れた！　でも、マックはいない……。

わたしはするべきことをしたのよ。

それなのになぜ、こんなに絶望的な気分になるのだろう？

マックは目をしばたたいた。なんだかひどく体が重い。口のなかに綿でも詰めこまれたみたいだ。

そのとき、車の音が聞こえた。もうトムが戻ってきたのか？　起きあがったとたんにめまいに襲われ、マックは頭を抱えこんだ。いったいなにが起きたんだ？　今度はゆっくりと立ちあがり、慎重に窓辺へ歩み寄る。外は暗かった。リリーはどこだ？

マックはキッチンへ向かった。リリーの姿はなく、物が散乱している。胃にずっしりと不安がのしかかってきた。早足で廊下を進み、トムのベッドルームへ足を踏み入れる。なかはめちゃめちゃだった。

なんてこった！　家じゅうが荒らされている。パニックが眠気を吹きとばした。

「リリー？」

たしかさっき車の音が聞こえた。あれは夢なんかじゃない。ガレージに面した窓に駆け寄ると、トムの車が通過したあとで、門が閉まるところだった。

頭が重くてふらふらする。

リビングルームのテーブルにのった空のグラスが目に入った。昏睡状態に陥る前の出来事を必死で思いだしてみる。

まさかリリーが？

そんな……彼女のしわざなのか？　でも、なぜ？

事実を知ったのでもなければ……。

やはりそうだ！

金庫の扉が開いているのを見て、もっとも恐れていたことが起きたのだと確信した。金庫のなかにあったウィルスの小瓶がなくなっている。

ちくしょう！　リリーを完全に見くびっていた。マックはリビングルームのなかを行き来し、髪をかきむしりながら頭を必死で回転させた。さっさと考えて行動しなければ。

リリーをつかまえるんだ。

ポケットに手を入れたマックは思わず安堵のため息をもらした。バイクのキーは無事だ。とりあえず冷蔵庫から強壮剤をとりだしてがぶ飲みする。カフェインが睡眠薬に対抗してくれることを期待した。

強壮剤を飲み干してから、門の開門ボタンを押してドアから駆けだし、バイクに飛び乗った。エンジンをあたためるため、短い距離を蛇行運転する。何度も目をしばたたいて頭にかかる霞(かすみ)を追い払わなければならなかった。門にたどりつくと、自動で門を閉めるための暗証番号を打ちこんだ。

リリーの車は右折して西へ向かった。まだそれほど遠くまで行っていないはずだ。マックはバイクのスピードをあげた。彼女だってここまでのスピードは出さないだろう。それにこのあたりは田舎だから、よほど運が悪くない限り警察もいないはずだ。

冷たい夜風にあたると、頭が少しだけすっきりした。だが、薬の影響が消えたわけではない。リリーが薬を盛るとはまったく信じられなかった。だいいち、なぜ今ごろ？トムが受け渡しの相手だと気づいたに違いないが、どうやって？

どんな方法であれ、リリーを見つけて小瓶をとり戻さないと一巻の終わりだ。彼女がひどく危険な状況に陥る可能性がある。

マックは、バイクの初心者にも、正体不明の薬で朦朧(もうろう)としている人にも、とてもおすすめできないスピードでカーブに突っこんだ。なんとか無事に曲がりきる。ようやく前方にテールライトが見えた。あれはリリーだろうか？　頼むからリリーであってくれ！

車には見覚えがあるような気がした。エンジンをふかすと、前方を走っている車もスピードをあげた。リリーだ！　おれのバイクだと気づいて速度をあげたに違いない。

前方を走っている車がトムのものに違いないとわかると、安堵がこみあげた。だが、相手が速度をゆるめる気配はない。なんとかとめる手立てを考えないと。マックは限界まで加速してリリーの車に追いつき、彼女の注意を引こうと運転席に向かって手を振った。彼女はちらりと顔を向けて首を振り、アクセルを踏みこんだ。

だめだ。絶対に逃がさないぞ。バイクが横転しないことを祈りながら、マックはエンジンの回転数をあげて車を追い越した。賭けに出るしかない。リリーがおれの思うとおりの女なら、追跡を免れるためにおれの命を危険にさらしたりしないはずだ。いくつかカーブをやりすごすと、思いきり加速できそうな直線道路が現れた。ブレーキをかければなんとかとまれるだけの距離を開けてから、リリーの真正面でバイクをとめる。道幅は狭い。マックはリリーのいる車線にバイクを残し、反対車線に立った。バイクと激突するかおれをひき殺すかしない限り、とまるしかない。マックはリリーが自分の思うとおりの女性であることに賭けた。彼女ならとまってくれるはずだ。

どうか勘がはずれませんように。

まぶしいライトが迫ってきて、車が接近した。防衛本能が悲鳴をあげ、飛びのきたい衝動に駆られたが、マックは足を踏んばった。

予想どおり、リリーはブレーキを踏みこんだ。タイヤが悲鳴をあげて車が横滑りし、蛇行する。車はそのまま道路を飛びだして路肩の溝に落ち、前の部分をうっそうとした茂みに突っこむようにしてとまった。

ちくしょう！　こんなはずじゃなかった。マックはバイクを路肩に寄せて溝におりた。エンジンルームからは煙が出ていたが、リリーはすでに運転席から這いだし、こちらに刺すような視線を投げつけてきた。

「あなた、気でも違ったわけ？」先手を切ってリリーが叫ぶ。「死んでたかもしれないのよ！」

マックは彼女の手をつかんで、けががないことを確認した。「大丈夫か？」

リリーは彼の手を振り払った。「わたしは大丈夫よ。このろくでなし！　いったいなにを考えてるの？」

マックは肩をすくめた。「きみをとめなきゃいけなかった」

「あなたなんて死んじゃえばいいのよ！」リリーはきびすを返して道路に戻り始めた。

溝から這いあがろうとする様子を見る限り、どこも傷めてはいないようだ。暗かったが、出血も見られなかった。マックはリリーのあとを追いかけて道路まで戻り、彼女の肩からバッグをとりあげた。「ウィルスを返してくれ」

リリーがバッグをつかんだ。「わたしのバッグよ！」

マックは首を振った。「だめだ。きみのことは信じてたのに、よくも薬なんてのませたな」

リリーは反抗的な目でマックをにらんだ。「あなたこそ恥ずかしげもなくよく言うわ。あなたの辞書に〝信頼〟なんて言葉はないでしょう？　セールスポイントは〝嘘〟だものね」

「ここじゃ話せない。トムの家に戻ろう」

リリーはマックがさしだした手を振り払い、二歩後ろへさがった。「テロリストにウイルスを売りつけようとしている泥棒と一緒だなんてごめんだわ」

マックは眉をつりあげた。「なかなか想像力が豊かだな」

彼女が鼻を鳴らす。「あなたが教えてくれないなら、想像するしかないでしょ！」

「今は話せないと言っただろ？」

「なに言ってるの。教えるつもりなんてないくせに。自分がなにをしているか知られたくないんでしょう。もしくは自分とトムがしていることをね。もう！　いったいなにに首を突っこんでるの？」

薬の影響と追跡劇でマックはくたびれ果てていた。いらいらとため息をつく。「きみの考えているようなことじゃない。さあ、バイクに乗って家に帰ろう。あそこなら安全だ」

「あなたとは行かないわ」

「来るんだ」こんなところで言い争うつもりはない。マックはリリーの手首をつかんでバイクまで引きずっていった。

「あなたと一緒には行かないってば！」リリーが怒りに満ちた声で言う。

マックは心底腹がたっていた。疲れすぎて説明する気もしない。リリーを抱えあげて後部座席に乗せたが、彼がバイクにまたがるよりも早く、彼女は地面に飛びおりた。

「いやだと言ってるでしょう」

「どうするつもりだ？　こんな夜中に人気のない道を歩くっていうのか？　親切な男が拾ってくれるとでも？」

リリーは腕組みをした。「自分の面倒は自分で見るわ。自力でなんとかする」

「きみを残していくつもりはない」

「あなたと一緒に行く気はないわ」

マックは髪をかきあげた。もうくたくただ。本当に疲れていたので、バッグをつかもうとリリーが突進してきたとき、足をすくわれてしまった。くそ！　アスファルトに打ちつけられ、全身に痛みが走る。リリーが馬乗りになってきたが、なんとか持ちこたえた。

突きとばせば、けがをさせてしまう。マックはなるべく勢いをつけずにリリーもろとも横に転がった。リリーの激しい抵抗に加えて薬の後遺症があるので、そう簡単にはいかなかったが、なんとかうつぶせにして彼女の体を押さえつけると、手首をつかんでヒップの上に座った。

「やめろ！」リリーは抵抗をやめるどころか、足をばたつかせている。

「放して！　もうわたしなんか必要ないでしょ？」

「だめだ」

リリーの瞳には涙が光っていた。ああ、こんなことはしたくないのに。彼女の顔に不信と憎しみが浮かぶのを見るのは耐えられなかった。

マックはリリーの上からおり、彼女を立ちあがらせた。

「おれは悪者じゃない」

「あなたは最低よ。汚れきってるんだわ。だからこそそして、嘘をつくのよ！　正しいことをしているのなら話してくれるはずでしょ？　さあ、バッグを返して」

再び飛びつこうとしたリリーに、マックは唯一有効な反撃をすることにした。こうなったら真実を話すしかない。

「おれは合衆国政府のために動いてるんだ！」

12

バッグを奪おうとしていたリリーは、マックの発言にぴたりと動きをとめた。いったいどういうこと？　一瞬、体じゅうの機能が停止する。宙吊り（ちゅうづ）にされたような気分だった。

「なんですって？」

「おれは政府のために働いているんだ」

「だってウィルスを盗んだじゃない」

「それがおれの仕事だ」

リリーは目をしばたたき、眉間にしわを寄せた。「政府のために盗みを働いてるってこと？」

「そうさ。政府から盗まれたものを盗み返すんだ。正規のルートではとり返すことができない場合にね」

その意味するところを考えようとするとめまいがした。そんなことってあり得る？

「それだけじゃわからないわ。ちゃんと説明してちょうだい」

マックはうなずいた。「説明はする。だが今は、おれが眠りこんじまう前にトムの家に戻らなきゃならない。まだバイクを転がせるうちにね」

「たしかにそうね」そう口にしてから、リリーはようやくことの重大さに気づいた。改めてマックの様子を観察すると、まぶたは閉じかけているし、体はふらついている。当然のことながら、まだ睡眠薬がきいているのだ。それなのにあんなにスピードを出したりして！　事故が起きても不思議はなかった。そう思うと体が震えた。

リリーはマックに歩み寄った。彼があとずさりする。「マック、ごめんなさい。眠ってしまわないうちに帰りましょう」

睡眠薬をのんでいるのにあんな無謀な運転をしたなんて。しかも、薬をソーダに入れたのはわたしだ。マックはなにがなんでもウィルスをとり返したかったに違いない。自分の命を懸けても。

「スピードを出さないでね」リリーはバイクの後部座席にまたがりながら声をかけた。「眠らないように、家に帰るまで耳もとで絶叫しててあげるから」

これを聞いて、マックはわずかに口もとをゆるめた。

マックがバイクのエンジンをかけ、リリーの要求どおり慎重にマシンを走らせる。彼はいつ眠りこんでもおかしくない状態だが、トムの家に着くまでは持ってもらわないと困る。マックなしではバイクが動かないのだから。リリーは彼の耳もとでしゃべり続けた。相槌（あいづち）を打っているところを見ると、こちらの声は聞こえているのだろうが、話の内容はほとんど理解できていないようだ。

リリーは常にマックの体に触れるようにした。背中や腿に手を這わせると、筋肉がかたく緊張するのがわかった。彼は朦朧としていてもわたしの愛撫に反応している。思いきり手をのばして敏感な部分を撫でようかとも思ったが、運命と戯れて事故を起こすのはごめんだった。

いずれにせよ、リリーの努力は報われた。彼女の愛撫と声のおかげで、マックはかろうじて意識を保ったままトムの家までたどりつくことができた。門をくぐって私道にバイクを入れる。エンジンを切ってバイクをおりるころには、マックはもうふらふらだった。ドアに向かう足どりもおぼつかない。リリーは彼の腕を自分の肩にまわし、かつぐようにしながら裏口の階段をのぼって家に入った。

「ここは……めちゃめちゃ……だな」

マックはそうつぶやいたものの、ろれつがまわっていなかった。

「そうね。二階へ行きましょう」

ふたりは何度もよろめきながら、なんとかベッドルームにたどりついた。マックがそのままベッドに倒れこんだので、リリーは体の半分が彼の下敷きになってしまった。身をよじってなんとか抜けだす。このまま寝かせておこうと思ったとき、マックが彼女の手をつかんでぎゅっと握った。

「行かないで……くれ」

リリーはこたえなかった。

「さっき言ったこと……あれは、本当だ。自分の直感を……信じてくれ」

なんと言えばいいのかわからない。

「ここにいて……くれ。お願い……だから」マックの手が落ち、まぶたが閉じた。彼は眠っていた。

リリーはベッドルームを出た。気がたって眠るどころではない。彼女は続く数時間を、自分が荒らした家の整頓にあてた。引きだしをもとに戻して衣類をおさめ、床を掃いて部屋をきれいにする。家のなかがなんとか見られる状態になったときには、すっかり汗だくになっていた。シャワーを浴びてマックのTシャツに袖を通す。それからベッドの端に腰をおろし、彼を見つめた。

次はどうする？　頭のなかには疑問が渦巻いていた。

それだけならこれまでと変わらないが、今回はマックからもらったヒントがあった。

早く詳しい話が聞きたくてたまらない。

マックはうつぶせのまま寝てしまったので、お尻のポケットから携帯電話がはみだしていた。リリーは携帯電話をとりだして手にとった。上司や依頼人に連絡するのは簡単だ。小瓶と携帯を持ってここから逃げだすことも。警察かＦＢＩに通報したっていい。そうすればウィルスは政府の手に渡り、悪用される心配もなくなる。

マックが言ったことを信じてるの？　この人が政府の下で働いているって？　どうせまたたくさんの嘘のひとつじゃないの？

マックは直感を信じろと言った。でも、わたしはこれまでだってずっとそうしてきた。だからこそマックと一緒にいることにしたのだ。この人が、罪もない何百万という人々に害を与えたりするはずがないと信じたから。

本能は再びマックを信じろと叫んでいた。目を覚まして、真実を話してくれるまで待てと。

政府の仕事とやらについてききださなきゃ。

リリーはひざまずいてマックのブーツを脱がせ、彼の体を転がすようにしてベッドの片側へ寄せた。マックはうめき声をあげたが、素直にあおむけになった。

「服を脱がせてあげる」聞こえているかどうかはわからなかったが、リリーはマックに向かってそう言うと、ボタンをはずし、四苦八苦してジーンズを脚から引き抜いた。残りはさほど難しくなかった。服を脱がせ終わると、彼は目を閉じたままもぞもぞと這いあがって枕に頭をのせた。

リリーはほっと息をついた。Tシャツを脱いでベッドにあがり、枕もとの明かりを消す。マックの横に身を横たえると、彼は腕をまわしてきた。

答えを聞くのは朝まで待とう。リリーはマックにすり寄って目を閉じた。

マックは目覚めたくなかった。すぐ隣にリリーのあたたかな体を感じる。窓から朝日がさしこんでいないということは、まだ夜明け前だ。起きるには早すぎる。

だが、すでに目は覚めていた。口のなかはからからで、頭ががんがんする。くそっ、昨日はどんな災難に見舞われたんだっけ？　横たわったまま記憶を探ったが、なにも思いだせなかった。もう少し寝たほうがいいのかもしれない。マックはリリーに身を寄せ、髪に鼻をうずめて甘い香りを吸いこんだ。こうしていると、すぐにも眠れそうだ。まるで媚薬みたいに……。

マックはぱっと目を開けた。薬！　頭にかかっていた霞がしだいに晴れていく。そうだ。昨日、リリーはおれのソーダに薬をしこみ、ウィルスを奪って逃げた。おれはバイクであとを追った。細部はぼやけているものの、少しずつ記憶が戻ってきた。

薬でへろへろの状態でバイクを飛ばすなんて、われながら正気の沙汰ではない。だが、ほかにどうすればよかったんだ？　おれはウィルスをとり戻さなければならなかった。

それに、リリーを失うわけにはいかなかった。

今、大切なのは、彼女がまだおれと一緒にいることだ。リリーは逃げなかった。彼女に対して、自分の直感を信じてくれと頼んだことも思いだした。これまで何度同じ要求をしただろう？　こんなのフェアじゃない。おれは彼女に無理なことばかり押しつけている。こんなに長く待たせずにさっさと白状してしまえばよかったんだ。

今日こそすべてを打ち明けねばならない。もう秘密はなしだ。

だが、もう少しだけあとでいい。なんといっても、今はぬくぬくとしたベッドのなかで、リリーのあたたかな体に寄り添っているのだから。ふたりの体は重ねあわせたスプーンのようにぴったりで、股間にはリリーのヒップがすっぽりとおさまっていた。手は彼女の乳房のあいだにある。おれは彼女の首筋に鼻をうずめて目を覚まし、甘い肌の香りをわがもの顔に吸いこんでいるのだ。マックはにっこり笑った。この香りだけでも十分だが、こわばりに押しあてられたヒップの感触は、どんな目覚まし時計よりも強烈におれを覚醒させてくれる。下半身に血がめぐり、すばらしく魅力的な女性の脚のあいだに挟まっていることに気づいたペニスがそそりたった。

マックは肘を突いてリリーの寝姿を見つめながら、シーツをウエストまで引きおろして胸をあらわにした。ほかのすべてと同じ完璧な美しさだ。丸みを帯びた乳房にてのひらを滑らせると、ピンク色の先端がぴんとたちあがった。片方の乳房を包みこむようにして、頂がかたくとがるまで親指でゆっくりと円を描く。

リリーはうめき声をあげて体を弓なりにそらしたが、目は閉じたままだった。マックはさらに乳首をもてあそび、指のあいだで転がすようにして反応を楽しんだ。リリーがそそりたつものにヒップをすり寄せてくると、いやがおうにも興奮が高まった。

どうやらリリーも目が覚めてきたらしい。体を押しつけてくる様子でわかる。マックは彼女が発する小さな調べを楽しんだ。うめき声やため息に耳を澄ましていると、リリーが眠りと現実のはざまで愛撫を楽しんでいることが伝わってくる。

マックはリリーの脚のあいだにこわばりを滑りこませた。そこはすでに潤っており、ぬるりとした熱いくぼみが侵入者を歓迎してくれた。そのまま挿入したくてたまらなかったが、物憂げな朝の戯れも捨てがたかった。

こうして親密に触れあっているだけで十分気持ちいい。そそりたつものを花弁にあてがい、一気に貫かないよう注意しながらなかに忍びこませる。そして少しずつ体を沈め、内壁がこわばりに吸いついて引きこもうとする感触を楽しんだ。

リリーとのセックスはたいていワイルドだ。だが、ゆっくりと身を沈め、彼女の声や息づかいに耳を澄ませるのもすばらしい。マックはすべてを味わいつくそうとした。彼女が自分を包みこんで脈打つ様子や、胸と背中を合わせ、脚を絡ませていた状態で、ふたりの体がどれほど完璧にフィットしているかを。

だが、そんな状態が長く続くはずもなかった。ふたりの情熱は急速に過熱していった。マックが体を引いて軽くゆるやかなまじわりを続けようとしても、リリーがヒップを押しつけてくる。彼女は迎え入れるように脚を広げ、いったん体を浮かせてからヒップを押しつけてきた。息づかいが速くなり、軽いあえぎが切迫したうめきに変わる。リリーはもっとほしいのだ。

怠惰な戯れもよかったが、リリーがペースをあげたいなら異論はない。

「腹這いになって」マックは枕を引き抜いてベッドの中央にほうった。

リリーが寝返りを打って下腹部を枕にのせ、ヒップを突きだす。

うめき声が返事の代わりだった。

マックはリリーの肩をつかんで彼女に覆いかぶさった。リリーがあえいで腰を浮かせる。彼は隆起したものを入口に押しあて、なかに押し入った。潤った花唇がこわばりをつかんで締めあげ、ぴくぴくと痙攣しながら吸いついてくる。

ああ、もっと奥まで貫きたい。

「ベイビー、四つん這いになるんだ」マックは腕をまわしてリリーの体を引き起こした。

彼女がてのひらをマットレスに押しあて、脚を開く。それから上体をかがめるようにしてヒップを突きだした。マックは肩越しに悩ましい視線を投げている女のなかに侵入した。

最初はゆっくり動くつもりだったが、じれたリリーが自ら尻を押しつけ、こわばりを貪欲にのみこもうとする。

おれの女が目を覚ました。そして彼女は飢えている。マックがリリーのヒップをつかんで勢いよく貫くと、彼女は頭をそらして歓喜の声をあげた。指を上掛けにくいこませ、望みどおりの快感を手にして背中を弓なりにする。

突き入れるたびに愛液があふれてマック自身を濡らした。前かがみになってクリトリスを刺激すると、そこはしっとりと潤っていた。リリーが強く締めつけてくるので達してしまいそうだ。

マックはクリトリスへの攻撃を続けながら、リリーのなかに突き入れた。「ベイビー、我慢しなくていい」彼女の耳もとにささやく。「いくんだ」

リリーはうめき、思いきりヒップを押しつけて髪を振り乱した。「マック」

「ここにいるよ。おれのためにいってくれ」

彼女が叫び声をあげる直前、甘美な痙攣が絶頂を教えてくれた。マックも同時にクライマックスにのぼりつめ、自分自身を解き放った。快感に震えるリリーのヒップに自分の下腹部を押しつけると、激しい震えがじかに伝わってきてさらに絶頂感が高まった。

マックは激しく息をつきながら、リリーの腹部をつかんで持ちあげ、自分の胸に押しあてた。この愛の行為でどちらの肌にも汗が吹きだしていた。彼女の激しい鼓動がてのひらに伝わってくる。

マックはリリーの首筋にやさしくキスをした。「おはよう」

「おはよう」彼女がこたえる。「シャワーを浴びなくちゃ」

「おれもだ」

ふたりは一緒にシャワーを浴びた。リリーが先にバスルームを出る。彼女は体をふいて服を着ると、階下で朝食の準備をすると言った。そしてマックが体をふいている隣で先を続けた。「朝食が終わったら、答えを教えてほしいの」

マックはうなずいた。ついに話すときが来た。

グレーンジはリリーになにも教えるなと言ったのだから、彼女に話すことでおれは困難な立場にたたされるだろう。しかし、ほかに方法はない。グレーンジには睡眠薬のせいだとでも言ってみるか。

もう、どうとでもなれだ！　マックはジーンズをはき、Tシャツを頭からかぶった。おれはリリーを信じる。

マックはキッチンにおりた。リリーはすでに料理にとりかかっていた。マックは勇気を奮い起こそうとコーヒーを注いだ。

「なにか手伝おうか？」

リリーが首を振る。「料理はわたしがするわ。ジュースでも入れてくれる？」

朝食がテーブルに並ぶころには、なにを話すか心は決まっていた。全部だ。おれにはこれまでリリーの自由を束縛してきたという負い目がある。ゆうべなら逃げることもできたのに、彼女はここにとどまってくれた。電話は目の前にあったのだから、上司にも警察にも連絡しようと思えばできたはずだ。それなのに、朝起きて目にしたのは、おれにすり寄って眠るリリーの姿だった。

彼女はここにとどまることでおれへの信頼を示してくれた。それに報いるには、すべてを打ち明けるしかない。朝食を食べたら話をしよう。とにかくまずは腹ごしらえだ。

リリーはマックをせっつきもせず、黙々と朝食を食べた。ひとつには、彼に薬を盛ったことが後ろめたかったからだ。カフェインと食べ物を摂取すれば、体内に残留する薬の成分も一掃されるだろうと思った。

だが内心では、マックに真実を話す気があるのかどうかが気になってやきもきしていた。だから彼が口を開いたときはびっくりした。

「きみが大学に行ってるころ、おれは厄介な問題を抱えこんでいた」

リリーはマックを励ますようにうなずいた。

「当時のおれは二十一で、将来性のない仕事をしながら盗みを続けていた。腕はよかったが、十分じゃなかった。そのうちやばい連中と知りあって、でかい窃盗団の一員になった。自分がなにに足を突っこんでるのか、よくわかっていなかった。しかも組織に一度入ってしまうと、抜けだすなんて不可能に思えた。結局、サツにつかまって、かなりの刑期を勤める直前までいった。手をさしのべてくれる家族も、保釈金のあてもない。まさに人生の階段を転げ落ちるところだったんだ。もう終わりだと思ったよ」

リリーは胸が張り裂けそうだった。マックは更生のチャンスをつかめなかったのだ。

「だが、それは誰のせいでもない。たち直るチャンスはあったのに、おれはそうしなかった。誤った道を選んだのはおれ自身なのだから、自分を責めるしかなかった。だから男らしくたち向かおうと思った。公選弁護人に、罪を認めて自分の行為を償いたいと言ったら、正気じゃないと言われたよ」

リリーも思わず同じことを言いそうになっていた。

「そのとき奇跡が起きたんだ。グレーンジ・リーという男が現れて、おれの人生を変えた。元陸軍大将のタフな男さ。グレーンジはおれに嘘みたいな提案をしてきた」

「どんな?」リリーは尋ねた。

「彼は変わった能力を持つ連中を選りすぐってチームを結成しようとしていた。司法省のある機関で極秘任務につかせるためにね。グレーンジは、自分の下で働くなら、おれの罪を帳消しにしてやると言ったんだ」

「働くって?」

「アメリカ政府はしょっちゅうなにかを盗まれているんだ。そして、一度盗まれたものは簡単にとり戻すことができない。司法制度上の問題があったり、犯人が一流の弁護士を雇っていたりと、いろいろあってね。なかには法的手段に訴えられない代物もある」

リリーは鼻を鳴らした。「元警官としても探偵としても、そんな話はしょっちゅう耳にするわ。まったく、ひどい話よね」

マックはうなずいた。「だろ？　グレーンジはそういう問題があることを教えてくれた。それからおれの……おれたちの任務についても。ひと握りの関係者以外は、おれたちの組織が存在することすら知らない。この仕事はリスクが大きいんだ。もしつかまれば、政府もグレーンジも関与を否定するからね」

「つまり、本当に腕がよくないといけないのね。逮捕されれば、今度こそ刑務所送りになるから」リリーは言った。

「そうだ。だが、危険を冒す価値はあった。おれはやり直すチャンスがほしかったんだ。かつてのおれは救いようがなかった。今度こそ、なにか正しいことをしたいと思った」

「だから引き受けたのね」

マックが笑った。「ふたつ返事でね。グレーンジが手をまわして、おれの容疑をもみ消してくれた。そして、おれは彼にしたがった」

「その人が指を鳴らしたら、生まれ変わったってわけね」

「いや、そんなに簡単じゃなかった。グレーンジはおれを……おれたちをしごきあげた。鬼なんてもんじゃなかったよ。おれたちが怠け癖のついた、役たたずのガキだってことがわかってたんだな。道を示してやる必要があるとね。まるで新兵の訓練さ。日の出とともに起きて、訓練をさせられた。規則ずくめで、ばか騒ぎはおろか、飲酒も、喫煙も、女も、すべて禁止だ」

「よくあなたに耐えられたわね」リリーはからかい半分に言った。

「最初のひと月は死にかけたよ」マックもおどけて言った。「まったくひどいもんだった。だが、おれたちは少しずつグレーンジの理想に近づいていった。眠っていた能力が目覚めたんだ。彼はそれまでのおれたちをたたき壊して、新しく生まれ変わらせてくれた。社会のくずから、人の役にたつ人間にね。みんな精神的にも肉体的にも強くなった。高校も卒業してなかったやつらは超特急で卒業証書を手に入れた。大学へ進めるほどのやつもいるんだぜ」マックは髪をかきあげた。「あいつらに会わせてやりたいよ。〈ワイルド・ライダーズ〉に入るまで、おれには兄弟なんていなかった。組織に所属したこともないし、親友もいなかった」

「〈ワイルド・ライダーズ〉?」

マックが口角をあげた。その表情は少年っぽくてすてきだと、リリーは前から思っていた。昔のマックが思いだされる。胸がきゅんとなるような彼の姿が。「それが組織の名前なんだ。トレードマークは車やバイク。みんな走り屋さ」

「ライダーってわけ?」

「そうだ。グレーンジは、バイクや車に詳しくて運転のうまいやつだけを選んだのさ」

「盗みもうまいんでしょ?」

マックが声をたてて笑った。「ああ。おれたちはみんなそういう経歴の持ち主と思っていい」

「みんなバイクに乗るの? どんなバイク? ハーレーとか、モトクロスタイプとか?」

「バイクなんてどれも似たりよったりさ。おれたちはなんでも乗りこなす。まあ、しいて言えばハーレーかな。ハーレーでもそれぞれ好みがあるけどね。それから大型車。きみと初めて会ったころ、おれが整備してたようなごつい車だ。みんな年も近いんだ」

「全員ダラス出身なの?」

マックは首を振った。「いいや。組織の本部はダラスにある。たまたまおれは地元だから便利だけど、仲間はあちこちから来てるよ」

「じゃあ、その本部とやらに住んでいるわけ?」

「本部を拠点にしてるやつも少しはいる。各地を転々としてるから、ほかに家を持ってないんだ。なかには、別の街にアパートメントを借りている連中もいるよ。グレーンジとおれは本部に住んでる。わざわざアパートメントを借りるよりも便利だからね。任務のときや、グレーンジが招集をかけたときは、みんな本部に集合するんだ。グレーンジがおれたちを集めるのは、特殊な技術が必要だったり、バイクや車を使う仕事がある場合だな」

「バイクや車は本部にあるの？」

「任務に使う車両はそうだ」

「ふうん。話してもらうことは山ほどありそうね」

「〈ワイルド・ライダーズ〉についてかい？」

リリーは首を振った。「違うわ。そこにいたるまでの経緯よ」

マックはうなずいた。「オーケイ」

自分の歩んできた道について語るマックの瞳はきらきらして、誇らしさにあふれていた。「あなたってすごいわ」

マックは首を振った。「いや、みんなグレーンジのおかげさ。おれは彼にしたがっただけだ。グレーンジが負け犬を集めて生まれ変わらせてくれた」

リリーはマックの手に自分の手を重ねた。「あなたは負け犬なんかじゃない。一度だってそんなふうに思ったことはないわ」

マックはもう一方の手をリリーの手に重ねた。「もしそうだとしたら、おれの価値を信じてくれたのはきみぐらいのもんだよ。ほかのやつらは違った」

「わたしはいつだってあなたを信じてたわ。今もね。だから一緒にいるのよ」

「そして、おれがウィルスについて説明するのを待ってるんだろ？」

リリーはうなずいた。

マックが髪をかきあげた。「おれの任務は巡回展の展示物を回収することだった。あの時点で、ウィルスの入った小瓶がどれかに仕込まれていることはわかってた。あのウィルスは政府の研究機関から盗みだされたものなんだ。内部の犯行だと思うが、犯人はわかっていない。あんなものを盗まれたなんてとんでもない失態だから、政府は外部に情報がもれるのを恐れてるのさ。政府の諜報部員が独自に調査していたが、決定的な情報はなかった。だが、ある民間会社がウィルスを買いとり、国内を運搬しているらしいという情報をつかんだ。ＦＢＩを動かしたら話が大きくなる。そこでおれたちに美術館の展示品を調べるという任務が与えられたんだ」

「つまり、その時点では、あの彫刻に仕込まれているかどうか断定できていなかったのね？」

「ああ。あくまで仮定のひとつにすぎなかった。ラッキーだったのさ」

「ラッキーねえ」

「もちろん銃撃は想定外だったけどね。あそこで邪魔が入るとは思っていなかった。だが、ほかにもウィルスをねらっている連中がいるんじゃないかという疑いは前からあったんだ」

「犯人の目星はついたの？」

「なんの手がかりもない。おれは彫刻を回収し、ウィルスが入っていればトムに引き渡し、トムが政府に引き渡すことになっていた。今もそれは変わっていない」

わたしがウィルスを奪って逃げたことで、危うく計画が狂うところだったというわけね。マックが命懸けで追跡してきたのも当然だ。「わたし……知らなかったわ」

「あたり前さ。もっと早く話すべきだった。だが、〈ワイルド・ライダーズ〉について他言してはいけないという掟(おきて)があるんだ。外部の者にもらせばチームにはいられなくなる」

つまり、わたしに話したことによってマックのキャリアは風前の灯(ともしび)なのだ。「わかったわ。絶対に誰にも話さない。信頼して」

「信頼してるさ。あの銃撃戦を含めて、きみをとんだトラブルに巻きこんでしまった。本当にすまない。最初はそんなつもりじゃなかったんだが、彫刻が割れ、小瓶を見られた以上、おれは決断しなきゃいけなかった。きみの意図ははっきりしていたから、そのまま逃がすわけにはいかないし、真実は話せなかった。あの時点ではね」

リリーはうなずいた。「わかるわ。それで、次はどうするの？」

「これから――」

口を開きかけると同時に携帯電話が鳴った。マックがポケットから電話をとりだす。眉間にしわが寄るのを見て、リリーは異変を察知した。

「どうした？」マックが言った。「容態は？」

リリーは凍りついた。なにかよくないことに違いない。

「急いで安全な場所に移動するんだ。おれたちはここを出る」マックは電話を切ってリリーを見た。

「どうしたの？」

「ここへ帰る途中、トムが待ち伏せされた」

「彼は無事なの？」

「撃たれたそうだ」

「まあ！」

「ここにいることがばれた。トムは、犯人がこっちへ向かうはずだと言ってる。ウィルスを持ってさっさと脱出しよう」

リリーは立ちあがり、二階へ駆けあがった。バッグに荷物を詰める。五分後には家を出てバイクに乗っていた。ふたりを乗せたバイクは爆音とともに門を通過し、南へ向かった。

マックがどこへ向かっているのか見当もつかなかったが、今度こそリリーは彼を全面的に信頼していた。重要なことは、トムを襲ったやつから、わたしたちをつけているやつから、ウィルスを遠ざけることだ。

マックがいれば、ウィルスもわたしも大丈夫だわ。

13

バイクはかなりのスピードを出していたので、すでに相当な距離を移動していると思われた。町が次々と後ろへ飛び去っていく。なんだか目がまわりそうだ。給油とトイレ、そして簡単な食事をする以外はバイクに乗りっぱなし。マックはトムの家を出て最初の給油地点でどこかへ電話をかけたが、それ以外に目的地をにおわせるような発言はいっさいしていない。リリーもあえて尋ねなかった。彼がわかっているならそれで十分だと思ったのだ。マックは神経が高ぶっているように見えた。トムのことを心配しているのだろう。あんなにいい人が襲われたとなれば、気がかりなのは当然だ。もちろんリリーも心配していた。トムはどの程度の傷を負ったのだろう?

あれこれ質問をしてマックの負担を重くしても意味がない。リリーはそう考えて沈黙を守った。わたしが知っておくべきことがあるなら、きかなくても教えてくれるはずだ。

いずれにせよ、詳しい話は最終目的地に着いてからになりそうだった。

どこか安全なところへ向かっていることだけは間違いない。バイクはオクラホマ州を抜け、テキサス州に入った。マックはなるべく交通量の少ない道を選んでいた。前回はそれでも追跡を逃れることはできなかったが、やはり幹線道路を走るより安全だとマックは主張した。

ダラスの街に入るころには日も暮れかけていた。リリーは筋肉痛と疲労に加え、生まれ故郷に戻ってきたことに動揺していた。目的地はダラス？　それとも、さらに先へ進むのだろうか？

その答えはじきにわかった。バイクは家がまばらな郊外へと向かい、鉄条網に囲まれた牧場の前でとまった。まるでトムの家のように物々しい門構えだ。家屋は門からだいぶ奥まったところにあるが、敷地内は明るく照らされている。暗がりのなかでも、大邸宅であることはひと目でわかった。

すごい！　誰が住んでいるのかしら？

監視カメラがふたりの姿を確認する。門がゆっくりと開くと、マックはアスファルトの私道へバイクを乗り入れた。

なんて大きなお屋敷なの！　誰が所有しているのかしら？　またしてもマックの友達？　あるいは別の受取人かもしれない。

バイクは屋敷の裏手にまわった。ガレージがいくつも並んでいる。マックはシャッターの開いているガレージにバイクをとめた。バイクをおりたリリーは、数台のハーレーと大型車が並んでいるのを見て息をのんだ。

「ここはどこなの？」

「〈ワイルド・ライダーズ〉の本部だ」

「まあ！」答えを聞いたとたん、胃が引きつれるような気がした。「グレーンジ大将はわたしを見てどう思うかしら？」

「見当もつかない。まあ、じきにわかるさ。すべておれが説明するから心配ないよ」マックはバイクからおろした荷物を肩にかつぎ、リリーの手を握った。彼の手のあたたかさが大きな安心感となって彼女を包みこむ。リリーは手を引かれるままガレージを出て、屋敷の裏手へ向かった。

喉はからからなのに、てのひらに汗がにじんでいる。なにが待っているのか見当もつかないが、〈ワイルド・ライダーズ〉が秘密組織である以上、グレーンジが自分を歓迎するはずもなかった。この組織の秘密はアメリカ政府にとってどれほどのものなのだろう？　わたしは信頼してもらえるかしら？　もしマックがやめさせられることにでもなったら……ああ、どうかそんなことになりませんように！

裏口はエレベーターになっていた。マックがいくつかのボタンを操作するとドアが開いた。彼はエレベーターに乗ってさらに複数のボタンを押した。ドアが閉まってからもう一度ボタンを押すと、ようやくエレベーターが上昇し始めた。

「たいした念の入れようね」

「簡単に部外者を入れるわけにはいかないんだ。きみのことはすでに監視カメラで確認ずみさ」

「たしかに用心するに越したことはないわね」

ドアの向こうにはどんな光景が待っているのだろう？　ハイテクの軍事施設？　それとも、こちらに向けられたいくつもの銃口？　リリーは乾燥した唇をなめ、最悪の事態に備えた。

エレベーターががくんととまり、ドアが開いた。ハードロックが流れこんでくる。屋敷じゅうに大音量でロックが鳴り響いていた。目の前の壁には、筋骨隆々の格闘家風の男性が寄りかかっている。

まあ！　マッチョなんて言葉じゃとても形容しきれないわ。男性はどう見ても百九十五センチ以上あった。髪は薄いブラウンで、たくましい胸板にTシャツが張りついている。ウエストはよく引きしまっていて、ヒップの形も魅力的だ。鋼のような脚は迷彩柄のワークパンツに包まれている。肌はよく日焼けして、瞳はブルー。まるでサーファーみたいだ。

浮気などするつもりはなくても、この男性はすばらしく魅力的だとリリーは思った。

「まずいことになったな、マック」男性がにやにやしながらそう言ったとたん、リリーはパンティに包まれた部分が熱くなるのを感じた。声も低くて魅力的だわ。

「関係ないやつは引っこんでろ、スペンサー」

リリーははっとしてマックを見たが、彼は笑みを浮かべていた。スペンサーに目を戻すと、相手も同じように笑っている。オーケイ。今のは男同士の挨拶なのね。マックはリリーと手をつないだままエレベーターをおりた。

「彼女はリリーだ」

スペンサーがリリーを値踏みするように眺め、眉をつりあげた。「グレーンジは承知してるのか?」

〝よろしくね、スペンサー〟リリーは心のなかでつぶやいた。

「いいや」

スペンサーが大声で笑った。「おいおい、マジでやばいぜ」

なんだか透明人間になった気分だ。リリーはいらだちを覚えた。「わたしだって口はきけるんだけど」彼女は手をさしだした。「最初からやり直していいかしら？　はじめまして、スペンサー。わたしはリリーよ。よろしくね」

スペンサーはマックからリリーへと視線を移し、うなずいて彼女の手を握った。「肝っ玉のすわった女だな。気に入ったぜ。よろしく、リリー」

「スペンサーは口も悪いし、態度も悪い。マナーとは縁遠い男だ。矯正しようと努力したんだが望みなしでね」

深みのある声がしたので振り向くと、軍服を着た年配の男性がこちらに手をさしのべていた。「わたしはグレーンジ・リーだ。ようこそ〈ワイルド・ライダーズ〉へ」

リリーは彼の手を握った。スペンサーと違って威圧感がある。「ありがとうございます」

「スペンサー、ちょっと向こうへ行っててくれるか?」グレーンジが言った。

「はい、はい」スペンサーはそう言うと、きびすを返して歩み去った。引きしまった魅力的なヒップを見せつけながら。リリーは目をしばたたかせ、マックに向き直った。

「心配ない。あいつがいちばんひどいんだ」マックが言った。

「ほかにもいるの?」

マックがにやりとした。「何人かね」それからグレーンジに尋ねた。「トムについてはなにかわかったんですか?」

グレーンジがリリーを見やった。

「彼女には全部話しました。トムから連絡があったとき、リリーもその場にいたんです。気にせず話してください」

「それは掟に反することだ。わかってるな」

マックは肩をすくめた。「ほかにどうしようもありませんでした」

「わたしのせいなんです」マックをかばおうとリリーは口を挟んだ。「わたし、早合点してウィルスを奪って逃げたんです。マックが真実を話してくれなければ納得しなかったでしょう。彼はあらゆる手段を講じました。でもわたしは頑固だから、彼が本当のことを話すまで許さなかったんです」

「そうじゃない」マックが割りこんだ。

「いいえ、そうよ」わたしを守るためにグレーンジに嘘をつくなんて！

グレーンジは眉をひそめて腕を組んだ。「この件についてはあとでゆっくり話しあったほうがよさそうだ」

「それで、トムの容態は？」

「まだわからない。携帯電話の使用を避けて潜伏しているのかもしれない」

「そうだといいんですが……」

ふたりが歩き始めたので、リリーはあとについていった。この階は普通の住居のような構造になっているが、キッチンもリビングルームも並はずれて広い。いったい何人くらいの人が住んでいるのだろう？　近代的な設備や、大画面テレビもあるし、最先端のオーディオ機器もある。キッチンの設備も最新式だ。リリーは目にするものすべてにため息をもらした。床は板張りで、頭上にはロフトがあった。周囲に手すりがめぐらしてあり、どうやら二階へ通じているようだ。上階への移動専用のエレベーターもある。上の階からは話し声や音楽が聞こえてくるが、今のところ見かけたのはスペンサーだけだった。

「わたしのオフィスで話そう。ここよりは静かだ」そう言うと、グレーンジは廊下の先にある部屋へと向かった。

そこはオフィスなんてものではなかった。壁にはさまざまな地図や表が貼られ、作戦室といった雰囲気だ。机の両側に複数のテレビやコンピュータが置かれていた。まるで教室のように椅子が並べてある。マックは部屋の前方に置いてある椅子に腰をおろした。グレーンジが椅子を向きあわせるようにずらして座る。リリーはマックの隣に座った。

「よろしい。ありのままを話してくれ」グレーンジが言った。

マックはこれまでにわかったことをすべて伝えた。美術館での遭遇から、道中に起こったこと、昨夜リリーに一服盛られたことや、そのあとの追跡も含めて、なにもかも。睡眠薬の話が出たところでグレーンジの視線がこちらに注がれるのを感じ、リリーはまっ赤になった。だが、すべてを知ってもらうことが大事なのだから、しかたがない。さすがのマックもふたりの関係については触れなかった。

マックがバッグから小瓶をとりだし、グレーンジに手渡した。グレーンジは小瓶を持って部屋を出ていき、数分後に戻ってきたが、椅子に座ろうとしたところで今度は電話がかかってきた。グレーンジがトムに関する連絡だと身ぶりで伝える。彼が電話の相手と話しているあいだ、リリーはマックの手を握っていた。それに気づいたグレーンジが、マックに意味ありげな視線を送る。手のつなぎ方が親密すぎるかしら？　彼女は気恥ずかしくなったが、マックは手を放す気がなさそうだった。

リリーはマックの態度をうれしく思った。

「トムは無事だ」電話を切ったグレーンジが言った。

リリーはためていた息を吐きだした。「よかった。撃たれた傷はどうなんですか？」

「手をかすっただけだそうだ。彼はすぐに安全地帯に逃れ、手当てを受けた」

「ということは、トムはもう大丈夫なんですね？」マックがきいた。

グレーンジがうなずく。

「安全地帯って？」リリーは尋ねた。

「われわれは国じゅうに安全地帯を設けている。受取人をかくまったり、彼らが必要とする支援を与える場所だ。そこにいれば安全だ」

「そうですか。よかった」

「狙撃犯の目星は？」マックが尋ねる。

グレーンジは首を振った。「まだだ。トムが言うには、会議から戻る途中、走行中に黒いバンが横づけしてきて、いきなり発砲されたらしい。相手はトムの車を道路から押しだそうとしたそうだ」

「トムはボートで移動してたんじゃないの?」リリーは口を挟んだ。

「トムはあのボートで町まで行ったんだ」マックが答える。「そこでレンタカーに乗り換えた。政府主催の会議に出席しなきゃならなかったから」

「そうなの」その政府のなんたらに関しては初耳だ。

「敵は、トムがウィルスを持っていると思った」マックが続ける。「つまり、連中はおれたちがトムの家にいることを突きとめて、受取人がトムだと見当をつけたわけだ」

「おそらくは」グレーンジはそう言ってリリーを見た。「もしくは内部の人間が情報をもらしたか……」

「それはありません」マックが言った。

リリーも首を振った。「わたしは誰にも連絡をとったりしていません。美術館からずっとマックと一緒にいました」

グレーンジはまだ納得していないようだ。「だが、きみはマックに薬を盛った。ウィルスも奪った。しかもマックが意識を失っているあいだ、携帯を使うこともできた」

「わたしはマックと一緒にあの家に戻ったんです」目の奥がひりひりしてきた。非難されるなんて心外だ。現にわたしはここにいるのだから。そうでしょう? 「昨日も今朝も彼と一緒にいました」

「〈ワイルド・ライダーズ〉に関する情報を収集するつもりかもしれない」

リリーはくるりと目をまわした。「まったく、いい加減にしてください。マックの携帯を確認してみればいいわ。彼の携帯しか連絡手段はなかったんだもの。発信履歴なら簡単に調べられるでしょ?」

マックがグレーンジに携帯電話を投げた。

「おまえは調べたのか?」グレーンジが尋ねる。

マックは首を振った。「そんな必要ありません。おれはリリーを信じてますから」

リリーの心にあたたかいものが広がった。マックは発信履歴を確認することすらしなかったのだ。信じてくれたことがとてもうれしかった。

「申し訳ないが、わたしは信頼できないのでね」グレーンジはマックの携帯電話を手に立ちあがり、部屋を出ていった。

「悪く思わないでくれ」マックが言った。「彼はきみのことを知らない。信頼できるかどうかを確認しなきゃならないんだ」

「わかってるわ」リリーは自分の手に視線を落とした。

マックが片方の手をとって、てのひらの中央に親指で円を描く。そのとたん、リリーの脚の付け根に衝撃が走った。こんなに張りつめた状況で、いつ人が入ってくるかもわからないのに興奮してしまうなんて。わたしはこれほどまでにマックに夢中なのだ。

「信じてくれてありがとう。わたしは電話を使ってなんかいないわ」

マックが唇を引き結ぶ。「もちろんわかってるさ」

これほど揺るぎない信頼を寄せてくれる相手をずっと疑っていた自分が恥ずかしかった。そもそも最初に信じてくれと言われたとき、信じなかったことが後ろめたい。だが、マックもわたしを信じきれなかったのは事実だ。十年という歳月はいろんな意味でわたしたちを変えた。わたしだっていまだに、隣に座っている男性と十年前のマックを重ねあわせることができないでいる。彼が政府のエージェントだなんて！　そんなことは想像すらしていなかった。

「携帯は大丈夫だった」グレーンジが部屋に戻ってきた。「発信も着信もすべて裏がとれた」マックに携帯電話を返す。

「だから言ったじゃないですか」マックが言った。

「それでも確かめねばならなかった」グレーンジはリリーに向かって言った。

リリーはなんとこたえていいかわからないままうなずいた。見ず知らずの他人なのだから、信じられなくて当然だ。しかも、マックは掟を破って〈ワイルド・ライダーズ〉の秘密をすべてわたしに話してしまったのだ。〝すべて〟は言いすぎかしら？　わたしはまだ全部を知っているわけではない。

「ここを案内してやるといい。仲間に紹介して、それから少し休め」グレーンジが言った。「情報を収集するのに何時間か必要だ。今夜、改めて話しあおう。わたしはこれから何本か電話をかけてみる。少しは進展があるといいが」

マックは眉をつりあげてうなずくと、立ちあがってリリーに声をかけた。「さあ、行こう」

「こっち側はオフィスだ」グレーンジの部屋を出るとマックは言った。右手のふたつのドアを指さす。「器材が置いてある。あとは倉庫だ」

ふとリリーは視線を感じた。それもたくさん。上を見あげて合点がいった。手すりに寄りかかるようにして、すばらしい容貌の男たちがこちらを見おろしている。

「いい女だ」そのうちのひとりが言った。

「無視していい。あとで紹介するよ」マックはそう言うと、リリーをキッチンに連れていった。「なにか飲むかい?」

仲間と引きあわせるのを遅らせたいのかしら? その理由をきいてみたいわ。「喉は渇いてないわ」

「おれは渇いた」

マックがキッチンの冷蔵庫を開け、ソーダをとりだしてプルタブを開けた。まずリリーにすすめる。彼女は肩をすくめて受けとり、ひと口飲んでマックに返した。彼がカウンターに寄りかかって勢いよくソーダを喉に流しこむ。

どうやらあの人たちをすぐに紹介してくれる気はなさそうね。「ねえ、この屋敷のことを教えて」

「グレーンジは、これまで政府が盗難の被害にあったなかでも重要で……合法的な手段ではとり戻せない品について、盗み返せばいいんじゃないかと考えついた。そして、この屋敷と〈ワイルド・ライダーズ〉を結成するという任務を与えられたんだ」

「つまり、すべてはグレーンジのアイディアなの？」

マックがにやりとした。「そうだ」

リリーはテーブルの椅子を引いて腰かけた。「どうして盗み返そうなんて思いついたのかしら？」

「いちばんの理由は欲求不満だろうね。彼は軍法会議に関連する部署にいたそうだ。民間の司法制度が機能していないとするなら、軍隊の法律はさらにひどい」

リリーは眉をひそめた。「どういう意味？」

「規則ずくめだからさ。特に政治が絡んでくるとね。たとえば外国の勢力になにかを盗まれたとしよう。それがアメリカ国内における犯罪で、犯人が誰で、盗まれたものの所在がはっきりしていても、司法制度が期待どおりに機能しなければ泣き寝入りするしかないんだ」

リリーはうなずいた。「そういう例はたくさん見たわ」

「そこでグレーンジは考えた。正義の裁きをくだすことはできなくても、盗まれたものをとり返すことはできるんじゃないかってね。盗み返されたほうは手の打ちようがない」

リリーはにっこりした。「そもそも盗品だから、盗難届なんて出せないものね」

「そのとおりさ」

「たしかにいいアイディアだわ」

「しかも泥棒にとって最適の職場だ」

リリーは笑った。「自分の腕を生かしながら、なおかつ問題も起こさずにすむのね」

「つかまらない限りはね」マックはソーダを飲み干し、リリーの手をとった。「それじゃあ、泥棒仲間を紹介するよ」

リリーはわくわくした。ほかの人たちもマックみたいだとしたら、おもしろい人たちに違いない。

リリーはマックに連れられてエレベーターのところまで戻った。「この階の生活スペースはだいたい今見たとおりだ」マックがボタンを操作した。エレベーターが上の階に上昇してとまる。「ちょっと騒々しいから覚悟してくれ。それから、連中の言うことは無視していいから」

「なんだか動物園へ行くみたいな口ぶりね」

マックが鼻を鳴らした。

リリーはすぐにその意味を理解した。エレベーターを出たとたん、男たちにとり囲まれたのだ。それぞれの部屋から合わせて五人の男たちが飛びだしてきて彼女を包囲した。まるで筋肉隆々の雄牛が突進してきたようだ。

この人たちと比べてもマックはやっぱりセクシーだわ、とリリーは思った。五人のなかには、さっき会ったスペンサーもいた。背の高さではスペンサーがいちばんだが、ほかの男たちも十分大きい。

「いつからここに女を連れこんでいいことになったんだ?」ひとりが尋ねた。

「そうだよな。そんな話は聞いてないぜ」もうひとりがそう言うと、頭をかしげてリリーの全身をざっと見まわした。

男たちはさらにリリーに近寄り、彼女を頭の先から爪先まで眺めまわす。

「もうちょっとさがれよ」マックが目をくるりとまわした。「なにも女を見るのが初めてってわけじゃないだろう?」

「おまえの女を見るのは初めてだ」ひとりが言った。「どうなってるんだ?」

「そうだ。紹介しろよ」

リリーは腕組みをした。ちっとも怖くなんかない。彼女には、これがどういう状況なのかよくわかっていた。彼らはわたしを試しているのだ。震えあがって逃げだしたり、マックの後ろに隠れたりしないかを。マックはそれを承知のうえで、わたしから少し離れたところに立っている。気にかけながらも、まずは自分で対処するチャンスをくれるところがうれしい。

わたしは弱虫なんかじゃない。警官になった最初の年にはもっとひどいこともあった。今では女性警官も珍しくないが、地域によっては、警察はいまだに男社会だ。特に初任地であるダラスはひどかった。

「好きに眺めるといいわ」リリーは自分のまわりを歩く男たちの目を見返した。「でも、わたしに手を触れたら後悔することになるわよ」

「この女、遠吠(とおぼ)えをあげてやがる」リリーの後ろに立っている男が言った。

「噛みつくかな?」正面の男が言う。

「どうかしら?」リリーは唇をゆがめた。

「ベイビー、おれに噛みついてみるかい?」

誰かが耳もとにささやく。どの男かはわからないが、正直、そんなことはどうでもよかった。

「ごめんなさいね。わたしの口はマック専用なの」

リリーの発言に男たちは爆笑した。

「そうに違いない。なあ、マック」

マックがリリーの肩に腕をまわした。「みんな、彼女はリリーだ。もしまだわかってないやつがいたら言っとくが、リリーはおれの女だ」

あら、その言い方は嫌いじゃないわ。

「リリー、これがおれの仲間だ。手に負えないうぬぼれ屋ばかりだが、親友でもあり兄弟でもあるんだ」

マックが心からそう言っているのがわかって、リリーは急に神妙な気持ちになった。ひとりひとりと握手を交わす。まずはA・Jだ。スペンサーと同じくらいの背丈だが、彼ほど筋肉質ではない。髪は黒で、瞳は夏の嵐が到来する直前の空のようなダークブルーだった。パクストンは細身で、金色にところどころ褐色がまじった髪を逆だてている。彫りの深い顔だちは雑誌の表紙を飾ってもおかしくないほどだった。リックは物静かな感じで、黒い瞳が日焼けした肌によく映えている。豊かな黒髪はくしゃくしゃで、その体つきは、女だったら何時間だって手を這わせていたいと思わずにはいられないだろう。最後はディアッツ。日焼けした肌に白い歯、女泣かせの唇にとろけそうな笑顔の持ち主だ。

これほど魅力的な男たちに囲まれていても、リリーの頭をしめているのは、肩に手をまわし、体を押しつけるようにして彼女の髪をもてあそんでいる男だけだった。

でも、ちょっとくらいマックをからかうのもいいかも。

「それで、このへんでお昼寝してもいいかしら？」

「やめてくれ。こんなところで寝かせるつもりはない」マックがリリーの腕をつかむ。「おいおい、おれたちの部屋に案内しよう」

マックはせかせかと廊下を進んだ。リリーは肩越しに、笑い声をあげて自室に引きあげる男たちに向かって手を振った。マックの部屋は廊下の突きあたりにあった。彼がドアを開けてリリーを部屋に入れ、後ろ手にドアを閉める。

部屋は広く、ダブルベッドが置かれていた。豪華ではないが丈夫そうなつくりで、飾り気はまったくない。部屋のなかにはベッドのほか、鏡つきのチェスト、机、そしてクローゼットがあるだけだった。

「部屋ごとにバスルームがついているんだ」マックは部屋の隅にあるガラス戸を指さした。どうやらこういう部屋がほかにもたくさんあるようだ。「男は廊下のこちら側、女はあっち側さ」

「女？」リリーは眉をつりあげた。

「おもにジェシーだ。彼女はちょくちょくここへ来るからね。ガールフレンドやパートナーを連れこむやつはいないよ。本当だ。そんなことをしたらグレーンジが激怒する」

「わたしを連れてきたじゃない」

「きみは特別さ」マックの瞳が意味ありげに輝いた。

「そう」マックの発言に口もとがゆるむのを見られないよう、リリーは顔をそむけて二重窓の外を見つめた。外壁までの距離からして敷地は相当に広そうだ。青々と茂った木々や藪が点在し、うまく屋敷を覆っていた。A・Jが外に出てガレージへ向かうのが見える。しばらくするとエンジン音が聞こえ、長くのびる私道をバイクが走り去っていった。リリーはその姿が木立のあいだに消えるまで見守った。

窓から目を離してマックに向き直る。「おもしろい人たちね」

「そうかもな」

リリーは窓枠にもたれた。「そろいもそろっていい男だわ。〈ワイルド・ライダーズ〉に入るには容姿もよくないとだめなの？　あんなにセクシーでたくましい男たちと一緒にいられるなら、どんな女だって悪い気はしないわ」彼女は手で顔をあおいだ。「すごくホットだもの」

マックはジャケットを脱いで椅子にほうり、リリーに歩み寄った。「そんなことを考えるのはやめろ」

「なにを？」まつげをぱちぱちさせてきき返す。

「あのなかの誰かとつきあうなんて許さない。そういう意味では、ほかの男だってだめだ」マックがリリーの正面に立った。

リリーは膝をのばし、マックの脚のあいだに爪先を滑りこませた。「わたしを所有物扱いするつもり?」

マックが身をかがめてリリーの両脇に手を突き、自分の体で囲うようにした。「所有物扱いしようとしてるんじゃない。単純にきみはおれのものなんだ。他人と分けあうつもりはない」

「あら」

「なにか文句があるか?」

マックは今にも鼻が触れそうな距離に接近していた。彼の息はシナモンのにおいがする。さっき嚙んでいたガムのせいだ。リリーは唇をなめた。独占欲の強いところも大好きよ。「文句なんてないわ」

「ほかのやつに色目なんか使うなよ」

リリーが鼻を鳴らす。「そんなことしてないわ。でも、極上の男の人ばかりなんだもの」

マックが目を細める。「ちゃんと教えなきゃわからないのか?」

こういうノリのよさがたまらないのだ。

それはマックの一面でもあると同時に、これまで気づかなかった自分自身の一面でもあった。彼と一緒になってふざけることが楽しくてたまらない。「なにも教えてもらう必要なんてないわ。見たいと思えば見るわよ」

「それはどうかな」

突然マックはリリーの手首をつかんで立たせると、ベッドの上に引きずりあげた。彼の膝にのせられ、リリーは悲鳴をあげた。

「マック！　なにをするつもり？」

「きみはいけない子だ」刺激的な展開を予感させる言い方に、リリーは背筋がぞくぞくした。

「マック、ほかの人たちに――」

「聞こえるだろうな。おれにさわられていることをほかの男に知られたら、どんな気分になる？」

マックはリリーのヒップを強くたたいた。音が部屋に響き渡る。

「なにするの！　痛いじゃない！」

「おや、痛かったかい？　リリー、それはすまなかった」

少しも謝っているようには聞こえない。リリーは怒って彼の膝からおりようともがいた。マックの手がリリーの腹部にまわりこんでジーンズのジッパーをおろす。ジーンズを脱がされそうになり、リリーは本気になって抵抗し始めた。

「そんなことをしていいと――」

脚をばたばたさせて逃れようとしたが、力でかなうはずがない。すぐにジーンズは膝までおろされ、マックの手とリリーのヒップを隔てるのは薄いパンティだけになった。

「きれいな色だ」マックはラベンダー色のシルクを撫でてそう言うと、再びリリーのヒップをたたいた。音が部屋の外にまで聞こえそうだ。

「やめてよ！」お尻はひりひり痛むのに、リリーはひどく興奮していた。秘所が潤ってきている。マックに触れられているせいだろうか？　彼にたたかれたことで気が高ぶっているの？　それとも、ほかの男性に聞かれているかもしれないから？

「ほかの男に聞かれていると思うときみは興奮するんだろう？」マックが言った。

「ばかなこと言わないで」そんなことを認めて彼を満足させるつもりはなかった。たとえマックのひと言ひと言にパンティのシミが広がっているとしても。

マックが深く息を吸った。「においうぞ。きみが興奮しているときはにおいでわかる。甘く濃厚な香りだ。このにおいをかぐとおれも興奮するんだ」

マックはリリーのヒップを撫で、谷間に沿って指を滑らせた。

「下着の上からでもわかるじゃないか」二本の指がパンティの脇から滑りこみ、彼女のなかに挿入される。「もうびしょびしょだ」

リリーはこらえきれずにうめき声をもらした。さらに愛液があふれ、内壁がぴくぴくと振動する。マックを迎え入れ、激しく突かれてクライマックスを味わいたかった。

布地の破れる音がしたかと思うと、パンティを引き裂かれた。リリーはもだえるようにあえいだ。マックが布切れをどかして、彼女自身をじかにてのひらで覆う。

マックは手を前後に動かしてリリーがもっとも感じる場所を探り、彼女が興奮に身をよじるまでクリトリスを刺激した。

リリーの腰には岩のようにかたい高ぶりがあたっている。彼女はそれをジーンズからとりだして迎え入れたかった。今すぐマックのすべてがほしい。彼の指で甘美な刺激を与えられ、リリーはまともに考えることもできなくなった。

「マック、ああ、マック！」リリーは叫んだ。もはや誰かに聞かれるなどということにはかまっていられなかった。「いかせて」

マックは愛液をクリトリスに塗りたくり、ふくらみきったそこをからかうように愛撫した。リリーはオーガズムに襲われ、マックの膝の上で叫びながら身を震わせたかと思うと、快感の波に砕かれて粉々になった。

マックがリリーを膝からおろす。リリーは早く満たしてほしくて、自らシャツとブラジャーを脱ぎ捨てていた。

「ひざまずくんだ」マックが命令する。

彼を味わいたい一心でリリーはすぐに膝を突いた。それ以上指示してもらう必要はない。マックがなにをしてほしいかはわかっていた。

わたしに口でしてほしいのだ。男っぽいにおいが鼻を突いた。ふくれた先端に真珠のようなしずくが光っている。リリーは根元をつかんで唇に近づけると、彼の目を見ながら舌を突きだした。割れ目に光る塩辛い液体をなめとる。

「すごい！」マックはそうつぶやいてリリーの首筋に手をあてると、自分のこわばりを彼女の舌に押しつけた。

リリーは熱くなったペニスに舌を絡ませてなめまわした。先端をつつくようにしてから、唇のあいだに挟みこんで吸う。そして徐々に口に入れ、マックの苦しそうな表情を観察した。

マックが鋭く息を吸いこむ音が音楽のように心地よく響いた。彼はこの行為が好きなのだ。リリーはペニスを喉に達するかと思うほど深く導き入れ、吸いあげた。

「ああ、リリー」マックが彼女の髪を強くつかむ。

リリーは、マックのこわばりをのみこんでいる自分の姿に興奮した。彼の歓ぶ姿に刺激され、乳首と下腹部がうずく。彼女はとうとう脚のあいだに手を入れ、秘められた場所を自分で愛撫し始めた。

「ベイビー、もう一度いきたいのか？」

返事はできなかった。口のなかが屹立したものでいっぱいなのだ。リリーがうめくと、喉の振動がマックのこわばりに伝わった。

「ああ、どうかなってしまいそうだ！」

マックはリリーの口からペニスを引き抜き、彼女の正面にひざまずいて、激しく口づけした。髪をまさぐりながら舌をさし入れ、情熱的なキスを続ける。

リリーはマックのワイルドなところが大好きだった。女をわがものにしようと夢中になっている姿はたまらなくセクシーだ。

マックが唇を離してリリーを抱えあげ、ベッドに寝かせて飛びかかってきた。彼女に息をつく間も与えず、脚を割って中心にこわばりを突きたてる。リリーはフロアじゅうに響き渡るような金切り声をあげた。男たちに聞かれていると思うと、花唇がよけいにマックを締めつけてしまう。

マックはリリーの両腕を頭の上で押さえつけ、乳首をなめた。何度も動きをとめてキスをしたり声の大きさをからかったりする。

「みんなに聞かれてるぞ」マックの声は上ずっていた。

「誰が聞いててもかまわない。やめないで」

リリーは腰をあげて脚を広げ、より深くマックを迎え入れようとした。彼の骨盤がクリトリスにこすれ、新たなオーガズムが近づいてくる。もう一度クライマックスを味わいたかった。彼に貫かれ、彼と一緒に達したい。

「きて、マック。いかせて」リリーは彼をせかした。

リリーの要求に応じてマックは彼女の脚を自分の肩にかけ、ヒップをつかんでこれ以上ないほど奥まで突いた。下腹部の緊張がふくれあがる。リリーは汗まみれになって叫び声をあげた。

そして二度目のオーガズムがやってきた。リリーの体を甘美な快感が突き抜ける。彼女は完全に満たされてうめき、マックの名前を呼んだ。

マックは腰を沈めたまま、リリーの首筋に首をうずめてクライマックスの波に耐えていたが、やがて荒い息をつき、彼女の肩に頭を落とした。

リリーはマックの背中に両手を這わせながら、彼と再会してからの自分の変化について考えてみた。わたしは羞恥心のかけらもなくマックの前で欲望をさらけだしている。そして彼は、いつだってわたしが求めているものを与えてくれる。まるでわたしの心が読めるかのように。

マックと再会する前だってセックスを楽しめなかったわけではない。いろいろと試すのは好きだった。だけど、男性にここまで自分をさらけだしたことはなかった。マックのためにとっておいたのかもしれない。ワイルドで抑制のない自分を知りながら、表に出さずにいたのだ。

ほかの男性の前でこれほどの解放感を味わうことができるとは思えない。マックとの関係が終わってしまったら、どうなるのだろう？　わたしたちはずっと一緒にいられるのかしら？　それとも、それぞれの人生に戻っていくの？

彼と別れたくない。でもそれは、わたしだけが決めることではない。マックには彼の人生がある。わたしはその謎めいた生き方をかいま見せてもらったばかりだ。結論の出ないまま宙に浮いている問題がたくさんあった。ふたりの将来が見えるのは、まだまだ先のことだ。

14

リリーは〈ワイルド・ライダーズ〉のメンバーが大好きになった。まるで兄弟ができたみたいだ。ちょっとうっとうしいところもあるが、ひとりっ子の彼女にとってはそれも新鮮だった。彼らはまるで家族のように、あたたかくリリーを迎え入れてくれた。

ふたりがようやくマックの部屋から出てくると、男たちは眉をつりあげ、意味ありげな視線を送ったり忍び笑いをもらしたりした。あれだけ派手に声を出したのだからしかたがない。リリーは少しも恥じていなかった。リリーの見る限り、男たちはやきもちをやきながらもふたりの関係に好意的で、彼女にも敬意を払ってくれている。リリーは彼らのそういうところを好ましく思った。

誰からともなくキッチンへ移動して食事の用意が始まった。ほかの男たちも作業に加わる。彼らはまごついている様子もなければ、女性が来たからといって食事の支度を押しつけるような雰囲気もなかった。それどころか、逆にリリーをキッチンから締めだそうとする。彼女が手伝うと言いはると、肉の調理は男の仕事だと言って、ようやくサラダに使う野菜を切ることを許してくれた。リリーはあきれて目をくるりとまわし、ネアンデルタール人並ね、と言ってやった。

しかし、彼らの料理の腕前はたいしたものだった。細長いテーブルがステーキやフライドポテト、サラダや焼きたてのパンで埋めつくされる。こんなマッチョな男たちに料理の才能があるなんて、誰に想像できるだろう？

「このあたりの女性たちがあなたたちの存在を知ったら、門の外にテントを張っちゃうわね」肉汁のしたたるステーキを食べ終えると、リリーは男たちに向かって言った。

「さっそく宣伝しようぜ」ディアツがウィンクする。

「なんでそんなことをしなければならないんだ？」金切り声をあげながらお色気を振りまく女どもなんて願いさげだね」Ａ・Ｊがリリーに露骨な視線を注ぐ。「もちろん、既存のメンバーは除くけど」

リリーは笑いを噛み殺した。「ところで〝Ａ・Ｊ〟ってなんの略なの？」

「ほっといてくれ」Ａ・Ｊがそう切り返してウィンクをする。

「こいつ、誰にも言わないんだぜ」スペンサーが言った。「なんか暗い秘密があるんだろう」

「つまり変な名前なのさ」パクストンがA・Jを見ながら言うと、A・Jは彼をにらみつけた。「とてつもなくかっこ悪いんだろ?」

「ひととおり考えてみたんだよ」リックが口を開く。「名前の本にあるようなのは全部試したからどれかあたってたはずなんだけど、A・Jは認めない」

A・Jは周囲のやりとりを無視して下を向き、食べることに専念していた。

「アダム・ジェームズ?」リリーは尋ねた。

A・Jはにやりとしたが、首を振った。

「そういうのがよかった、と思ってるはずさ」マックが口を挟んだ。「たぶんアルフォンスとかアーマンドとかだ」

「アドルフ・ジュニアじゃないか?」

「アルファルファ・ジョーンズ?」

「いや、アリメンタリー・ジュースだね」

「アームピット・ジョリーは?」

リリーは鼻を鳴らした。まるで悪ガキの集団だわ。彼女はすでに彼らにぞっこんだった。もちろん兄弟として。悪意のないからかいに愛情がにじんでいる。

「スペンサーだのパクストンよりはましだね」ついにA・Jが言った。「おまえら、どこのお坊ちゃんだよ?」

「なんとでも言えよ。なあ、パックス？　おれらは自分の名前を恥じたりしないぜ」スペンサーはそう言って立ちあがり、皿を片づけ始めた。

「おれの家には金のなる木なんて植わってなかったけどなあ」パクストンがウィンクする。「そんなもんが生えてたなら、おれさまがとっくにちょうだいしてる」

みんないっせいに笑い、汚れた皿をキッチンへ運び始めた。

「たわいない軽口を言いあえる仲間っていいわね」リリーはマックに体を寄せてささやいた。

「一度は本気でぶつかりあってるからさ。こいつらとはずっと昔、とことんまでやりあったんだ。罵詈雑言を浴びせて、互いの過去をほじくり返した。グレーンジがそう仕向けたんでね」

リリーはうなずいた。「一種の精神療法かしら」

マックが笑った。「そうかもな。おれたちのあいだに秘密はない。互いのことはすべて知っている。醜い過去を洗いざらいぶちまけたことによって、信頼を脅かすものがなくなったんだ」

「だから距離が縮まったのね。みんな同じようにつらい過去を背負っているとわかったから」

「ああ。進んできた道は違っても、根っこは同じってことさ。だろ？」

リリーはマックの頰を撫でた。無精ひげの感触が心地いい。「そうね」

マックはかがみこんで彼女にキスをした。最初はやさしいキスだったが、長引くにつれて熱がこもり、ついに舌が滑りこんできた。マックがリリーの首筋に手を添え、彼女の体を引き寄せる。彼の胸に手をあてると、速い鼓動が伝わってきた。

「ダイニングルームのテーブルでセックスするなとは言わないが、会議が終わってからにしてくれるかね？」グレーンジが通りすがりにそう言ってキッチンに消えた。

リリーとマックはにっこりして唇を離し、後片づけを手伝いにキッチンへ向かった。皿を洗い、残り物を片づけて、グレーンジのオフィスに集合する。

「トムは無事だ」グレーンジが口を開いた。「手の傷は軽症で、多少の出血はあったものの、それ以外に問題はない」

それを聞いてリリーはほっとした。

「トムは銃撃犯に心あたりがあるそうだ」

「誰なんです？」マックが尋ねる。

「その男がある会社の重役と一緒のところを目撃したことがあるらしい」

「名前はわかってるんですか？」パクストンがきいた。

「ああ。ベランフィールドだ」

「聞いたこともない名前ですね」Ａ・Ｊが言う。

みんなも似たような反応を示した。

だが、リリーはその名前を聞いて胃が締めつけられるような感覚に襲われていた。ちゃんと伝えなければ。「わたし、そういう名前の人を知ってます」

マックが振り向いた。「本当に?」

「ええ。聞いたことがあるの。同一人物かどうかはわからないけど、父の会社か関連会社と関係のある男性にそういう名前の人がいるわ」

グレーンジが机の上に身をのりだした。「きみの父上とは?」

「ジョン・ウエストです。〈ウエスト産業〉の最高経営責任者(CEO)の」

グレーンジがうなずいた。「なかなか興味深い」

「金持ちのお嬢様か! でかしたぞ、マック!」スペンサーが野次を飛ばす。

リリーは目をくるりとまわしてこの冷やかしをやりすごした。

「きみの知っている範囲のことを話してくれ」グレーンジが言った。

気持ちが高ぶるのを感じながら、リリーは記憶をたどった。「といっても、名前以外はたいして知らないんです。父がその男性と電話しているのを見たことがあるだけで」

「どのくらい前に?」

「もう何年も前の話です。今は父と離れてシカゴに住んでいますから。でも、父のつきあう相手は変わっていないと思います。父は古いつきあいを大事にしているので。その男性がボディガードとかで、昔からつきあいがあるなら、取り引きは続いている可能性が高いと思います」気づくと全員がこちらを見ていた。リリーは役にたてたことがうれしかった。ただ、ウィルスの盗難に父がかかわっていないかどうかが気がかりでもある。これで自分の父を追いつめることになったら耐えられないだろう。

グレーンジがうなずいた。「きみの父上は全米規模の大企業を経営しているんだな」

「はい。父が役員をしている会社はほかにもたくさんあります」

「ということは……」マックが口を挟んだ。「ベランフィールドは、そのうちのウィルスと関係する会社に所属しているかもしれない。それが突きとめられれば、ウィルス盗難の黒幕もわかるはずだ」

リリーはどきどきしてきた。ちょっとしたアイディアが浮かんだのだ。「父とベランフィールドの関係がどうなっているのか、探りを入れればわかると思います」

「ほう。どうやって?」グレーンジが尋ねた。

「父は仕事相手に関するデータをコンピュータに保存しているんです。十代のころ、よくデータ整理を手伝いました。自宅のコンピュータならわたしも使えます。あれにログインできれば、ベランフィールドの居場所もつかめるでしょう」

「危険じゃないかね?」

リリーは笑った。「危険なんてありません。わたしはここ数年、エボラウィルスのごとく父を避けてきました。実家へ戻ると言ったら、クリスマスみたいに喜んで迎えてくれるはずです」

「だめだ」

リリーはマックを見た。「なんですって？」

「おれは反対です。リリーをこの件に巻きこむことになる。危険です。リリーは〈ワイルド・ライダーズ〉の一員じゃない」

「冗談は休み休み言ってよ。そもそもあなたがわたしを巻きこんだんでしょ？　今さら危険だなんてよく言えたものね？　ここまで来てわたしを締めだそうとするなんて信じられない！」マックに対するいらだちを抑えることはできなかった。またしても保護者気どりをされるなんて。

「危険すぎる」

リリーはくるりと目をまわした。「実家なのよ。どこが危険なの？　わたしだって事件解決に貢献できるわ」

「彼女の言うことにも一理ある」グレーンジが言った。「リリーは、われわれの求める情報をすみやかに入手できる立場にある。事件の黒幕はなんとしても探りあてねばならない」

リリーは腕を組み、勝ち誇った表情を浮かべないよう努力した。

「しかも、彼女は警官としても探偵としても訓練を受けている。素人じゃない。今回の件については彼女の力が必要だと思うがね」

「ほら、聞いた？」リリーはこらえきれずにんまりとした。究極の賛辞だ。それがマックでなくグレーンジの口から出たのが残念だけれど。

マックが首を振った。「おれは気に入らない」

「別に気に入る必要はないわ。なんと言われてもやるつもりだし、あなたにもわたしと一緒に来てもらうわよ」リリーが言った。

「きみの父上が熱烈に歓迎してくれるとでも？」

「まさか」リリーは笑みを浮かべた。「絶対にいやがるわ。だからこそ一緒に来てほしいの」

「きみの父上はおれの存在を毛嫌いする」マックもにやりとした。「ねらいが見えてきたよ」

マックもこの計画にのり気になってきたようだ。「でしょ？」

「まったく話が見えないんだけど……」リックが困惑した表情で言った。

「それは父を知らないからよ。わたしの父にとっては社会的地位がすべてなの。マックを連れていったりしたら、わたしたちの関係や彼の行動が気になって、いてもたってもいられなくなるわ。大事な銀製品を盗まれやしないかってね。わたしがパソコンをいじって気づきもしないはずよ」

「なるほど」リックがうなずいてにんまりした。「きみは〈ワイルド・ライダーズ〉に向いてるな。なかなか屈折した筋書きだ」

「あら、ありがとう」即席のアイディアにしては悪くないと自分でも思った。

「じゃあ、決まりだ」グレーンジが言った。「いつ出発できる?」

「まずは父に電話して、家にいることを確かめます」

グレーンジがうなずいた。「そこの電話を使えば逆探知される心配がない」肩越しにサイドテーブルの上の電話をさす。

リリーは腰をあげて電話の前に立つと、胸をどきどきさせながら実家の番号を押した。最後に父と話してからどれくらいになるだろう? 半年? いいえ、もっとかしら?

父は二度目の呼びだし音で電話に出た。予想どおり、娘からの電話に当惑している。明日ダラスに行くと告げると、さらに驚いたようだった。リリーは旅行の目的をわざとぼかし、ちょっと立ち寄るだけだと告げた。楽しみにしているという父の言葉を聞くと、適当に話を切りあげて受話器を置いた。

「明日の朝いちばんに出発します」リリーは言った。実家へ帰るのが待ちきれない。正確に言えば、早くデータベースを見たくてしかたがないのだ。父との対面はいつもどおり不快なものになるだろうから。

それに、マックと一緒に実家を訪れることにも興奮していた。単に心強いというだけではない。愛する男を親に引きあわせるのだ。社会的な地位にこだわる父のことだ。わたしがハーレーで玄関に乗りつけ、マックと手をつないで家に入ったら目をまわすだろう。

父にはたくさんの貸しがあった。父はわたしの生き方に口出しばかりしたし、十代のころはマックとのつきあいを断固として認めてくれなかった。それに、わたしの選択を一度も信じてくれなかった。

父の期待にこたえられたと思ったことなど一度もない。ありのままの自分を受け入れてもらったことも、愛されていると思ったこともなかった。

わたしはもう一人前だ。自分のことは自分で決められるし、マックを愛している。貸しを返してもらうときが来た！

マックはリリーのことを昔から知っているが、実家を訪ねたことは一度もなかった。自分のアパートメントか、当時働いていた整備工場で会うのがお決まりのパターンで、彼女の家に招かれたことはない。不愉快な思いをするに決まっているから、とリリーは言っていた。

もちろん彼女の父親をあしらうことくらいできただろうが、別にジョン・ウエストと知りあいになりたいとも思わなかった。当時はただリリーのことが心配で、彼女に恥をかかせたくないと思っていた。

それは今も同じだ。リリーは今回の事件をまるで冒険かなにかのようにとらえているが、実際はそんなに甘いものではない。それに、リリーの父親に対する気持ちも、父娘のあいだに不快な過去があることもわかっていた。あのふたりのあいだには未解決の問題が山積している。親子関係がうまくいかないというのがどういうことなのか、マックにはよくわかった。自分の両親はすでに他界したし、生きていたとしても、もはや伝えるべきことなど残ってはいない。親との関係は幼いころに破綻しており、今さらどうなるものでもなかった。

一方、リリーのケースを考えてみると、父娘の価値観には隔たりがあるうえ、言い争いもするようだが、関係修復が不可能だとまでは思わなかった。

実家へ向かう道すがら、リリーはわくわくしているように見えた。しかし、それは父親との対面ではなく、データベースを探ることへの興奮だ。

リリーの道案内で、マックは高いフェンスをめぐらせた地区にバイクを向けた。警衛所の前でとまる。リリーが警備員に声をかけると、相手はすぐに彼女を認識して愛想よくふたりを通してくれた。

立派な屋敷ばかりが立ち並んでいる。おそらく何百万ドルもするに違いない。敷地は広く、芝生の手入れも完璧だ。俗世間から隔離された郊外のユートピアか。マックはすでに場違いな気分を味わっていた。

バイクがウエスト家の長い私道に入った。財力を誇示するような大邸宅だ。煉瓦でできたホワイトハウスばりの設計で、広いポーチを円柱が縁どっている。足りないのは円形ドームとアメリカ国旗くらいだ。

玄関前のロータリーにバイクを乗り入れたとき、ジョン・ウエストがポーチに出てきた。六十代くらいだろうか？　背は高く、豊かな銀髪はきちんと後ろへ撫でつけてあった。彼は白いシャツにジーンズ、そして爪先に銀色の金具がついたカウボーイブーツをはき、胸の前で腕組みをしていた。

おやおや、娘がハーレーで登場したことがお気に召さないらしい。眉がつながって見えるほど眉根をぎゅっと寄せている。バイクをとめて地面におりたったマックは、吹きだしそうになるのをこらえた。

リリーがマックの手をとると、ジョンの眉間に刻まれたしわがいっそう深くなった。

「パパ」ポーチへ続くステップをのぼりながら、リリーが声をかけた。

ジョンの険しい表情がゆるみ、かたい笑みが浮かんだ。「リリー、友人……を連れてくるとは言わなかったじゃないか」

その言葉を無視してリリーは父親の頬にキスをすると、マックを振り返った。「マック・キャンフィールドよ。覚えてるでしょ?」

ジョンは両眉をつりあげ、再びしかめっ面に戻った。「ああ! キャンフィールド、きみのことは覚えとるよ」

表情から察するに、いい印象ではなさそうだ。「おれも覚えてます。最後にお会いしたのは、あなたが整備工場からお嬢さんを引っぱっていったときでした」あれはリリーのバージンを奪う一週間くらい前のことだったが、ジョンにそんなことを説明する必要はないだろう。

「娘には、油まみれの汚い整備工場で改造車やバイクをいじって時間を無駄にする暇がなかったものでな」

リリーが鼻を鳴らした。「その結果を見てよ。わたし、ハーレーの後ろに乗ってきたのよ」

おやおや、彼女は果敢にも父親に反発してるじゃないか?

「まあ、いい。なかに入りなさい」ジョンはため息をついた。「キャンフィールド、きみも入るのかね? それとも娘を送ってきただけか?」

「彼はどこでもわたしと一緒よ」リリーが再びマックの手を握り、娘のボーイフレンドを体よくあしらおうとした父親をにらみつけた。マックは笑いをこらえるのに必死だった。ジョン・ウエストの態度におれが傷つくと思っているなら、リリーはおれのことをぜんぜんわかっていない。ジョンのような人種にどう思われようと痛くもかゆくもなかった。

屋敷のなかはさらに凝ったつくりになっていた。子供連れでは絶対に来たくない場所だ。リリーはこの家で育ったのだろうか？　こんな場所で小さな子が駆けまわるところなど想像もできなかった。華奢（きゃしゃ）なテーブルの上には繊細なボトルが並び、値のはりそうな装飾品が部屋を埋めつくしている。ちりひとつ落ちていなかった。どこまでも冷たく、厳かで、高級そうだ。

リリーがつないだ手に力をこめた。「ばかばかしいほど飾りたててるでしょう？」父親のあとについて長い廊下を進みながらささやく。

「家って感じじゃないな」

彼女は肩をすくめた。「わたしの部屋はましよ」

ふたりはリリーが言うところの〝図書室〟に通された。なるほど、たしかに本だらけだ。床から天井まである書棚が壁を覆っている。書棚の代わりに石づくりの暖炉がはまっている一角があり、その前に革張りのソファとそろいの椅子が置いてあった。ジョンはふたりに座るよう促した。

「飲み物は？」小柄な女性が入ってくると、ジョンがふたりに尋ねた。

「新しいお手伝いさん？」リリーがきき返した。「自分のことは自分でできるわ」

娘の言葉にジョンは顔をしかめた。「使用人はそのためにいるんだ」

リリーは手をひらひらさせて女性をさがらせた。「あの人たちにはほかにもいろいろ仕事があるでしょう」マックに向き直る。「なにを飲む?」

「ウィスキーを」本当はウィスキーなど飲みたくなかったが、ジョン・ウエストの神経を逆撫ですればリリーが喜ぶと思ったのだ。そして実際、そのとおりになった。リリーは父親に背を向けてにやにやしている。ジョンは苦虫を噛みつぶしたような顔になった。

リリーが氷を入れたグラスにウィスキーをダブルで注ぎ、自分にも同じものをつくってマックの隣に腰をおろした。ほとんど膝の上と言ってもいいくらいだ。あまりの密着ぶりに、ジョンが再び顔をしかめた。

「それで、どうして訪ねてきたんだ?」

リリーが肩をすくめる。「わたしたち、マックのバイクで旅をしているの」

「はるばるシカゴから、あれに乗ってきたのか?」ジョンがしぶい顔でマックのほうを見る。

「ええ。シカゴからずっとよ。あちこち寄り道をしながらね。すごく楽しいわ」

「バイクは危険な乗り物だ」

ジョンは依然としてマックをにらんでいたが、マックはずっと彼を無視していた。

リリーも父親の発言にとりあう気はなさそうだ。「とにかく、せっかくここまで南下したんだし、ダラスにも近いから、一日くらいパパのところへ顔を出そうかと思ったの」

ジョンはようやくマックをにらむのをやめ、娘のほうを見た。がらりと態度が変わる。険しい表情がゆるみ、笑みが浮かんだ。声も柔らかくなっている。「おまえが来てくれてうれしいよ。最近、ちっとも顔を見せんからな」

「仕事が忙しいのよ」

「探偵ならダラスでもできるだろう」

「そしたらまたわたしの生活を監視して、警察にいたときみたいに干渉するの？　そんなのごめんだわ」

ジョンは顋をあげて鼻を鳴らした。「おまえの人生にも、仕事にも、口なんぞ出したことはない」

「まったく、よくそんなことが言えるわね？」リリーは目をくるりとまわした。「パパがしなかったのは、わたしを解雇させることくらいよ」

「おまえが危険な仕事を選ぶからだ。娘の安全を気づかってなにが悪い？」

「それを干渉って言うの」

ふたりが言い争っているあいだ、マックはゆったりとソファの背もたれに寄りかかっていた。これはおもしろい。マックはリリーの憤慨ぶりを楽しんでいた。十代のころはろくに反抗もできなかった娘が、父親と口論しているのだ。ジョン・ウエストにおれを刑務所送りにする力さえなければ、彼が整備工場に現れ、〝おまえみたいな負け犬に娘はもったいない〟と言ったとき、おれもたち向かったかもしれない。

あのころのおれが負け犬でなかったとは言わないが……。

そんなことがあった翌日、リリーは整備工場にやってきて、車のルーフに寄りかかり、〝自分の生き方についてこれ以上父に干渉されるつもりはないし、希望してもいない大学に進学するつもりはない〟と言い放った。〝父の会社に入るつもりはまったくない。親の気まぐれにしたがうのではなく、自分の思うとおりの生き方をするつもりだ〟と。

だがおれは、父親の張りめぐらせた鋼鉄の檻を抜けだす力などリリーにはないと思っていた。〝親の管理下から抜けだせ。自分のために立ちあがれ。首輪なんてはずしてしまえ〟と彼女に言っておきながら、実際にそんなことができるとは思っていなかったのだ。

おれは間違っていた。リリーが親の選んだ大学への進学を拒んで、経営学の代わりに犯罪捜査学を専攻すると父親に宣言した瞬間にいあわせたかった。ジョンは卒倒寸前だったに違いない。

「パパ、いくら口論してもかまわないけど、ダラスに戻る気はないわ」ついにリリーが言った。「シカゴの仕事が気に入ってるし、ずっとあそこに住むつもりよ」

ほう。マックは考えをめぐらした。それは本心だろうか？　それとも父親を怒らせたいだけなのか？

ジョンが口を開く前に、使用人が現れた。「お嬢様とお客様のお部屋の準備が整いました」

ジョンが使用人にうなずいて娘に視線を戻す。「おまえの部屋は出ていったときのままだ。キャンフィールドにはゲストルームを用意した」

リリーは鼻を鳴らした。「ゲストルームなんて必要ないわ。マックはわたしの部屋で眠るから」

ジョンが勢いよく立ちあがる。「そんなことは許さん！」

リリーも立ちあがった。胸の前で腕を組んでいる。「わたしはもう大人なのよ。自分のことは自分で決めるわ。文句があるなら出ていくわよ」

マックは新たな口論の行方を興味深げに見守った。口を挟むつもりはない。リリーは健闘しているし、勝利の瞬間に水をさしたくはなかった。

「リリー！」ジョンの声には不快感がにじんでいた。「こんな……こんな男と一緒に寝るのを許すつもりは――」

「それ以上言ったら出ていくわ」リリーが警告した。「パパの時代遅れの道徳観念でマックやわたしを中傷したら許さないから。わたしはもう大人なのよ。わたしが誰とセックスしようと親にどうこう言われる筋合いはないわ。この家にいてほしくないならいいの。そう言ってくれればすぐに出ていく。でもね、これだけははっきりさせておくわ。わたしが残るならマックも残る。そして彼はわたしの部屋で眠る。わたしたちはそういう関係だし、それについてパパの意見は必要ないの。我慢できないなら、今はっきりそう言って」

ジョンの顔は赤く染まっていた。マックに対する感情をぶちまけ、娘に怒りを爆発させたいのを必死でこらえているのだろう。彼がリリーをじっと見おろすと、彼女は穏やかに見つめ返した。

ついにジョンがため息をついた。「いてほしくないなどと思っていないのはわかってるだろう。おまえはめったに顔を見せないんだから。泊まっていきなさい」

リリーはさらに続きを待った。ブーツをはいた足で床を小刻みにたたく。

「おまえも、キャンフィールドも歓迎する。じきに食事の時間だぞ」

リリーはうなずいた。「わかったわ」彼女はマックを振り返った。「荷物をおろしてなかに入れてくれる?」

「オーケイ」マックはバイクから荷物をとってきて階段の下に置いた。それからジョンとリリーのいる図書室へ戻った。

「食事の前に着替えたいんじゃないか?」ジョンがふたりの格好に目を走らせた。

マックは眉をつりあげてリリーのほうを見た。「おれのスーツは別のハーレーに積んであるんだ」

リリーはくすくす笑い、父親に向かって首を振った。「お気づかいなく」

「よろしい」ジョンはふたりの前に立って廊下を進み、両開きのドアを抜けてダイニングルームへ入った。

こりゃ、まじめにスーツがいるな、とマックは思った。三メートルほどの細長いテーブルには白いテーブルクロスがかかっており、整然と並んだ十二脚の椅子には白いクッションが置かれている。なにかこぼしたりしたら大変だ。マックは父娘が腰をおろすのを待った。ジョンが上座に座り、リリーがその左に落ち着く。マックはリリーを挟んでジョンの向かいに座った。

おれは場の雰囲気にのまれているのだろうか？　当然のことながらリリーはくつろいで見えた。彼女が慣れた手つきで布ナプキンを広げ、膝に置く。実際、何度も繰り返して体にしみついているのだろう。こっちは食事のときにナプキンを使うことを覚えていれば上出来だというのに。たかが指や口のまわりが汚れたときにふく布じゃないか。

これならキッチンで使用人と一緒に食事をするほうがましだった。どうしようもなく居心地が悪い。

「リラックスしてね」リリーがほほえみながら声をかけてくれたので、少しだけ気が楽になった。

ふたりの使用人がダイニングルームに入ってきて、一方のグラスにワインを、もう片方にアイスティーを注いだ。続いて料理が運ばれてくる。最初はサラダだ。マックは空腹だったが、リリーとジョンが銀のボウルをまわしているあいだ食べるのを我慢した。たぶんドレッシングが入っているのだろう。サラダにドレッシングをかけると、彼は食べ始めた。パンが運ばれてくるとほっとした。

ここへ来る途中はほとんどなにも食べていないので、胃がぐるぐると音をたてている。ジョンが非難がましい視線を向けてきているのがわかったが、努めて無視してやった。いけすかない野郎だが、うまいものを食べさせてくれることは確かだ。マックは運ばれてくる料理をすべて平らげた。コックにお礼を言わないと。コックの腕前は本物だ。

「仕事はどうなんだ?」ジョンが娘に尋ねた。

「順調よ」

「シカゴで私立探偵をするなんて危険だぞ」

「ダラスだって同じよ」リリーがワインをひと口飲む。

「ここなら警察に友人がいるだろう?」

「シカゴにも友達くらいいるわ。だいいち、パパが口出ししなきゃ、まだダラスの警察で働いてたのよ」

「その話を蒸し返すのはよせ。そもそも警官になる必要などなかったんだ。わたしの会社に入るべきだった」

リリーは一瞬肩をあげ、おろすと同時にため息をついた。気が高ぶっているに違いないが、表面上は冷静に見える。マックは彼女を部屋に連れていき、マッサージして緊張をほぐしてやりたかった。

「高校を卒業したときに言ったとおり、わたしは自分のしたいようにするわ」

ジョンはフォークを置き、ナプキンで軽く唇をふいた。「おまえがそういう考え方をするようになったのは、誰かさんの影響なんじゃないかね?」そう言ってマックに視線を向ける。

「やめて」リリーが言った。「彼は関係ないわ。これはわたし自身が望んだことよ。自分ひとりじゃなにも決められないほど頭が悪いと思ってるの?」

「警察学校に入りたいなんて、それまで言ったことはなかったじゃないか」

「言うはずないでしょ? パパは笑いとばしたに違いないもの。パパはわたしが子供のころから、ずっと自分の思いどおりにしようとしてきた。わたしの希望なんてそっちのけでね」

「そんなことはない。ちゃんとおまえの言うことに耳を傾けた」

「よく言うわ! 希望を訴えても聞いてくれたことなんてなかったわよ」

「聞いたさ。まともなことを言えばな」

マックはリリーに加勢したくてたまらなかった。あなたの娘は知的で有能だ、と言ってやりたい。だが、彼女自身の力で父親にたち向かってほしいという思いもあった。それにリリーはよけいな口出しを喜ばないだろう。マックは沈黙を守った。娘に対するジョンの物言いは本当に癪にさわる。マックはワインのおかわりを注いだ。

「言いたいことは山ほどあったわ。でも、聞いてくれる人がいなかったのよ」リリーはこちらを見ていなかったが、その発言には自分のことも含まれているような気がした。ちくしょう！

自己嫌悪がこみあげてくる。おれもリリーの話を聞かなかった。それどころか彼女を追いやった。なにが彼女のためになるのかわかっているつもりになっていたという点に関しては、おれもこの父親と同じだ。ジョンに対して激しい憤りを感じていたにもかかわらず、自分も同じことをしていたのだ。

おれたちに見切りをつけて自分の道を切り開いたリリーは本当に立派だ。

「おまえはまだ十八だった」ジョンが続けた。「自分がなにを欲しているのかわかっていなかった。しかも、ばかげた選択ばかりする」彼は再びマックを横目で見た。「悲しいかな、そういうところは変わってないようだ」

リリーは父親に目もくれず、皿の上のチキンを切り分けながら肩をすくめた。「パパは一度もわたしを信頼してくれなかったし、わたしの能力を信じてくれなかった。パパだってたいして変わっていないわ」

父親の言葉にまったく傷ついていないかのように、リリーは淡々と言った。リリーは毎日こんな思いをしてきたのか？　娘の希望などどうでもいいと言わんばかりの物言いに耐えながら？　どれほどいやな思いをしてきたのだろう？　娘に対するジョン・ウエストの態度は、まるで賃上げを要求する従業員をあしらう経営者だ。彼女の意思や欲求を完全に無視している。これほど冷酷な親には会ったことがなかった。

マックは腸が煮えくり返る思いだった。テーブルをのりこえて、このろくでなしを殴りつけてやりたい。

長いこと、リリーは単に物珍しさからおれに言い寄っているのだと思っていた。自分と彼女のあいだにはなんの共通点もないと。だが、おれたちは同類だ。リリーがおれに引かれたのはあたり前なのだ。それなのにおれは彼女を失望させた。彼女がもっとも必要としているものを与えてやらなかった。

必要とされていたのに、そばにいてやらなかったのだ。

おれはあの父親と一緒だ。マックはそんな自分が恥ずかしかった。自分に対する嫌悪感がナイフのように心をえぐる。

三人は食事を終え、ブランデーを楽しむために図書室へ移った。金持ちはこんな習慣を続けていてよくアル中にならないものだ、とマックは思った。食前酒に、ワインに、食後のブランデーとは。アルコールは嫌いではないが、まるで酒漬けじゃないか。リリーにならってブランデーの代わりにコーヒーを頼む。マックはこの機会に席を立ち、食事がおいしかったことを伝えようとキッチンへ向かった。お礼の言葉にコックは目を丸くした。感謝されるのに慣れていないようだ。それでも彼らはうれしそうに笑ってうなずいてくれた。

図書室へ戻りかけると、リリーとジョンが再び言い争っている声が聞こえた。廊下で立ちどまって、部屋に入るタイミングを見はからう。

「マックは招待されていないのね?」リリーが言った。

「おまえの友達にはカントリークラブなど退屈だろう?」

「歓迎されないって言いたいの?」

ジョンが言葉に詰まった。マックはにやりとした。

「だから行きたくないの。あんなとこ、つんけんした気どり屋ばっかりじゃない」

「おまえが来てくれるとありがたいんだがな。わたしの友人はもう何年もおまえの顔を見ていない」

「パパの友達はわたしのことなんて気にかけてもいないわ。わかってるくせに。パパはただ、品評会で賞をとった馬みたいに娘を見せびらかしたいだけでしょ? パパの友達の顔なんて半分も覚えてないわ」

「少しくらい社交的にふるまっても損はないだろう。多額の寄付をしている人たちだぞ」

「わたしはパパに会いに来たんであって、パパの友達に会いに来たわけじゃない」

ジョンにはそれが理解できないんだろうな。マックは寄りかかっていた壁から体を起こし、あたりさわりのない笑顔を浮かべて図書室に入った。リリーの横に腰をおろしてコーヒーに手をのばす。リリーのほうに身を寄せて唇に軽くキスをすると、彼女の顔がぱっと明るくなった。リリーが頬を紅潮させてほほえむ。

彼女はもっと頻繁に笑うべきだ。

ジョンはまたしてもしぶい顔をしていた。年寄りがどう思おうが知ったことか。おれがリリーに愛情を示すのが気に入らないというのなら、無視してやるまでだ。娘に対するこの男の態度はいやというほどわかった。

「それに」リリーが意地の悪そうな笑みを浮かべて父親に向き直った。「今夜は外出したくないの。マックと熱い夜を過ごすつもりだから」

15

マックはコーヒーを吹きだしそうになった。ジョン・ウエストの顔は今にも噴火しそうなほどまっ赤になっている。マックは頭のなかで蘇生法をおさらいした。

ジョンが激怒しているかたわらで、リリーは涼しげな笑みを浮かべ、ソファの背もたれに寄りかかっている。

マックはこの瞬間ほど彼女をいとしく思ったことはなかった。

「きみがいいなら部屋に引きあげようか?」立ちあがって手をさしのべる。「本当に長い一日だった」

リリーがマックの手を握った。「おやすみなさい、パパ」

「どうもごちそうさまでした」マックはそう言って、リリーの腰に腕をまわした。

マックとリリーが部屋を出ていくあいだ、ジョンはひと言も発しなかった。階段の下に達したところで、マックは彼女を抱きかかえた。リリーが笑いながら、楽しそうに声をあげる。

「いちばん手前の右よ」階段をのぼりきったところでリリーが言った。

両手がふさがっているマックのために、リリーがドアノブをひねった。ドアを押し開け、照明のスイッチを押したとたん、胸焼けしそうなピンク色の洪水に襲われた。

「これはこれは！」マックはそう言ってリリーを床におろした。

「わかってる。ひどいでしょ？」

なんと言えばいいのかわからなかった。ダブルベッドにフリルがたくさんついたカバーがかかっている。グラデーションになったピンクの壁に、ピンクのランプシェード、ピンクのカーテン。棚までピンクだ。部屋はピンクで埋めつくされていた。

「本気でここで寝ろって言うのかい？　目が覚めたら女になってそうだよ」

リリーはくすくす笑ってマックに腕をまわし、唇にそっとキスをした。「あなたほどのマッチョなら大丈夫よ」

「どうかな？　なんだか力が抜けるよ。どこかに座りたい」

リリーは鼻を鳴らしてマックの胸を押し、窓辺にあるつくりつけの椅子へと歩いていった。椅子の上に置いてあるのは、もちろんピンクのクッションだ。彼女はクッションの上に腰をおろしてマックを見あげた。

「この部屋であなたのことを考えてたのよ」

「本当かい？」マックは眉をつりあげ、彼女に歩み寄った。

リリーが膝をのばし、爪先をそろえる。「ええ」

「つまり、妄想してたってことかい？」マックはリリーのブーツを脱がしてやった。続いてソックスも。半分開いた窓から吹きこむ風がレースのカーテンを揺らす。

「そうよ。毎晩ここに座って、わたしの体を熱くさせる男の人について日記をつけてたの」

マックはブーツを脱ぎ捨て、ジーンズのボタンをはずした。「いけない子だ」

「はしたないでしょ？」リリーがセクシーな笑みを浮かべながらジーンズのファスナーをおろし、腰を浮かせた。「たぶん使用人はわたしの日記を読んだでしょうね」

マックはリリーのジーンズの裾をつかんで、脚から引き抜いた。「使用人はなにを読んだんだい？」ジーンズを床に落とし、ほっそりとした脚に見とれる。

「あなたの鍛えあげられた体が肌をかすめるとどんな気分になるかについて」リリーはシャツを脱ぎ、黒のブラジャーとそろいのパンティだけになった。「さわってほしくてしかたなかった。それなのにあなたは触れてくれない。だから、あなたに触れられているつもりになって自分でさわっていたことも書いたわ」

リリーは胸のふくらみを手で覆い、ブラジャーのなかに指先を滑りこませた。マックは、彼女が息をのむ様子を見て、その快感を想像するしかなかった。リリーは乳首をこすってとがらせ、両脚のあいだを貫くうずきを味わっている。

「夜、この部屋で、自分でさわってたのか？　おれのことを考えながら？」マックはリリーの視線を意識しながらジーンズのジッパーをゆっくりとおろした。腰の下までジーンズをずりさげると、ジーンズは重みでそのまま床に落ちた。ボクサーパンツがあとに続く。マックはすでにかたくなっているペニスをつかんだ。

リリーはそそりたつものを見つめて唇をなめた。片方の手をさげてパンティの下に指を滑りこませる。

「そうよ。あなたのことを考えながらさわってたわ」

マックが自分自身をしっかりつかんでしごき始めた。

リリーが脚を広げ、パンティのなかに大胆に手を入れる。「こんなふうに窓辺に座っていたの。窓は少し開いていて、夏の風が体のほてりを冷ましてくれたわ。わたしは壁に寄りかかって自分を慰めているの……パンティのなかに入っているのがあなたの手だったらいいのにって思いながら」

マックのこわばりがぴくぴくと震えた。目の前のリリーと過去のリリーのイメージが重なりあって興奮をあおる。

「すごく濡れてるの」

「パンティを脱ぐんだ。おれに見せてくれ」

リリーはパンティをおろして蹴りとばした。脚を広げて花弁に指を走らせる。テーブルランプの柔らかな光に浮かびあがった秘所は、すっかり濡れそぼってクリスタルで縁どりされているように見えた。

リリーは半分目を閉じて、甘く熟れたクレバスに指を這わせている。こちらに見せつけるように入口を撫でたあと、二本の指を侵入させ、充血しきった花弁のあいだに滑らせた。かすかに開いた唇から鋭く息を吸いこむ音がもれる。

「いいね。自分でしているきみを見るとたまらないよ」マックは手に力をこめ、こわばりをさかんにしごいた。もっとよく見ようとにじり寄り、女っぽい香りを吸いこんで、自慰行為をする姿をくい入るように見つめる。

リリーは腰を浮かせるようにして指を蜜壺にさしこむと同時に、てのひらでクリトリスを刺激した。荒い息をつきながら、ものほしげなまなざしでマックを見つめる。とろんとした表情はおねだりをしているように見える。

リリーを満たすことはおれの望みでもある。だが、まずは味わってからだ。マックは大胆に広げられた脚のあいだに膝を突き、腿に手を添えて閉じられないようにした。花弁がぴくぴくと震えている。マックはにっこりしてそこに顔を近づけた。口のなかに熱くてスパイシーな味が広がる。蜜壺からクリトリスに舌を這わせると、甘い蜜があふれだした。リリーはうめき声をあげて腰を突きだし、レースのカーテンをぎゅっと握りしめた。

マックは親指でクリトリスを愛撫しながら、舌先を蜜壺に押しこんだ。

「ああ、マック！　だめ」

リリーはすぐに絶頂に達した。目を見開き、マックの口に彼女自身を押しつけるようにしてもだえる。彼は痙攣がおさまるまで秘所をなめ続けてからおもむろに立ちあがり、リリーの体を引っぱりあげた。今度は自分が腰をおろし、その上に彼女をまたがらせる。リリーは屹立したものの上に腰を沈め、快感にうめいた。

彼女が腰を動かし始めた。「こうしたかったの。ひとりでここに座っていた夜、こうするのをずっと夢見ていたのよ」声が欲望にかすれている。「あなたにいろいろな方法でキスされ、服を脱がされて、愛されるところを想像したわ。どのくらい求めていたか、あなたにはわからないでしょうね」

わかるとも！　おれも同じものを求めていたのだから。

リリーが上半身を倒してマックの髪に指を絡ませた。彼の顔を引き寄せてキスをする。彼女はマックの唇についた自分の液をなめとった。そして舌を唇の上に滑らせてから口のなかにさし入れる。

マックはリリーのヒップに手をあて、リズミカルに上下させた。ぬるぬるした花唇に彼自身をこすりつけると敏感な部分が刺激され、すぐにも爆発してしまいそうだ。マックは歯をくいしばった。

「おれもよくきみのことを考えたよ」マックはリリーのヒップから手を離して乳房を覆い、親指で乳首をもてあそんだ。

リリーがうめく。「本当?」

「ああ。きみがほしくてたまらなかった。あのころ、きみはおれの人生で唯一善良で清らかなものだった。ショートパンツからのびる色っぽい脚を見て、どんなパンティをはいてるんだろうと想像したものだよ。きみを車の上にのせて、甘い蜜をむさぼり、悲鳴をあげさせてやりたかった」

「ああ、マック! そうしてほしかったわ。今からでもいい」

マックは腰を突きあげて、リリーのなかにこわばりを深く押しこんだ。「そのことはまたあとで思いださせてくれ」今はこれ以上なにも考えられなかった。下腹部に高まる緊張を思いきり解き放ちたくてたまらない。マックは片手をリリーの脚のあいだに滑りこませてクリトリスをはじいた。彼女は頭をそらし、体を緊張させて上体を倒したかと思うと震え始めた。大きな声をあげながらこわばりを締めつけ、彼の肩に爪をくいこませる。

マックもこれ以上は耐えきれなかった。リリーのなかで欲望をはじけさせてうめき声をあげる。彼女のヒップをつかんで自分自身にこすりつけ、最後の一滴まで余すところなく注ぎこんだ。

リリーはマックの額に自分の額をつけた。乱れた息づかいに合わせて、彼の頬にあたたかな吐息がかかった。

「日記に書いたどんな妄想よりもすばらしかったわ」リリーが言った。

マックは笑った。「よかった。きみがここであらゆる妄想をしたと知りながら愛を交わすのは、ちょっとプレッシャーだった」

リリーがにっこりしてマックにキスをする。「わたしの想像力は無限なのよ」

マックは彼女のヒップを支えて抱きあげ、隣接するバスルームへ運んだ。ありがたいことにバスルームだけはピンクの侵略を免れていた。ふたり一緒にシャワーを浴びた。マックがリリーの体を洗ってやる。彼女の肌にはどれだけ手を這わせても飽きることはなかった。父親との対面で募った緊張をほぐすため、肩もマッサージしてやる。それから体をふいてベッドに入った。リリーはマックに寄り添い、彼の肩に頭をあずけた。

「きみの親父さんは最低だな」マックはリリーの髪にささやきかけた。

リリーが笑う。「まったくだわ」

「あんなひどいことを言うなんて。ケツを蹴とばしてやりたいよ」

「気にしないで。そりゃあ昔は傷ついたものよ。父の期待にこたえられたなんて思ったことは一度もなかったから。でも、なにをしても喜ばせることはできないとわかってからは、気にするのをやめたの。もう父の言葉に傷つくことはないわ。免疫ができたから」

それでもマックはジョンに償いをさせたかった。リリーを抱いて横たわったまま、夜の物音に耳を澄ます。どうやってこの気持ちを伝えればいいかを考えながら。

「すまない」ついにマックは言った。

「なにが？」

明かりを消していたので、窓からさしこむ月明かりだけが部屋を照らしていた。

「昔のおれは、きみの親父さんと同じろくでなしだった」

リリーが体を起こし、ベッド脇のランプをつけた。柔らかなピンク色の光が部屋を照らし、彼女のしかめっ面を浮かびあがらせる。

「どういう意味？　あなたと父は似ても似つかないわよ」

「いや、そっくりだ。きみはおれの信頼を必要としていた。自分の選択を信じてほしいと思っていただろ？　それなのにおれはきみに背を向けた。きみの親父さんと同じで、なにがきみのためになるのかわかっていると思いこんでいた。そしてきみを追いやったんだ。おれときみの親父さんは同じ穴のむじなさ。自分に必要なものがわかっていたのはきみだけだった」

リリーはマックの胸に手をあて、しばらく沈黙していた。

「愛してるわ」

マックはどきりとした。そんな言葉が返ってくるとは予想もしていなかった。

リリーはほほえみを浮かべてこちらを見おろしている。「いつだってあなたのことを愛してた。恋におちたのは十八歳のときよ。最初は、それまで知っていた男の子たちとは違う新鮮さに引かれたの。不良っぽい雰囲気や、周囲から孤立しているところに。あなたが自分の思いのままに、恐れることなく行動するところに夢中になったわ。わたしはこの家で囚人のように暮らし、親の敷いたレールの上を死ぬまで歩かされると思っていたから、自由なあなたに憧れたのね。でもあなたのことを知るにつれて、自由気ままなだけじゃないって気づいたの。本当はとても思いやりがあるし、名誉を重んじる誠実な人だって。どんなに悪ぶっても、そういう部分は覆い隠せていなかったわ。それがわたしの愛したマック・キャンフィールドなの。わたしが身も心も捧げたいと思った相手よ」

マックは目を閉じた。おれはその心を踏みにじり、なんの価値もないと言わんばかりに投げ返したのだ。

彼は目を開けてリリーを見あげた。

「リリー、わかってほしい。あの晩、おれは……」

「わかってる。わたしのために最善だと思うことをしてくれたのね。自分と一緒にいると幸せになれないと思ったんでしょ？　あなたはわたしを自分の思いどおりにしようとしたんじゃないわ。あなたと父はまったく違う」

「きみを愛してた」そう言ったとたん、マックは当時の自分の気持ちがわかった。過去の過ちをとりつくろおうとしているのではない。あのときも、愛していたからこそリリーのもとを去ったのだ。自分の堕落した人生に引きこむのが死ぬほど怖かったから。自分と一緒にいることで彼女を不幸にしたくなかったから。「おれは自分の行きつく先が、自分でも見えていなかった。だから、きみを巻きこむのが怖かったんだ。自分の気持ちを隠したい、きみに知られたくないと思った。愛を交わした夜、すぐにきみと別れなければ、二度と手放すことができなくなると思ったんだ」

リリーの目から涙がこぼれた。「教えてくれてありがとう。わたしにとってはすごく大事なことよ」

「まだ終わっていないよ」マックは親指でリリーの涙をぬぐった。「あのときはきみを愛していたのに気持ちを伝えなかった。おれは今でもきみを愛している」

それは本心から出た言葉だった。ずっと認めまいとしてきたが、真実から逃れることはできなかった。おれの心のなかにはずっとリリーが住みついていて、どうやってもその存在を消し去ることはできなかった。そして、これからもそうだろう。「愛してるよ、リリー」

「愛してるなんて口にするのは初めてなんでしょう？」リリーがはなをする。「人を愛したことなんて一度もなかった」今、おれは未知の領域にいるのだ。奇妙な感じだった。不思議な感覚だが、とてもいい気分だ。

リリーが泣きながら身をかがめ、マックにキスをした。塩辛い涙が唇を濡らす。ああ、なんてきれいなんだろう。自分にはもったいない女性だと思っていたが、もしかすると彼女を愛してもいいのかもしれない。今こそリリーにふさわしい男になれたのかもしれない。

この先どうなるのかなんてわからない。これまで将来のことなど考えず、その瞬間だけを生きてきた。今望んでいるのは、もう一度リリーを愛することだ。本当の意味で彼女を愛したい。

マックはリリーの髪に指を滑らせてキスを深めた。舌を滑りこませて相手の舌をなめ、ゆっくりと唇を動かす。これまでとは違うゆるやかな動きだったが、マックの下半身は再びかたくなった。合わせた唇のあいだからリリーのうめき声がもれる。

マックはリリーを組み敷いて膝で脚を割り、彼女のなかに入っていった。あせらずゆっくりと腰を動かす。奥深くまで突き入れてはとめ、クリトリスをこするように下半身を押しつけてリリーを絶頂へ導こうとした。

ランプの光に照らされたリリーが、敏感な部分を刺激されるたびに目を見開く。その表情と、こわばりを締めつける体、そして口からもれるあえぎが、彼女の心のうちを物語っていた。

マックは片方の手をリリーの頬にあて、もう片方の手をヒップに添えて、クライマックスに身を震わせる彼女に唇を重ねた。震えるような叫び声を吸いとりながら、彼女のなかにほとばしりを放つ。驚くほど穏やかな気持ちだった。しばらくして、マックはリリーを引き寄せ、満ち足りた様子で抱きしめた。

できることならリリー以外のすべてを締めだしてしまいたい。厄介ごとは振り払って、ただの男と女になれる場所に逃げだしたかった。事件など忘れてお互いのことを知る時間が必要だ。

だが、そういうわけにはいかない。罪もない人々が危険にさらされているのだから。

「時間がないわ」リリーがささやく。

マックにもわかっていた。「そうだな。どうするつもりだい?」

リリーは顔をあげてナイトテーブルの上の時計を見つめた。「まだ早いわね。父は起きているはずよ。書斎にもぐりこんでパソコンを調べなきゃ」

「親父さんが寝るまで待てばいいじゃないか」

「だめ。父のベッドルームは二階だし、父は眠りが浅いの。下にいるときのほうがやりやすいわ」

マックはうなずいた。「オーケイ。きみがボスだ。計画を聞かせてくれ」

「あなたは下におりて父の注意をそらして」

「どうやればいい？」

リリーは体を起こした。「わたしは寝てしまった、飲み物がほしくなったとでも言えばいいわ。あなたがひとりだとわかったら、父はわたしと別れるよう説得しようとするはずよ。お金で追い払うとか、なにか不愉快な手段に出るでしょう。でも、そうやってあなたが父を引きつけているうちに、わたしはデータベースに侵入できる」

マックはにんまりした。「きみは意地悪でひねくれた女にもなれるんだな、リリー・ウエスト」

リリーはウィンクをした。「そこが好きなんでしょ？」

ふたりはベッドから起きあがって服を着た。

リリーの体内にアドレナリンが駆けめぐる。父のコンピュータに侵入することにためらいはなかった。これは仕事だ。あのファイルをのぞいたところで父を傷つけることはない。父がこの件に関与していないことは今や直感でわかった。父にはいろいろな顔があるが、犯罪者ではない。これはベランフィールドの情報を得るための手段、通過点にすぎない。

マックが階下へおりると、リリーは部屋をそわそわと歩きまわって、父が二階にいないことが確定する瞬間を待った。マックと父の声に耳を澄ませていればわかる。父がマックに絡み始めたら、書斎に忍びこむつもりだった。

部屋のドアはわずかに開いていた。永遠とも思える時間が過ぎた気がしたが、実際はほんの数分だったはずだ。マックはキッチンでわざと大きな物音をたてていた。父は夜型だからきっとまだ下にいるだろう。彼女は爪先立ちで部屋を出て、手すりから身をのりだした。図書室から出てキッチンに向かう父を見てさっと身を隠す。成功だわ！

リリーはそろそろと階段をおり、しばらくじっとしていた。すぐにマックと父の話し声が聞こえてきた。オーケイ、順調ね。しばらくはマックが引きとめておいてくれるだろう。彼女は二階へ駆けあがって書斎のドアを開けた。ありがたいことにコンピュータの電源は入れっぱなしだ。

いよいよ緊張の瞬間がやってきた。父はパスワードを変更しただろうか？　高校のときに手伝いをしたとはいえ、大学へ進学したあと、父は一度パスワードを変更していた。休暇中にコンピュータが使いたくなったことがあって、あてずっぽうに思いつく数字を入力してみたら偶然にも解除できたのだ。そのことは父に話していなかった。リリーはそのときに使ったパスワードを入れてみた。セキュリティが解除され、思わず歓喜の声をあげそうになった。胸をどきどきさせて、メモリースティックをさしこみ、住所録をクリックする。名簿を開くときもパスワードを要求された。だが、父はパスワードに凝るタイプではない。リリーはいくつか思いつく数字を入れてみた。自分の誕生日でファイルが開いたときは思わず目をまわした。

まったくパパったら。こんなの丸わかりじゃない。もう少しデータをきちんと保護するよう、いつか注意しておかないと。だが、そのおかげでアクセスできたのだ。データの転送が終わるとリリーはファイルを閉じ、メモリースティックをポケットに忍ばせて早々に書斎を抜けだした。

書斎のドアを閉めたとたん、マックと父の話し声が聞こえた。ふたりの声がしだいに熱を帯びてくる。リリーは好奇心に駆られて階段をおり、キッチンの入口で立ちどまった。

「キャンフィールド、金持ちにしてやろうと言ってるんだぞ」

思ったとおりだわ。父がマックを買収しようとすることぐらい予想していた。なんてわかりやすいのかしら。すべてお金で解決しようとするんだから。

「今の状態に満足してます。あなたの金はいりません」

「それならリリーも必要ないだろう」

「それは違う。おれには彼女が必要です」

リリーは胸がきゅんとした。

「きみと違って、わたしは娘になんでも与えてやれる」

マックが鼻を鳴らした。「あなたは大事なことがなにもわかってないようだ。あなたがリリーを束縛したり、自分の思いどおりにしようとしなければ、彼女を失うことはなかったんです」

ああ、マックは本気で父に気づかせようとしている。リリーは暗闇で腕組みをし、にっこりした。相手がわたしでも、ほかの誰であっても、マックは引きさがったりしない。父の脅しにもひるまない彼をいとおしく思った。

「きみにわたしと娘のなにがわかるというんだ？」ジョンが鼻を鳴らす。

「必要なことはすべてわかります。あなたはお嬢さんを締めだした。この家からも、そしてテキサス州からも。だから彼女はできるだけ遠くに逃げた。それなのにあなたは、プライドが邪魔をして自分の過ちを認められないんです」

「過ちを犯したのは娘のほうだ。きさまなんかとつきあいおって！」

「違います。間違いを犯したのはおれとあなたです。おれは彼女など必要ないふりをして、あなたの言うとおりに生きるべきだと思わせました。だが、それは間違っていました。あなたも間違ってるんです。目を覚まして等身大のリリーを受け入れたら、彼女も心を開いたでしょう。自分の用意した人生設計を押しつける代わりに、望むとおりに生きる自由を与えていればね。ところがあなたはそうはせず、いまだ娘に必要なものがわかっているふりをしている。このままでいくと永遠にお嬢さんを失いますよ」

「なんのことかわからん」ジョンはさらに言葉を続けようとしたが、振り向いた拍子に娘の姿を見つけた。

リリーは涙を見られまいと目をこすった。父が理解することは絶対にないだろう。この人は変わらない。そんなことはわかっていたけれど、それでもどこかで期待していた……。

「一度でいいから人の話に耳を傾けてくれたらいいのに。でも、父にはその必要性がわからないのよ。父は変わらないわ。マック、もう帰りましょう」リリーはそう言ってきびすを返し、部屋を出た。

マックはリリーに追いつき、彼女に腕をまわした。

「例の件は片づいたわ」リリーがささやく。「帰りましょう。この家で眠るのはいやなの」

肩にまわされたマックの手に力がこもった。「わかった。どっちにしろ、あの部屋はちょっとピンクすぎるもんな」

リリーは吹きだした。マックがそばにいてくれてよかった。

リリーが荷づくりをするあいだ、マックはほとんどなにも言わなかった。リリーにはそれがありがたかった。父が自分の価値観を認めてくれないことなどとっくにわかっていたが、まったく譲歩する気がないことを思い知らされるのはやはりつらかった。マックの言葉はあれほど説得力に満ちていたのに。彼はとても大切なことを伝えようとしたのに、父には響かなかったのだ。

父は変わらない。

家を出ると同時に、リリーは父のことを頭から追いだした。幸い、ふたりが玄関を出てバイクに乗りこむあいだ、ジョンは近寄ってこなかった。見送りなど、はなから期待してはいない。ジョン・ウエストは娘を引きとめるにはプライドが高すぎる。彼にとっては、娘に愛されることよりも信念を貫くことのほうが大事なのだ。

リリーはそんな父があわれですらあった。

マックがエンジンを始動させ、回転数をあげる。この音は間違いなく父の神経を逆撫でしているはずだ。リリーはほくそえんだ。ふたりを乗せたバイクは広い敷地を抜け、夜の闇に消えた。〈ワイルド・ライダーズ〉の本部へ向けて。

そこはリリーにとって現在の〝家〟でもあった。背後に残してきた実家よりもずっと安らげる場所だ。実家を出たとたん、彼女は呼吸が楽になったように感じた。

本部では仲間たちが待ち受けていた。リリーがメモリースティックをさしだして任務の成功を告げると、男たちは歓声をあげ、〈ワイルド・ライダーズ〉の一員と認めたかのように背中をたたいて喜んでくれた。リリーはとてもうれしかった。

メモリースティックを手渡すと、グレーンジもにっこりした。

「みごとだ。さっそく中身を見てみよう」

全員がグレーンジのオフィスへ向かう。マックはリリーの手をとって引き寄せた。

「いくら気にしてないふりをしても、親父さんの態度に憤りを感じているのはわかってる」

リリーは肩をすくめた。「大丈夫。慣れてるもの」

マックがほほえんだ。その瞳に浮かんだやさしさにリリーはどきりとした。「きみの気持ちはわかる。でも、きみの家族はお父さんだけだろ？　おれは孤独がどんなものか身にしみてるんだ。両親が生きているころから、おれはひとりぼっちだった。おれの親は飲んだくれだった。彼らは子供を育てる責任なんて負いたくなかったのさ。子供なんてさっさと消えてほしいと思っていたんだ。子供心にも望まれていないことはよくわかっていたから、親とできるだけ距離を置くようにしていたよ」

マックの生い立ちを聞き、リリーは胸が張り裂けそうになった。頬に手をあててそっとキスをする。「そんなつらい思いをしたなんて」

マックは彼女の手首をつかみ、てのひらに唇を押しつけた。「大丈夫だよ。おかげで強くなった。おれがきみに伝えたいのは、もうひとりぼっちじゃないってことさ。きみにはおれがいる。おれがきみの家族だ。一緒に、つらいことを分かちあっていこう」

リリーは自分の耳が信じられなかった。今日一日でマックが口にしたことすべてが夢みたいだ。彼はわたしを愛していると言ってくれた。わたしと……わたしと一緒にいたいと言ってくれた。たとえ正式なプロポーズでなくても、マックにとっては勇気のいる発言だったはずだ。誰にも束縛されないことをモットーとしている彼にとっては、相当な覚悟がいったに違いない。そこまで言ってくれたマックの愛情を思うと胸が詰まった。

膝に力が入らない。「愛してるわ、マック」

「おれも愛してるよ」

マックはなんの抵抗もなくその言葉を口にした。彼の言葉はリリーの世界を一変させた。この魔法のような瞬間を終わらせまいと、彼女はマックに腕をまわしてしっかりと抱き寄せた。

「ああ、リリー。これがどんなに怖いことかわかってるかい？」

リリーは身を引いて眉をひそめた。「なにが怖いの？」

「この気持ちだよ」

彼女は相槌を打った。「そうね」

「きみを絶対に放したくない。でも、贅沢に育った女性におれとの生活が想像できるだろうか？」

リリーは息を吸いこみ、ゆっくりと吐きだした。マックにとって自分の感情をさらけだすことがどれほど難しいかはわかっている。本当にわたしを愛することが怖いのだ。

それを簡単な問題だとは思っていなかったし、彼が今すぐ永続的な関係を望むとも思わなかった。

「シカゴではごく普通に暮らしてるのよ。贅沢なんてしていない。わたしのアパートメントを見に来たらいいわ。散らかってるから。使用人なんていないし、ピンクのピの字もないわ」

マックはにやりとした。「そいつはありがたい」

「そこのおふたりさん、廊下でおっぱじめるつもりじゃないだろうな？　グレーンジが待ってるぞ」

「いいや、あとで屋外セックスを楽しもうと思ってるんだ」マックの答えに、リリーはほほえんだ。

「それはそれは」Ａ・Ｊがこたえる。「忘れずに撮影するよ。さあ、さっさと部屋に入ってくれ」

ふたりが部屋に入ると、グレーンジはすでにデータを大型スクリーンに投影し、人名や会社名の並んだリストを検索していた。

「このリストについてわかることを教えてくれ」グレーンジが言った。

「父は仕事上でなんらかのつながりがあった相手の情報をとっておくんです。所属している会社名や、誰が誰の下で働いているか、などを。つまり、これは人間関係をまとめたものです」リリーは説明しながら部屋の前方へ歩いていった。グレーンジが立ちあがって彼女にコンピュータの前を譲る。「父の家ではほとんど時間がなかったので、まだ中身を見てないんです」

リリーは情報に目を走らせた。「この人たちはすべて、どこかの会社か、または会社内の誰かと関係しています」捜している名前が見つかるまで画面をスクロールする。「ほら、ベランフィールドがいました。これはフローチャートみたいなものです。関係のある相手とリンクするようになってます」ベランフィールドの名前をクリックする。スクリーンにベランフィールドと関係するすべての組織が映しだされた。

膨大な量だ。

「くそ」リックが口を開いた。「いろいろなところと取り引きしてるんだな」

リリーはうなずいた。「ええ。ものすごい数の会社や役員と関係しているわ」

「しかも大企業ばかりだ」マックが言う。

「そうだな」グレーンジがこたえた。「車内からトムを狙撃したのがベランフィールドだとすれば、こいつは堅気じゃない。そのベランフィールドとリンクしている組織がみな汚い仕事に手を染めているとすれば、ウィルスと関係がありそうな企業をしらみつぶしに調べないとならないだろう」

リストをざっと眺めていたリリーは、ある会社に目をとめた。「〈デロー製薬会社〉はどうですか?」

「その会社がどうかしたのか?」マックが尋ねた。

「去年、〈デロー製薬会社〉の主要製品に欠陥が見つかって、その回収でかなりの損害をこうむったという記事を読んだの。たしか経営が行きづまっているはずよ」

「おもしろい」グレーンジが言った。「製薬会社が殺人ウィルスを手に入れてなにをするつもりだろうな?」

「未知のウィルスに効く薬を開発すれば、何百万ドルという儲けになる」マックが指摘した。

「大変。きっとそれよ」リリーが言った。

「うまい商売だな」マックが続けた。「ウィルスを手に入れ、新薬を開発してからウィルスを広める。そして新薬を手にさっそうと登場するわけだ」

「なんてこった」スペンサーがぼやく。「ひでえやり口だ」

「悲しいことに、それが大企業ってものなのよ。一般市民を傷つけることなんてなんとも思ってないんだから」リリーは頭を振った。犯人をとっつかまえてやりたいと心の底から思った。

「つまり、〈デロー製薬会社〉とウィルス盗難を結びつけることができれば、一件落着というわけだ」グレーンジが言った。

リリーはどきどきしながら〈デロー製薬会社〉をクリックした。「さて、なにが出てくるかしら？」

ベランフィールドが〈デロー製薬会社〉に関係していることがわかっても、それだけではなんの証拠にもならない。この男が関係している企業は〈デロー製薬会社〉だけではないからだ。ベランフィールドは表向き、警備会社に所属していることになっていた。まったく、よく言ったものだ。あの男は明らかに用心棒として雇われている。そして殺し屋としても。なにしろ、トムの殺害をくわだてたのだから。

だが、さらに裏があるはずだった。ベランフィールドは指示どおりに動いているだけで、糸を引いている人物はほかにいるに違いない。黒幕を見つけださないと。

「いたわ」リリーは言った。「モンティー・リチャードソンよ」

「誰だい？」マックが尋ねる。

「シカゴ美術館の役員なの。うちの事務所に美術館の警備チームのテストを依頼した人物よ。このチャートを見ると〈デロー製薬会社〉の役員でもあるわね」

「糸口が見つかったな」パクストンが言った。

リリーはうなずいた。「リチャードソンは夜警が役にたたないことを知ってたのよ。抜き打ちテストによって美術館の警備を強固にしようとしたんだわ。ウィルス入りの展示物を盗まれるわけにはいかないから」

「だが、マックのおかげで恐れていたことが現実になった」グレーンジが言った。

「連中は、いつかはウィルスの所在がばれると予期していたに違いない」マックが言う。

「だからといって、美術館に関係ない人間に警備を手伝わせるわけにもいかない。疑われるものね」

「だから屋外にベランフィールドを配置した」マックが言葉を継いだ。「そうだ、あいつに違いない。あの夜、おれたちをねらったのはベランフィールドだ」

「そうね」リリーがこたえた。「ベランフィールドはあなたが侵入してウィルスを盗むところを目撃した。見張り役としては、それを阻止しなければならなかったはずよ」

「おれたちがウィルスを奪って逃げたから、リチャードソンも〈デロー製薬会社〉もベランフィールドにおれたちを追わせた」マックが言った。

「おまえら、すげえ人気だな」スペンサーがちゃちゃを入れる。

マックは笑った。「ぜんぜんうれしくないけどな」

「これでゲームの顔ぶれがそろったわけね」リリーは言った。「次はどうする？　警察に通報しておしまいってわけにはいかないでしょう？」

「そうだ」グレーンジが口を開いた。「まだ証拠もない、ただの推論にすぎない。〈デロー製薬会社〉の本社はここダラスにある。罠を仕掛けよう。〈ワイルド・ライダーズ〉だけで極秘に動く。いつものようにな」

「おれ好みの展開だ」ディアツがにやりとした。「ウィルスをえさに取り引きを持ちかければいい」

「罠なんて簡単さ」A・Jが口を挟んだ。

「どうやって?」マックが尋ねる。

「リチャードソンに直接アプローチするんだ。ウィルスを持っている、金で取り引きしようって」

「のってくると思う?」

A・Jは肩をすくめた。「のらない理由がない。腹黒い連中は、金で動かないやつなんていないと思っているんだ」

「そうだな」グレーンジが言った。

「でも、誰が連絡をとるんです?」リックが尋ねた。

「わたしがやるわ」リリーが答えた。

「それはだめだ」

リリーはマックを見た。「なぜ?」

「危険すぎる」

彼女はあきれて目をまわした。「またそのことを蒸し返す気?」

「リリー、これはお遊びじゃないんだ。危険な任務なんだぞ」

「わかってるわ。でもわたしがいちばん妥当でしょう？　わたしは相手を知ってるのよ。リチャードソンはわたしの依頼人。それにベランフィールドは、ウィルスを盗んだあなたのバイクにわたしが乗るところを目撃してるわ」

「そうだな」グレーンジが言った。「論理的に考えてリリーが適任だ」

マックは立ちあがって髪をかきむしった。「おれは反対だ」

「気持ちはわかるわ。でも冷静に考えてみて。わたしがリチャードソンに連絡をとって、あなたからウィルスを奪ったと言うの。当然、彼はウィルスをとり戻そうと躍起になるでしょう。そうなれば、あとは向こうの出方を待つだけよ」

「だな」スペンサーが言った。「そして、おれたちみんなでリリーをバックアップして、リチャードソンを追いつめる」

「そのとおりだ」グレーンジが言った。

「たしかに筋は通ってるな。やつは必ずえさに食いつくはずだ。ウィルスを買い戻し、〈デロー製薬会社〉に持っていこうとするだろう」マックが言った。

リリーはうなずいた。神経が高ぶり、全身にどくどくと血が駆けめぐっているのがわかった。じっと座っていられないほどだ。「リチャードソンとデローの関係がはっきりしたら、ウィルスを証拠にどうにかして警察に通報すればいいわ」

「それはわたしが手配しよう」グレーンジが言った。

「でも、リチャードソンに本物のウィルスを渡すのは避けたいわね」リリーは言った。

「ああ。偽物を用意するよ」パクストンが言った。「おれに任せてくれ」

「またおまえの妙ちきりんな実験が始まるのかよ?」スペンサーがうんざりしたように目をまわした。「今度は実験室を吹っとばさないでくれよな」

「あれはおれのせいじゃない」パクストンが反論する。

「その話、いつか聞かせてね」リリーが言った。

「よし」グレーンジが正面に歩みでた。「それぞれの役割をはっきりさせて、順番にやろう。まずはリリー。リチャードソンに連絡をとって、話にのるかどうか探ってくれ」

リリーはうなずいてリチャードソンの名刺を探した。警備チームのテストを依頼してきたときに渡されたものだ。逆探知防止電話を使って電話する横で、グレーンジが回線をモニターしていた。リチャードソンは二度目の呼びだし音で電話に出た。

「もしもし?」

「ミスター・リチャードソン?　リリー・ウエストです」

電話の向こうで、相手が一瞬言葉に詰まった。わたしからの連絡に動転しているに違いない。

「これはこれは、ミス・ウエスト。美術館で盗難事件があって以来、ずっと心配してましたよ。無事なんですか?」

「ご心配なく」

「誘拐されたものと思っていました。今はどちらに?」

「ミスター・リチャードソン、御託を並べるのはこのへんにしません? 美術品にウィルスが隠されていたことは知っています。あなたがそれに深く関与していることもね」

リチャードソンが再び押し黙った。「おっしゃることがわかりませんな」

「わかってるはずよ。巡回展の展示物には殺傷力の高いウィルスが隠されていた。それを守るためにうちの事務所に仕事を依頼されたんでしょう? 美術館の警備が手薄でウィルスが盗まれることを恐れたから。そしてあなたは正しかった。ウィルスは盗まれてしまった。幸いにもわたしがとり戻したけれど」

「きみは警察の手先かもしれない」

リリーは鼻を鳴らした。「わたしはかつて警官だったのよ。一生あのまま、しがない給料で終わるなんてごめんだわ。それで? 興味がおありかしら? それとも、ほかの買い手を見つけるべき? 現金がいるの」

電話の向こうに再び沈黙が落ちた。次に聞こえてきた声は、さっきほど感じがいいとは言えなかった。「なにが望みだ?」

「ウィルスと引き換えに百万ドル」

「ばかげてる」

「ウィルスをとり戻したいんでしょ？」

「どこにいるんだ？」

「ダラスよ」

「明日の夜、ダラスに入る」

「お金と一緒に？」リリーは、現金がほしくてしかたがないふりをして言った。

「ああ。金は用意する。きみはウィルスを持ってくればいい」

時間と場所を決めてリリーは電話を切った。手は汗ばみ、心臓が飛びだしそうなくらいどきどきしている。

「よくやった」グレーンジはそう言って立ちあがり、リリーの肩をぎゅっとつかんだ。「もう気を楽にしていいぞ。さてと、明日の夜までに片づけなきゃならないことが山ほどある」

リリーも立ちあがり、緊張をほぐそうと肩をまわした。マックに向き直る。ほかのメンバーはすでに部屋から出て、それぞれの仕事にとりかかっていた。

「わたしたちも行きましょうか？」

「そうだな」

「どうしたの？　わたしのことが心配なのね？」

「心配しないように努力してるとこさ。きみが優秀なのはわかってる」

「ありがとう。わたしの能力を認めてくれることも、心配してくれることも」

「ただ、この状況が気に入らない。きみが矢面にたつことになる。これはきみの仕事じゃないのに。きみは〈ワイルド・ライダーズ〉に誓いをたてたわけじゃない」

リリーは肩をすくめた。「わたしはずっと、こういうことがしたかったの。こういう生き方や挑戦を求めていたのよ。多少の危険はあるけど、不正を正すことができるでしょう？　警察にいたときは父に阻まれて実現できなかった」

「そしておれは、きみのそういうところが好きなんだ。あの晩、美術館で再会したとき、きみの変わりように驚いたけど、ガッツと負けん気を好ましく思った。ひと皮むけたみたいだったよ。きみには天性の才能があるのかもしれない。おれは、これからもきみのことを心配してしまうだろう。だが、きみがやりたいことを邪魔したりはしない。きみの才能を阻むつもりはないよ」

リリーにはマックの言いたいことが痛いほどわかった。彼女はほほえんで言った。

「これまでに知ったことや、あなたが直面している危険を思うと、わたしも同じ気持ちになるわ。わたしはあなたの生き方を誇らしく思ってるの。自分の生き方をすっかり変えたことを。でも、あなたが任務に出かけるたびに心配してしまうでしょうね。あなたを愛しているんだから、それはどうすることもできないわ」

「矛盾してるよな？」

「そんなことはないわ。愛しあっているからこそ、お互いが危険な目にあうのが耐えられないのよ。でも明日の夜、取り引き現場に行っても、あなたがついていてくれると思えば怖くない」

ふたりは手をつないで実験室へ向かい、ウィルスの複製をつくるパクストンを見守った。パクストンがそれを〝エイリアンのゲロ〟と呼ぶので笑ってしまう。作業が終盤に入るころには、強化ガラス製の容器におさめられた小瓶のどちらが本物でどちらが複製なのか見分けがつかなくなっていた。グリーンの色合いまでそっくりだ。

「漫画チックな色だな」パクストンが皮肉っぽく言った。

次に取り引き現場について下調べをした。リチャードソンと会うのは、交通量の多い交差点にある普通のレストランだ。〈ワイルド・ライダーズ〉が潜伏するには格好の場所だった。車やバイクで待機すれば、なにか起きてもすぐ行動に移ることができる。一連の出来事を録音できるようにリリーのハンドバッグと車には盗聴器が仕掛けられた。

すでに遅い時間だったし、計画も繰り返し見直した。グレーンジが言った。「明日細部を見直そう。リリーは少し眠ったほうがよさそうだ」

実際、リリーはくたくただった。今夜はあまりにもいろいろなことがあったし、すでに午前三時だ。マックは彼女を自室へ連れていき、ドアを閉めた。リリーがあくびをして、のびをする。今にもベッドにもぐりこんで眠ってしまいそうだった。だが、マックは彼女の腰に手をまわして引き寄せ、息もとまるかのような口づけをした。

　壁に背中を押しつけられ、引きしまった体が押しあてられると、リリーの眠気は吹きとんだ。厚い胸板からこわばりまで、かたい肉体を余すところなく押しつけられ、体の自由を奪われて、彼女はまともに考えられなくなった。

　まるでこれが最後になるかもしれないというように荒々しく求めてくるマックに、リリーの情熱も燃えあがった。最後のはずがない。だが、リリーはマックが思うよりもずっと彼のことを理解していた。原始的な衝動のままに突き進む彼がいとしい。マックは唇を合わせたままジーンズのボタンとジッパーをはずして、パンティと一緒に引きおろした。彼がジーンズを腿までおろして屹立したものをとりだすあいだに、リリーもあわててパンティから脚を抜く。

　リリーは熱く脈打つ部分を手で包みこんだ。マックは彼女のヒップをつかみ、抱えあげるようにして一気に貫く。彼女は重ねられた唇のあいだからあえぎ声をもらし、舌を絡ませた。

　ワイルドで性急な愛の行為だった。リリーはマックの髪をかきむしり、容赦なくこわばりを突きたてられるたびに頭を引き寄せた。長くは持たないとわかっていながら、彼の要求に夢中でこたえていると、とてつもない快感が押し寄せてきた。

　マックの体がこわばり、小刻みに震え始める。

「ああ」マックが言った。「いくぞ」

彼も達しようとしている。リリーはもう限界だった。あらゆる感覚が炸裂し、叫び声がもれた。あまりにもあわただしいまじわりだった。

だが、それは甘かった。マックはまだ満足していなかったのだ。彼はリリーを抱えたまま攻め続けた。愛液があふれてマックのこわばりを濡らす。再び絶頂に押しあげられ、リリーは頭のなかがまっ白になった。今度こそマックも極みに達する。彼は叫びながらリリーを壁に押しつけ、甘く湿った首筋に顔をうずめて声にならない声をあげた。

ようやく床におろされたとき、リリーは脚に力が入らなかった。マックが支えていてくれなければ崩れ落ちてしまっただろう。彼はリリーを抱きかかえたままあとずさりしたが、床に落ちているものにつまずいて彼女もろともベッドに倒れこんでしまった。

マックがリリーの頭のてっぺんにキスをして、自分の横に引き寄せ、ふたりの体に上掛けをかけた。

リリーは完全に満たされて、にっこりした。残りの人生もこんなふうに過ごせるなら、わたしは間違いなく幸せだわ。

16

翌日の夕方までに、暗唱できるほど繰り返し計画を見直した。移動経路を決定し、リチャードソンとのあいだに起こり得るすべての事態、すべての会話を練習する。問題が発生した場合にどの方角へ逃走して、どの角を曲がるべきかまで確認した。だが、実際は合図ひとつで仲間が応援に駆けつける段どりになっているので、走って逃げるような事態に陥る確率は低かった。

取り引き場所は一般客もいるレストランだ。リチャードソンが銃を持ちだす可能性は少ない。問題なくのりきれるだろう。正直なところ、リリーはほとんど心配していなかった。興奮しているかと問われればそうに違いないが、怖くはなかった。

マックは檻に入れられた野生動物のように一日じゅううろうろと歩きまわっては、リチャードソンが予期せぬ行動に出た場合の対処方法をリリーに復習させた。リリーにとって、ここまで周到に準備するのは初めてだった。むしろあまりに根を詰めすぎて、今すぐ行動を開始できなければ叫びだしてしまいそうだった。

食事をとり、シャワーを浴びて、服を着替える。マックはどこへでもついてきた。彼のことは心から愛してるが、息をつく暇を与えてもらえなければ彼に向かって発砲するかもしれない。自分を守ろうとしてくれているのはわかっている。それでも、いらだつのはどうしようもなかった。

ほかのメンバーもこれに気づいていた。だが、マックがあまりにぴりぴりしているので、遠巻きにするだけでいつもの軽口すら出ない。リリーはやれやれと頭を振り、マックにリラックスするよう言い聞かせた。

「おれはリラックスしてる」

「してないでしょ。そんなにがちがちになってたら、なんの罪もないお年寄りがレストランから出てきてわたしの前を横切っただけで撃ち殺しちゃうわよ」

マックは首をかしげた。「もうちょっと信頼してくれよ」

リリーは笑った。「あなたの緊張をほぐそうとしてるの」

「きみは自分の心配をすればいい。自分の面倒は自分で見るから」

出発まであと一時間しかなかった。グレーンジが取り引きの時間に余裕を持って配置につくよう全員に要求したからだ。リチャードソンが約束の時間よりも早く現れるかもしれないし、手下を待機させるかもしれない。リリーは本を一冊手にとった。ほかのみんなもそれぞれのことをしている。

マックは相変わらずうろうろしていた。

「彼、仕事の前はいつもこうなの？」リリーはＡ・Ｊに尋ねた。

「まさか。普段なら仮眠でもとってるね」

「つまり、わたしのせいなのね」

「ああ、間違いなくきみのせいだ」

リリーはため息をついて読書に没頭し、床に穴を開けそうな勢いで歩きまわっている男を無視しようとした。

マックのブーツが床をこする音が気になる。

きゅっ、きゅっ、きゅっ。

リリーは大きなため息をつき、膝に本を置いた。

「マック、ここにロープがあるんだけど……」こちらのいらだちを察してくれることを願いながら、リリーはマックをにらみつけた。ロープの端に手をのばす。「歩きまわるのをやめないなら、あなたの足を的にして投げ縄の練習を始めるわよ」

リリーを含め、リビングルームにいる全員がマックに迷惑そうな視線を送っていた。

「わかったよ」マックはそう言い返して、手近な椅子に腰をおろした。

「ありがとう」リリーは静寂を求めていた。数分間でいいから、静かに頭のなかを整理したい。これから先の数時間は緊張にさらされるのが目に見えている。今はとにかく気を休めたかった。冷静でいることが大切だ。うまくいかないからといって動揺すれば、すべては水の泡。リチャードソンと〈デロー製薬会社〉を追いつめるチャンスも失われてしまう。

幸い、マックは落ち着きをとり戻したようだった。リリーはしばらくのあいだリラックスして読書に没頭した。少なくともグレーンジがオフィスから出てくるまでは。

「準備はいいか?」

リラックスタイムは終わりだ。

グレーンジがこちらに近づいてきたので、リリーは立ちあがってうなずいた。

「なにも心配はいらない。みな一丸となってきみをバックアップする」

「心配してません」それほどには……。リリーは心のなかで付け足した。

リリーの車には万が一のために発信機がとりつけられていた。これによって、車で移動するメンバーがリリーの位置をGPS表示することができる。〝もしも〟のためにあらゆるものが準備された。

リリーはゆっくりと運転した。その後ろにバイクや車が続く。大型車もまじっていた。高そうなレクサスとくたびれたインパラだ。彼らはうまく周囲にとけこんでいたが、特にバイクはリチャードソンの目につかない位置で待機することになっていた。リリーが美術館から逃走したときにマックのバイクに乗っていたので、リチャードソンや（もしいるとすれば）ベランフィールドに、仲間だと疑われる可能性があるからだ。

相手にはあくまでリリーの単独行動だと思わせておきたかった。

わたしがレストランに着くまでには全員が配置についているはずだ。リリーは幹線道路ではなく脇道を走った。尾行されないように右折左折を繰り返し、何度かもとの方向へ引き返しもした。

待ちあわせ場所のレストランは人気が高い大型チェーン店だ。料理の種類が豊富なので日ごろから混雑していた。

駐車場に到着したとき、ちょうどよく一台の車が出て駐車スペースがあいた。ちらりと時計を見ると、約束の時間まではあと十分ほどある。偽物のウィルスは人目を引かないよう、ハンドバッグに似せた特製の鞄におさめてあった。レストランは明るい照明に照らされており、なんの問題も起こりそうにない。

それは人生でもっとも長い十分間だった。リリーは車に乗ったまま、サイドミラーやバックミラーで周囲を確認した。一分ごとに、胃のなかにしこりができていくような気がする。彼女は一定のペースで呼吸しながら、問題なんて起きるはずがないと自分に言い聞かせた。

約束の時間になった。リリーはバッグを肩にかけて車からおり、駐車場と交差点を見まわした。彼女の目から見ても、〈ワイルド・ライダーズ〉の仲間がどこにいるのかまったくわからなかった。みごとな潜伏だ。

レストランの外にはベンチが置いてあった。店内は食事客でこみあっている。店へ入る客もいれば、外をぶらついている客もいた。テーブルがあくのを待っているのだ。まさに理想的だった。これならリチャードソンとふたりきりにならずにすむ。リリーは外のベンチにゆったりと座り、友人を待つふりをした。

駐車場に黒のセダンが入ってきた。窓には黒っぽいフィルムが貼ってある。フロントガラス以外、車内をのぞくことはできなかった。運転手は黒い帽子を目深にかぶっているため、人相はわからない。セダンはレストランの前を通りすぎ、速度を落として停止した。リリーの肩に力が入る。後ろの扉が開いて、ひとりの男が地面におりたった。いかにも裕福そうな身なりだ。男は立っているだけで注目を集めた。鉄を思わせるグレーの瞳に、驚くほどまっ白な髪、そして抜け目のない貴族的な顔だちをしている。男が合図したので、リリーは立ちあがって車のほうへ歩いていった。

一度も対面したことはないが、リチャードソンに間違いない。仕事を請け負ったときは探偵事務所の上司が対応したので、リリーは電話で話したことがあるだけだ。

「ミス・ウエスト?」

「ミスター・リチャードソン?」

「ここで取り引きはできない」リチャードソンが言った。「人の目がありすぎる」

リリーは口角をあげて笑顔をつくった。「それがねらいだもの」

「絶対にだめだ。ここは警官の巡回経路だぞ」

リリーは肩をすくめた。「わたしは別にかまわないけど」

リチャードソンが眉をつりあげた。「本当はそれがねらいなのか? わたしを警察に引き渡したいのかね?」

リリーは鼻を鳴らし、ぴかぴかに磨きあげられたセダンに寄りかかって顔をしかめた。

「まさか。それじゃあお金が手に入らないもの」

「このレストランのまん前で、金の詰まったスーツケースとウィルスを交換したら、麻薬取引だと思われる。しかもここは監視カメラがあるんだ」

「なんですって?」

リチャードソンはレストランの入口と駐車場の方向に頭をかしげた。

「口を開けてレンズを凝視したりするなよ」

ごく控えめに振り向いただけで、リチャードソンの言うとおりであることがわかった。

建物の角に駐車場側を向いたカメラが設置されている。駐車場の支柱にもカメラがとりつけてあり、こちらはレストランの入口に向けられていた。

「笑うんだ」リチャードソンが言った。「カメラに映ってるんだからな」

しまった。「カメラのことは知らなかったわ」これは嘘ではなかった。カメラにまったく注意を払っていなかったのだ。この場所を選んだとき、グレーンジは監視カメラのことを知っていたのだろうか？　今すぐグレーンジと話したかった。ハンドバッグに盗聴器が仕込まれているので仲間はこの会話を聞いているはずだが、直接話すことはできない。

どうしようもない。次はどう動けばいい？

「車に乗りなさい。少しドライブをしよう」

心臓が高鳴り、耳がずきずきした。考えをまとめることができない。だが、リリーは平静を装って腕を組んだ。「わたしがそこまでまぬけだと思う？」

「ミス・ウエスト、さっきも言ったように、ここには監視カメラがある。きみが行方不明になったり死んだりしたら、わたしはまっ先に疑われるんだ。きみの言葉を借りるなら、わたしはそこまでまぬけに見えるかね？」

オーケイ。筋が通ってるわ。この状況は気に入らないが、大事なのは彼がウィルスを受けとるかどうかだ。この男の車に乗りこめば仲間が追跡してくれる。リチャードソンはわたしを傷つけるほど愚かだろうか？

ぐずぐず考えている暇はなかった。この機会を逃すわけにはいかない。あと少しでこの一件を暴くことができるのだ。

「わたしはお金がほしいの」リリーは現金を切望しているふりをした。

「それなら行こう。時間はかからない。取り引きが終わったら、好きにするがいい。こっちは人目につく場所を避けたいだけだ」

「じゃあ、こうしましょう」リリーはひらめいた。「わたしは自分の車で行くわ。あそこにとめてあるブルーのマスタングよ」それならずっと安全だ。

リチャードソンはリリーが頭をかしげた方向に視線を向けた。それから彼女に目を戻す。「用心深いな」

「だから生きてこられたのよ。あなたがなにかたくらんでいるとは思わないけど、他人の車で知らない場所に連れていかれるのはどうも……ね。無理もないでしょ?」

今度はリチャードソンが思案する番だった。リリーは待った。

「いいだろう」彼は言った。「ほんの数ブロック先だ。もう少し……人目がなくて、監視カメラのない場所へ行こう」

リリーはうなずいた。「いいわ。後ろからついていく」

彼女はセダンから体を起こし、自分の車へ戻った。仲間たちがなんとかめだたずに尾行する方法を思いついてくれることを祈った。彼らならきっと大丈夫よ。

リチャードソンの車が駐車場を出た。リリーはあとをついて広い交差点に入った。絶えず後方に注意を払ったが、〈ワイルド・ライダーズ〉の車やバイクはまったく見あたらない。

きっとどこかにいるわ。リリーは信じていた。

「全部聞こえたわよね？」車に仕掛けられた盗聴器に向かって問いかける。

リチャードソンの言ったとおり、目的地まではすぐだった。リチャードソンの車がレストランからほど近い場所にある小さなショッピングセンターの駐車場へ入る。リリーは彼の車の隣に駐車した。ショッピングセンターにはうらぶれた雰囲気が漂っており、閉店している店も多いが、少なくとも路地に連れこまれたわけではない。仲間が隠れられそうな場所もたくさんあるし、助けが必要なときは駆けつけてくれるはずだ。

しかし、取り引き場所が変わったことは動かしようのない事実だった。ここにいるのが自分ひとりという可能性もある。選択肢はふたつだ。ここから立ち去り、ウィルスを手にしたリチャードソンがどうするかを見届ける機会を逃がすか、それとも彼は本当に人目を避けたかっただけで、誠実に取り引きに応じることに賭けるか。リリーは直感にしたがった。たぶんリチャードソンのねらいはウィルスだけだわ。

リリーは車からおりた。リチャードソンが後部座席のドアを開け、手招きする。風が彼女の髪をなびかせる。リリーは再び周囲を見渡したが、仲間の姿はなかった。でも、きっと近くにいるわ。

必ず。

リリーは開け放たれたドアに近づいた。

「部下がきみの体を調べる。盗聴器がついていないことを確認したい」

これは予想していたことだった。だから体ではなく車とバッグに細工をしたのだ。

「いいわ」

運転手がリリーの体をざっと撫で、リチャードソンに向かってうなずいた。

「それで、例のものはどこにある？」リチャードソンが尋ねた。

リリーは車体にもたれた。

「バッグのなかよ」

「車に乗ってくれ」

運転手がドアに手を添えた。「運転手に助手席に乗るように言ってくれるなら、わたしも車に乗るわ。それに、ドアは開けたままにしておいて」

リチャードソンがいらいらした顔つきになった。あら、まずかったかしら？　結局、彼は運転手に向かってうなずいた。「言われたとおりにしろ」

運転手が助手席に滑りこみ、リチャードソンは反対側に詰めてリリーが座る場所をつくった。リリーはようやく後部座席のあいた空間に乗りこんだ。ドアは開けたままにしておく。

「お金は持ってきた？」あくまで現金が目的だと思いこませたかった。

「ここにある」リチャードソンは自分の隣にあるブリーフケースをたたいた。

「なかを確かめさせて」

リチャードソンはブリーフケースを膝に置き、錠をはねあげてふたを開けた。本当は金などどうでもよかったが、リリーはいちばん上の札束をすばやく目で数えた。目をぎらつかせ、ものほしそうな顔をして。

「お父上があれほど資産家なのに、こうまで金に執着するとは意外だな」リチャードソンが言った。

リリーは眉をつりあげた。「どうして知ってるの？」

リチャードソンはブリーフケースを閉じ、悦に入った笑みを浮かべた。「取り引き相手のことは必ず調べるようにしているのでね。きみのことはすべて知ってる。卒業した高校や大学、ダラス市警での勤務経験に、シカゴの探偵事務所での配置もね」

敵もなかなかやるわね。

「それで、質問に答えてくれるかね？　きみの父上は金持ちだ。ほしいものはなんでも手に入る。なぜこんなことをするんだ？」

リリーは肩をすくめて背もたれに寄りかかり、膝をのばした。「父はわたしの生き方が気に入らないの。自分の会社を継がせたかったから。警察学校に入ってから、父とは……うまくいってないわ」

リチャードソンがうなずいた。「経済的な支援を打ち切られたのか？」

「そうよ。何年か前にね」

「きみはそれが不満なのかね？」

リリーは鼻を鳴らした。「ものすごくね！　最初は自分の思いどおりに生きたいと思っていたけど、じきに贅沢が恋しくなったわ。慣れ親しんだ生活がね」

不意にリチャードソンがかすかにほほえんだ。「女が贅沢を好むのはよくわかる」

「そのお金があれば、当分のあいだ昔みたいに贅沢に暮らせるわ。父が資産家だからお金の出所を疑う人もいない。父のことを知ってる人なら、わたしが派手に暮らしたってなんの疑問も抱かないでしょ？」

「すべて計画どおりってわけか？」

「最初はそんなつもりじゃなかった。でも、盗難事件に巻きこまれ、美術館から盗まれたものの価値を知って、この計画を思いついたの。あとは小瓶を奪うタイミングを見はからって逃げればよかった。それから状況を分析して、小瓶をとり戻したがっているのはあなただと判断したわけ」

「さすが探偵だ」

リリーはにっこりした。リチャードソンが刑務所送りになったら、どんなにすっとするだろう。「ありがとう」

「小瓶をこちらにもらえるかね？」

リリーはバッグを手渡した。リチャードソンが強化ガラス製の容器をとりだし、なかの小瓶を確認してうなずく。それから彼はリリーにブリーフケースをさしだした。

「で……そんなものをどうするの？」リリーは尋ねた。

リチャードソンが顔をしかめた。「これがなにかわかるのかね？」

「いいえ。一緒にいた男は知らなかったみたい。中身がなにかわからないが、とにかく金になるものだって言ってたわ。だからわたしはしばらく寝返ったふりをしてたの。あの男の信頼を得るのにたいして時間はかからなかったわ。そして隙を突いてあなたに連絡したってわけ」

リチャードソンはしばらく考えているようだった。「そううまくいくものかね？」

「方法はいろいろあるのよ」その言葉の意味するところを裏づけるように、リリーは目をしばたたいた。

「もちろんそうだろう」

そう言ったときのリチャードソンの目つきときたら、気持ち悪いなんてものではなかった。ああ、さっさとこの男から離れたい。「それで、それがなにか教えてくれるつもりはあるの？」

リチャードソンはリリーの顎に手をあてて上向かせた。「知らないほうがいいこともあるんだよ。ミス・ウエスト」

リリーは肩をすくめた。本当は手を払いのけたいところだが、なんでもないふりをする。「まあ、こっちがあればどうでもいいけど」彼女はブリーフケースをたたき、リチャードソンに手をさしだした。「あなたと取り引きできてうれしかったわ、ミスター・リチャードソン。また機会があるといいわね。わたしで役にたつことがあれば——」

「善の道をはずれて悪事に手を染めることにためらいはないのかね？」

リリーは鼻を鳴らした。「女が生き抜くためにはいろいろやらなきゃならないのよ」

リチャードソンが笑顔になってうなずく。「若いのに賢い女性だ。きみの独特な……才能が必要になったら必ず連絡するよ」

「約束よ。わたしはお金が好きなの」リリーはリチャードソンの車からおりて自分の車に戻った。走り去る車を振り返りたい気持ちをこらえる。彼らの行動に関心を持っていると思われたくなかった。それに、わたしが見なくても仲間が見張っているはずだ。それからものの一分もしないうちにエンジン音が聞こえ、リリーの脇に車がとまった。

マックだ。七〇年代なかばのモデルと思われるすてきなトランザムを運転している。

リリーはほっとしてブリーフケースを後部座席に投げこみ、助手席に滑りこんだ。

「ごめんなさい。ほかにどうすればいいかわからなかったの。あの男は監視カメラがあるから場所を変えると言って譲らなかったのよ」

「ああ、聞いてたよ。危ないとこだったが、うまくいったな。あのレストランは最近になって屋外に監視カメラを設置したんだ。おれたちもそれを知らなかったし、リチャードソンがあれほど過敏に反応するとは予測していなかった。大失態だ。すまない」

リリーは肩をすくめた。「あなたも言ったとおり、うまくいったんだからいいじゃない。それにまだ、〈デロー製薬会社〉かベランフィールドとの関連を探るという仕事が残ってるわ」

「リチャードソンの行き先でわかるさ」

「わたしの車はどうなるの?」

「誰かが本部まで運転して帰るから心配ない」

マックが急発進したので、リリーの頭はヘッドレストに押しつけられた。車が駐車場を出て道路に入る。リリーはシートベルトを締めた。

「仲間がすでにやつの車を尾行している。おれたちも距離を置いて仲間と合流し、数キロごとに交替でリチャードソンを追跡する。仮に運転手がバックミラーをチェックしていたとしても、毎回違う車を見れば尾行されているとは思わないだろう」

〈ワイルド・ライダーズ〉のメンバーは政府機関御用達の通信機器を使って互いに連絡

をとりあっていた。耳にはめこむだけのコンパクトな器材で、マイクが内蔵されている。両手が自由になるのでバイクに乗っていても交信できた。これなら、はぐれても互いの位置がわかる。誰がリチャードソンを追跡していても、現在地を伝えることができるのだ。

今はリックがリチャードソンの後ろを走行していた。

「敵は五番通りを北上中」リックが言った。バイクのうなりまではっきりと聞こえる。

マックはリリーにも状況がわかるように通信機を貸してくれた。尾行は数キロごとに交替で行うことになっており、じきにマックとリリーの番になった。パクストンが通りを曲がると同時にマックがなめらかに敵の後方に割りこむ。ふたりの車は、左車線を走る敵の車から数えて三台後ろの右車線に位置していた。

「ちょっと危険じゃない？　左折されたらどうするの？」

マックはにやりとした。「この車は小まわりがきくんだ。必要となれば、左車線に割りこんで左折することもできる。だいいち平行するひとつ向こうの通りをA・Jが走ってるから、おれが曲がり損ねても尾行を引き継いでくれるさ」

「すべて考慮ずみってわけね」

マックが笑った。「だといいけど」

ふたりの尾行は長くは続かなかった。リチャードソンの車がマンションの駐車場へ入ったのだ。マックはそのまま直進し、スペンサーがあとを引き継いだ。

「どこへ行く気かしら?」リリーが尋ねる。

「さあね」

「誰かを拾うようだ」スペンサーが言った。「背が高くてがっちりした男だ。スキンヘッドで全身黒ずくめ」

リリーは鼻にしわを寄せた。「ベランフィールドっぽいわね」

「男が助手席に乗った。車が発進する」スペンサーが言った。「もう少しこのまま追跡する」

十五キロほど進んだところで再びリリーとマックの番になった。今度は幹線道路なので、ほかの車両にまぎれてかなり後方を走行しても目標の車を見失わずにすんだ。

しばらくしてリチャードソンの車が幹線道路をおりると、ふたりも慎重にあとに続いた。道路は混雑しており、あいだに三台の車が挟まっていた。突然、敵の車が脇道に入った。それを見たディアッツのバイクが車のあいだをジグザグに抜けてあとを追った。

「コンビニでとまったぜ」ディアッツが言った。

「〈デロー製薬会社〉はあのビルに入ってるのよ」リリーは右側を指さした。

「よし。計画どおりだ」グレーンジが言った。「やつらが〈デロー製薬会社〉に入るのを確認するぞ。全員配置につけ。ディアッツは敵から目を離すな」

マックはアクセルを踏みこみ、車体がかしぐような勢いで角を曲がった。脇道にほかの車がいなかったので、さらに加速する。そして、ビルの東側の暗がりに車をとめた。ここなら人目につかないし、監視カメラにも映らない。残りのメンバーはすでに到着していた。

建物に入るのはマックとリリーの役目だった。マックは取り引き現場を撮影する係だ。リリーは、製薬会社の重役の顔を判別できるかもしれないという理由で選ばれた。マックはリリーが来ることをいやがったが、彼女は聞く耳を持たなかった。わたしは素人じゃない。危険な事態にも対処できる。それに、なんといってもリチャードソンとベランフィールドをとり押さえる手伝いができるのだ。ふたりに施錠破りを得意とするリックが加わり、残りのメンバーはビルの外で待機することになった。

マックとリリーは白衣を着て、〈デロー製薬会社〉の研究員の身分証を身につけた。グレーンジの予測ではＩＤが必要な事態が起きる可能性は低かったが、警備員と遭遇した場合は、身分を証明するものと、廊下にいる理由が必要だ。おそらく相手は武装していると思われた。

「オーケイ」リックが言った。「解除コードは単純だ。政府のコードに比べれば、なんでもない。通用口の施錠はキーパッド式。こんなの子供だましだよ。だが、正面はちょっと厄介だな。武装した警備員が配備されているし、ＩＤも必要だ。まあ、正面を使う予定はないが」

「配達人に扮したA・Jがいる」グレーンジはそう言って手順を確認していった。「ベランフィールドとリチャードソンが正面玄関に現れたら、A・Jは夜間配達を装って受付へ行け。夜警が配達証明にサインしているあいだに、敵がどちらに向かったかを確認して連絡するんだ。そのころまでにマックたちが通用口からビル内に侵入する。それから赤外線センサーでやつらの位置を確認する」

「赤外線装置はすでに設置ずみだ」スペンサーが言った。「建物のどこに誰がいるか、画面を確認して通報する。この時間帯だから、ビルのなかはゴーストタウンみたいなものだ。ほとんど警備の人間しかいない」

「それがリチャードソンのねらいなのよ」リリーが言った。「ウィルスの受け渡しを目撃されないためね」

「こちらもそのほうが都合がいい。追跡しやすいからな。さあ、始めよう」グレーンジが言った。

「監視システムに潜入した。警備員に気づかれずに通用口のドアを解除する」リックが言った。彼が七桁の解除コードを入力すると、重いドアが開いた。リリーはそのかちりという音と同時に警報機が鳴るのではと息を詰めたが、リックが取っ手をまわすとなにごともなくドアが開いた。彼女はほっと息を吐きだした。薄暗い廊下に足を踏み入れ、建物の正面へ向かう。そっけない白の壁に、これといって特徴のないグレーのカーペットが敷きつめられていた。カーペットのおかげで足音はしない。三人は用事のあるふりをして廊下を前進した。

「耳につけてる通信器材は相手の会話を拾うこともできる」スペンサーが言った。「だが、接近しないと無理だ」

「あくまで関係者のふりをしろ」グレーンジが念を押した。

廊下の突きあたりに来たが、受付には誰もいなかった。近くの壁に隠れて待機する。

「ベランフィールドとリチャードソンはまっすぐエレベーターへ向かった」通信機からディアツの声が聞こえた。「エレベーターが二階にとまるところまでは確認した」

「行くぞ」マックが階段室に続くドアへと歩きだした。正面のロビーから続く階段もあるのだが、受付のすぐ後ろだ。警備員の注目を引きたくなかった。

マックが二階のドアを開けた。「誰もいない」

「赤外線の映像では、階段室のすぐ左の部屋にふたりいる」スペンサーが言った。「その階にいるのはそいつらだけだ」

「やつらに違いない」マックは階段室のドアを開け、廊下に出た。左ではなく右へ向かう。廊下の角を曲がってから会議室の方向をのぞきこんだ。「会議室はガラス張りだ。リチャードソンとベランフィールドしかいない」マックはそう言うと、小型のビデオカメラをとりだし、撮影を始めた。

リリーがマックの肩越しにのぞきこむと、会議室の後方に〈デロー製薬会社〉という文字が掲げられており、そのすぐ左側にベランフィールドとリチャードソンが立っていた。まさに一挙両得だ。

「わたしが声を拾うわ」リリーは提案した。

「このカメラは高感度だから音声も拾えるさ」マックが肩越しにこたえる。

リリーは振り返ってリックが後方を見張っているのを確認した。マックが会議室の取り引きを撮影するあいだ、彼女とリックが銃をかまえて警戒にあたるのだ。

ベランフィールドが時計を見た。「いったいどこにいるんだ？　ひと晩じゅう待たせるつもりか？」

「じきに来る」リチャードソンがなだめた。

つまり誰かを待っているのだ。いったい誰を？

「誰か来たぞ」ディアッツが言った。「男がひとり、重役専用の駐車スペースに車を入れた」

これがめあての人物でありますように、とリリーは祈った。早く決着をつけたい。

「男はそっちへ向かったぜ」スペンサーが言った。「エレベーターに乗った」

三人はスペンサーから合図があるまで再び階段室に身をひそめた。

「もう大丈夫。やっこさんは会議室に入った」数分してからスペンサーの声がした。

マックが階段室から出てビデオカメラをかまえ直す。

「小瓶は？」男が尋ねた。

「あります」

「あの男なら知ってるわ」リリーが言った。「ミッチェル・デローよ。〈デロー製薬会社〉の代表取締役。十年ほど前、父親が死んで跡を継いだの。お父さんのほうは感じのいい人だったのよ。違法行為なんてしないし、経営もうまくいっていた。でも、息子は傲慢(ごうまん)で、危ないことをするのが好きなの」

「利益のためなら会社を犯罪に巻きこむこともいとわない？」マックがささやく。

リリーはうなずいた。「そのようね」

リチャードソンはリリーのバッグをベランフィールドに渡した。ベランフィールドがウィルスをとりだしてデローに渡す。

「ついに手に入れたか」デローが言った。「よくやった。もう問題は起こらないだろうな？」

「ああ」リチャードソンが答える。「ウィルスを回収して、運び屋の女には金で話をつけた」

デローが眉をひそめた。「中途半端はよくないな」

「女は小瓶の中身がなにかも知らなかったんだ」リチャードソンが弁解する。

デローはベランフィールドを見た。「女を始末しておけ」

ベランフィールドがうなずく。「捜しだして処理します」

リリーは喉がからからになった。リチャードソンの車にベランフィールドが同乗していなくてよかった。さもなければ殺されるところだったかもしれない。

「そんな必要はない」リチャードソンが不服そうに言う。

「ことの大きさがわかってるのか？」デローが尋ねた。「何十億もの金が動くんだぞ。経営がたち直ったら、おまえもうまい汁が吸えるんだ。今はおまえの意見など聞いていない。だいたい計画の滑りだしからへまをしたのはおまえだぞ。細かいことはわたしに任せておけ。ウィルスを手に入れ、一部の区域にばらまく。わが社が特効薬を手に市場を独占すれば、破産は免れる。金持ちになれるんだ」

リリーは腸が煮えくり返る思いだった。なんてやつ！　どうやったらそこまで非情になれるのだろう？　なんの罪もない人たちの命を自分の尻ぬぐいに利用するなんて！

「証拠は十分だ」グレーンジの声がした。「撤退しろ」

三人は階段室のほうへあとずさりした。それが目についたのだろう。ベランフィールドがポケットから拳銃をとりだし、目にもとまらぬ速さで会議室を飛びだした。警備員に知らせるように〝侵入者！〟と怒鳴る。

「見つかった！」マックがそう言って一歩前に出た。

彼は拳銃すらかまえていない。だが、リリーは違った。「カメラを持って逃げて！」

彼女はマックに向かって叫んだ。「それが唯一の証拠なのよ！」前に飛びだしてマックとビデオカメラを守ろうとする。「ここはわたしが引き受けたわ」

すべては一瞬のうちだった。前方からベランフィールドが走ってくる。後方の階段からは警備員たちが迫っていた。リックを援護したかったが、ベランフィールドを仕留めねばならない。リリーが拳銃をあげたとき、相手はすでにマックに銃口を向けていた。

リリーがねらいを定めて引き金を引く。同時にベランフィールドの拳銃も火を噴いた。

ああ、死なないで、マック！　お願いだから！　リリーは必死でマックを押しやった。

うまくいったに違いないと思った。壁に激突すると同時に、自分の左肩に焼けつくような痛みを感じたからだ。左手が動かない。突然感覚が麻痺したかと思うと、体が冷たくなり、彼女は床に崩れ落ちた。意識が遠のいていく。叫び声が聞こえ、せわしなく動く脚が目に入った。胃がむかむかする。

吐いちゃだめ。まだ戦いの最中だ。敵を撃たなきゃいけないときに吐くなんていやよ。

ちくしょう。あまりにも急激な展開にマックは頭が混乱していた。リリーが撃たれ、壁に激突した。すぐさま駆け寄りたいが、今は無理だ。ベランフィールドは足を引きずりながらも発砲を続けている。マックはかがみこみ、ねらいを定めるとベランフィールドの胸をまっすぐに撃ち抜いた。ベランフィールドはカーペットにうつぶせに倒れた。リックを援護しようと向きを変えて階段室へ走ったが、彼はすでにふたりの警備員を倒したあとだった。マックはデローとリチャードソンがいる会議室に飛びこんだ。

「動くな！」拳銃をかまえながら叫ぶ。

リックも部屋に入ってきた。その後ろに警備員が続く。

「グレーンジ、今すぐ応援をよこしてくれ！」マックは叫んだ。

だが、グレーンジはすでに事態を掌握しており、数秒もしないうちに仲間たちがなだれこんできた。

「おまえはリリーを見てやれ」グレーンジがマックに言った。

マックはうなずいてリリーのもとへ駆け寄った。彼女は目を閉じている。

「リリー、聞こえるか？」

手首をとると、少し速いが脈拍が感じられた。肩の出血がひどい。マックは白衣を引き裂き、布地を傷の上に押しあてた。

「手を貸そうか？」スペンサーが尋ねた。

「ここから運びださないと」

スペンサーがうなずいた。「行こう。おれが運転する」

「病院に運ぶことはできない。本部に医者を待機させておく」グレーンジはそう言いながら携帯電話をとりだした。

マックはうなずいて、慎重にリリーを抱きかかえた。治療できる人間がいるならどこだっていい。

17

「動くんじゃないぞ」

リリーはベッドの縁から足を出してぶらぶらさせた。マックがそれより向こうへ行くことを許可してくれないのだ。リリーの恨みがましい視線がマックの断固とした視線とぶつかった。

「マック、わたしは大丈夫よ。本当に。ベッドを出て二階へ行かせてくれないと、叫んでやるから。叫んだら傷口が開いちゃうわよ。それでもいいの？」

まったく手に負えないけが人だ。さっきも車に運んだとたんにむっくと起きあがり、ぴかぴかのトランザムに胃の中身をぶちまけた。おまけに〝吐いちゃってごめんなさい〟と笑ったあげく、〝いちばんいいシーンを見ることなく〈デロー製薬会社〉をあとにした〟と言って、ここへ帰ってくるまでずっと文句を言い続けている。

本部に戻ってみると、グレーンジの言葉どおり医師と看護師が待機していた。弾丸はリリーの上腕の筋肉でとまっていた。弾の摘出は簡単で、縫合も数針ですんだ。医師によると、意識を失ったのは弾丸の威力で壁に頭を打ちつけたためで、軽い脳震盪の可能性もあるので二十四時間は注意が必要だということだった。

それから医師はリリーに抗生物質を注射し、痛みどめを与え、数日間は安静にしないといけないが、それ以外は問題ないと告げた。彼女は何時間か眠ったものの、ほかのメンバーが戻り始めるとぱっちり目を覚ました。

「きみは休んでろ。おれが話を聞いてちゃんと教えてやるから」

「冗談言わないで！　わたしも一緒に行くわ」

「きみみたいに強情な女は見たことがない」

リリーがにっこりしてマックを見た。「そういうところが好きなんでしょう？」

マックはあきれて目をまわした。「違う！　そういう欠点を承知で愛してるんだ」

「あなたが手を貸してくれなくても、わたしは行くわ。でも正直なところ、ちょっと足もとがふらつくから、エスコートさせてあげてもよくってよ」

勝ち目はなさそうだった。マックはあきらめてため息をつき、彼女を抱きあげた。リリーはタンクトップと短パンというでたちなので、マックの腕になめらかな腿が触れた。

興奮している場合じゃない。リリーが愛を交わせるほど回復するにはしばらくかかるだろう。だが本当は無事でいてくれたことにほっとするあまり、すぐにでも飛びつきたい気分だった。

まったく、われながら見境がない。

「けが人さんの具合はどうだい？」ふたりがエレベーターからおりてリビングルームへ入ると、Ａ・Ｊが声をかけてきた。

ようやく全員が帰還してリビングルームに集まったところだった。

「大丈夫よ。ちょっと縫っただけ」

「タフだな。女にしとくには惜しいぜ。やるべきことをわきまえてるし、男同様、銃弾も恐れなかった」スペンサーが言う。マックはリリーを安楽椅子に横たえた。

「ただし気絶して吐いたところは除くって言いたいんでしょ？」リリーは笑った。

スペンサーは肩をすくめた。「まあな。でも、あれはしかたねえな。〈ワイルド・ライダーズ〉に入ったら、けっこういい戦力になると思うぜ」

マックはスペンサーをじろりとにらんだ。「そんなことは考えるな」

リリーは安楽椅子の肘掛けに置かれた彼の手を握りしめた。「決めつけるのはやめて」それからスペンサーに目をやる。「ありがとう、スペンサー」

パクストンがリリーにコーヒーを運んできた。

「まあ、ありがとう。まさに今、飲みたかったのよ」

リリーはコーヒーに口をつけ、みんなに向かって笑いかけた。男たちは彼女に敬愛のまなざしを注いでいる。まずいぞ。みんなすっかりリリーの存在を受け入れ、チームの一員のように扱っている。

彼女は部外者だ。おれたちの仲間になるなんて冗談じゃない。

リリーと話しあう必要があった。銃弾を浴びて床に崩れ落ちる姿を見たあとでは、絶対にこんな世界に巻きこむわけにはいかないと思った。たしかにリリーは元警官で、私立探偵かもしれないが、〈ワイルド・ライダーズ〉に誓いをたてたわけではない。おれはもう少しで彼女を失うところだった。リリーは自分の危険を顧みず、身を挺しておれをかばった。まったく、向こう見ずにもほどがある。任務の危険性がわかっていない。

それにおれ自身も、彼女のことを気にかけながら任務に専念することなどできない。

「それで？　全部聞かせてよ」リリーは椅子の上に足をあげて膝を折ると、両手で包むようにしてコーヒーカップを持った。「肝心な場面にいあわせられなくて本当にむかついたわ」

「だって、きみは出血と気絶で手いっぱいだったろ？」リックがにやりと笑って指摘する。

「それと、いとしい男をかばうのにも」A・Jが言った。「熱いねえ」

「うるさいわね」リリーは笑顔でやり返した。「ビデオカメラを守りたかったのよ」

「違うね」スペンサーが言う。「ここにいる色男にけがをさせたくなかっただけだ」

「いい加減にしろ」マックはスペンサーの肩を押した。ときどき、こいつらは高校生みたいになる。「自分の身は自分で守る。リリーの助けなんて必要なかった」

「それはどうも失礼しました」リリーが顔をしかめた。

「いや、そういう意味じゃなくて……」

「それより、話を聞かせてよ」リリーはマックから視線をそらし、みんなのほうを向いた。

「きみがマックに運ばれたあと、警備員を会議室に集めたんだ」リックが言った。

「警備員は今回の事件とは関係ないが、すぐ警察に通報されるとまずかったのでね」グレーンジが補足する。「われわれはデローやリチャードソンとともに警備員を会議室に拘束した。そしてビデオテープを机の上に残し、当局に通報した。それから〈ワイルド・ライダーズ〉の痕跡を消し、撤収したわけだ」

リリーはうなずいた。「〈ワイルド・ライダーズ〉の活動は極秘だから、当局と鉢あわせするわけにはいかないし、目撃者として証言することもできないからですね」

「そのとおりだ。ビデオテープにはデローの発言が記録されている。それに本物のウィルスも置いてきた。地元警察にもＦＢＩにも通報したから、ウィルスは政府の管理下に戻り、デローとリチャードソンは厳罰を受けるだろう」

「ベランフィールドは？」リリーが尋ねた。

「死んだよ」ディアッツが言った。

「よかった。あいつは本当に腹黒いもの。長いことあちこちの企業から汚い仕事を請け負っていたのよ。あんなやつ、絶対に信頼できない」

「だいたい、きみを撃ったというだけで死に値する」パクストンが言う。

「まあ、やさしいのね」予期せぬパクストンの発言に、リリーは赤くなった。

「政府の関係者によると、ＦＢＩが現場に到着してウィルスを回収したそうだ。正当な管理者の手に戻るのも時間の問題だろう」グレーンジが言った。

「ひと安心だわ」ずっとそれが気がかりだったのだ。

「あのビデオテープがあれば、今後、デローやリチャードソンの心配をする必要もない。やつらは終わりだ」

「でも、なぜウィルスは彫刻のなかに隠してあったのかしら？　それがわからないわ」

「デローは海外でウィルスの研究をさせていたんだ」グレーンジが答えた。「リチャードソンはウィルスを通常の手段で国内に持ちこむことができなかったので、エジプト美術館の展示品に紛れこませた。ところが、持ちこんだはいいが、いざ回収するとなると、そう簡単にはいかなかった」

「つまり、どこかで盗むつもりだったということですか？」

「思うに巡回展がダラスに到達したところで、偽物とすり替えるか、単純に盗みだすつもりだったのだろう」グレーンジが言った。

「なるほど。それなら筋が通りますね」リリーはこたえた。「警察と政府の目をかすめることができれば、もう向かうところ敵なしだもの」

「そうだ。ウィルスは展示品に忍ばせてあったので、ノーチェックで国内に持ちこみ、州から州へと運搬することができた。巡回展の展示物はアメリカ政府の所有物ではないので、政府も手出しできなかった」

リリーはうなずいた。「あのウィルスが〈デロー製薬会社〉の手に渡っていたらと考えるとぞっとするわ」

「実際はそうならなかっただろ？」マックが指摘した。

「あなたが一流の泥棒だからね」リリーはからかった。

「おれはプロなのさ」

「これで一件落着かしら？」リリーは尋ねた。

「ああ」マックが答える。

リリーは息をついて背もたれに寄りかかった。「次はどうするの？」

「きみは自由だ。シカゴへ戻って探偵事務所に連絡し、事情を説明すればいい」

「つまり、もうここにいてほしくないってこと？」

「いや、ここで静養してもいいけど、シカゴに戻るのがいちばんだと思う」

リリーはマックの膝にコーヒーをぶちまけたくなった。この人がなぜ原始人みたいにふるまうのかはわかってる。

わたしを失うのが怖いのだ。

マックの支配的な態度には心底腹がたつが、わたしを愛しているからこそ、自分の人生から締めだして、守ろうとしてくれていることもわかっている。

だけど、そんなことをさせるつもりはない。

「わたしがいなくなったほうがいいの？」

「おっと、お気に入りの番組が始まった」A・Jが言った。まるで尻に火がついたかのように立ちあがる。

「おれも見たい番組があったんだ」リックはA・Jのすぐあとに続いた。

「そこにいて」リリーが言った。「席をはずす必要なんてないわ」

「今にも戦いが勃発しそうじゃねえか。しかも痴話げんかときた。巻き添えをくうのはごめんだぜ」スペンサーが言った。

リリーは眉をつりあげた。「あら、あなたたちはタフだと思ってたのに」

「機嫌の悪い女ほどたちの悪い相手はない」A・Jがこたえる。

「言っときますけど、〝リリー・ウエストは役たたずの厄介者〟ということであなたたちの意見が一致したのでもない限り、わたしはどこにも行かないわよ」リリーはテーブルの端にコーヒーカップを置いて腕を組んだ。

男たちは黙りこくり、マックを敵にまわすべきか、リリーの怒りを買うべきか思案している。

「きみは勇敢だし、能力もあるし、根性もすわってる。チームの大きな戦力になるだろう。それに、ベランフィールドに撃たれる前の射撃はみごとだった」グレーンジがリリーの正面に立った。「さらに訓練すれば、仲間を銃弾からかばったり、任務に私情をさし挟んだりすることもなくなるだろう。それ以外は〈ワイルド・ライダーズ〉の一員として文句はない。だが、チームの一員になったとしても、マックと同じ任務につかせるつもりはない。きみたちふたりはどちらも不安全要素になるからな」

グレーンジは本心から言ってくれている。リリーは彼の懸念を噛みしめつつ、賞賛の言葉にほほえんだ。「ありがとうございます。おっしゃるとおり、わたしはマックを心配する気持ちだけで行動しました。そんなことは二度としません」

「そんな事態にはならない。きみはシカゴに帰るんだから」

リリーはマックの言葉を無視した。

「お風呂に入りたくなっちゃったわ。マック、部屋に連れていってくれる？」

さすがのマックもこの要求には逆らうことができず、おとなしく彼女を抱きあげた。リリーはみんなにいとまを告げた。時計を見たわけではないが、すでに深夜に違いない。

マックはリリーを部屋に運んでベッドに座らせた。

「お湯をためてくるからここにいてくれ。手助けがいるだろ？」

言い争いたくなかったので、リリーはおとなしくうなずいた。埃だらけだし、傷のまわりに血がこびりついている。髪も洗いたかった。彼女はマックの手を借りてバスタブに入った。湯の感触が心地いい。傷口が濡れないように腕をあげたまま、リリーは目を閉じ、体の力を抜いた。

「よかったら髪を洗ってあげるよ」

リリーはマックがまだバスルームにいてくれたことがうれしかった。わたしをひとりにするつもりはないのだ。シカゴの美術館で再会したときから、彼はずっとわたしを守ってくれている。やり方は間違っているけれど、わたしから離れることで、これから先もわたしを守ろうとしているのだ。

だけど、それは実現しない。わたしはここを去るつもりなどないのだから。

「お願いするわ」

マックはすぐにプラスチック製の水差しを探してきて、あたたかな湯で満たすと、リリーの髪を湿らせ、両手にシャンプーを泡だたせた。

頭皮をマッサージされると、あまりの気持ちよさにリリーの喉から低い声がもれた。

「魔法の指ね」

「きみにさわるのが好きなんだ」

リリーはため息をついた。マックは髪を洗うのがとても上手だ。機械的に洗うのではなく、頭皮や首筋をやさしくマッサージしてくれるし、ひとつひとつの工程をできるだけ引きのばそうとする。彼は首の後ろを手で支えながらリリーの頭を倒し、湯で泡を洗い流してくれた。コンディショナーをつけるときも同様にやさしかった。

そのあとマックは、リリーの体に石鹸を塗りたくり、スポンジを湯につけ、傷口を迂回して腕と脚、それにヒップをこすった。そのあと細心の注意を払いながら、タオルを使って、傷口の周囲にこびりついた血をやさしく落とす。

「痛いかい?」

彼はバスタブに身をのりだしていたので、ふたりの顔はわずか数センチしか離れていなかった。

「いいえ」

「おれが美術館で撃たれた場所とほぼ同じ場所だ」

リリーはかすかに笑った。「おそろいの傷ができるわね」

マックがリリーに口づけをした。魔法にかけられたような甘美な時間が流れていく。

リリーの心臓は早鐘のように打ち始めた。

ふと、マックが瞳を陰らせ、身を引いた。「きみが撃たれたときは死ぬほど怖かった」

さっきのわからず屋はもういなかった。マックの瞳に映る思いの深さに、リリーは胸が痛くなった。「ごめんなさい。撃たれようとしたわけじゃないの」

「廊下に横たわるきみを助けることもできず、そのまま任務を遂行しなければならなかった。きみは出血多量で死ぬかもしれない、いや、もう死んでいるのかもしれないと思ったよ。おれがどんな気持ちだったか想像できるかい？」

「ええ」反対の立場ならとても正気ではいられないだろう。リリーは手をのばしてマックの頬にあてた。「あなたを守りたかった。ベランフィールドを仕留めたと思ったのよ」

「グレーンジも言ったように、仲間のために身を投げだしてはいけない。きみが正義の味方よろしくおれを押しのけたとき、おれはちょうど拳銃を抜くところだった。結局、きみはやつに撃たれたじゃないか。任務に私情を持ちこんじゃだめだ」

「わかってる。でも愛してるの」

「おれだって愛してるさ。だが、任務のときは愛情もしまっておかないと。きみがおれのために命を投げだすと知りながら、一緒に働くことはできない」

リリーはにっこりした。「愛しあっているなら、かばいあうのは当然のことよ。それはやめないで。だって、できないもの。あなたにはできるの？」

マックはしばらく目を閉じ、再び開けてから首を振った。「いいや、できそうにない」

「それなら、これからどうなるの？」

「わからない。とにかく、きみを危険な目にあわせたくないんだ」

リリーはため息をついた。「わかった。わたしも努力するわ」

「そうせざるを得ない。感情で判断する人間にこの仕事は無理だ。またあんなことになったら、グレーンジは間違いなくきみを首にするだろう」

「グレーンジはわたしたちを一緒の任務につけないと言ってたわ」リリーは落胆に口をゆがめた。

「グレーンジの気を変えさせることは不可能じゃない。だが、彼の言うことが正しい。まずおれたち自身が、私情を挟まずに動けるようにならないと」

「できるかしら？」リリーは言った。

マックが肩をすくめた。「さあね。おれはきみのことが心配だ」

リリーはひとしきりマックを見つめてからうなずいた。「わたし、二度と好きなことをあきらめたくないの。父はわたしの夢を阻もうとしたけど、わたしはこういう生き方が大好き。生きがいを感じるし、冒険心も正義感も満たされるもの。これこそわたしがやりたかったことよ。それに、父の干渉も受けずにすむわ」

「おれがこの仕事はだめだと言ったら……危険すぎるからといって一緒に働くことを拒

んだら、おれもきみの親父さんと同類ってわけだ」

「そんなこと言ってないわ」

「言わなくてもそうなんだ」

マックはわたしを愛し、わたしを守りたいと思っているのだから、これは難しい要求に違いない。それでも自分の足で立つことを認めてもらわなければならない。能力を生かし、思うとおりにやらせてもらう必要がある。

「愛してるよ、リリー。きみが危ない目にあうたびに、おれは心配してしまうだろう。それは愛情の証だからしかたない。だからといって、きみの夢を阻むようなことをしたら、おれは救いようのない大ばか者になっちまう。これがきみの望むことなら、決して邪魔はしないよ」

リリーの目に涙が浮かんだ。マックはわたしを丸ごと受け入れてくれた。

「立たせて」

マックはリリーの脇に手を入れてバスタブの外に出し、タオルでやさしく体をふいてやった。

「お次は？」

「愛して。抱いてほしいの。あなたとひとつになりたい」

マックは肩の傷を見おろした。「だけどその傷――」

「大丈夫よ。わたしは丈夫だもの。壊れたりしない。試してみて」

マックは頭を振り、彼女を抱きあげて唇を重ねた。

リリーは体内に力がみなぎるのを感じた。このときめきは初めて会ったときから少しも色あせていない。そしてたぶん、この先も色あせることはないだろう。マックに力強く抱き寄せられると、体がかっと熱くなり、乳首がぴんとたちあがった。彼は強い欲望を感じているはずなのに、肩の傷を案じてそっとベッドに運んでくれた。

それからマックは隣に横たわってリリーのヒップに手を滑らせた。なにか崇高なものを撫でているような手つきだ。

「壊れないって言ったでしょ？」リリーは言った。

「わかってるけど、今夜は危うくきみを失うところだったんだ。きみの体を隅々まで確かめずにはいられないよ」

リリーは信じられなかった。かつては、マックはわたしのことなど少しも気にかけていないと思っていたのに。どうやらわたしはマックのことをまったく理解できていなかったらしい。彼の愛情の深さには驚かされるばかりだ。マックの手が溶岩のように肌を焦がす。まるで灼熱の炎に体をなぞられているようだ。

マックがリリーの隣に横たわり、彼女を抱き寄せた。ペニスはこれ以上ないほどかたくそそりたっている。リリーが思わず手をのばそうとすると、マックが彼女の手をさえぎって、シーツに押しつけた。

「力を抜いて。おれにさせてくれ」

マックがリリーのヒップから腿へ、そして腿の内側へと指を這わせた。リリーはため息をついて脚を広げた。ひだをかき分け、濡れて熱くなった秘所に指をさしこんでほしかった。体のなかに蓄積された緊張を解き放ってほしい。

だが、マックは潤った場所にはさわらず、再びヒップを撫で、腹部にまわりこんでへその周囲をなぞった。リリーが腹筋を震わせて笑い声をあげる。

「くすぐったいわ。リラックスさせてくれるんじゃなかったの？」

マックがにやりと笑った。「そうしてるじゃないか」

リリーは膝を折り曲げた。「いい考えがあるの。クリトリスを撫でてちょうだい。いかせてほしいの。そうしたらすごくリラックスできるから」

「まったく、あからさまだな」

「自分のほしいものくらいわかるわ」

「あとでしてやるから我慢するんだ。まだ探索中なのさ」

リリーは不満げに息を吐き、我慢がすでに限界に来ていることを伝えようとした。

だが、マックはわれ関せずといった様子でにやりと笑い、手を乳房のほうへとあげていく。

違うわ。上じゃなくて下よ！　リリーがそう思ったとき、マックが両手で乳房を包み、絞りあげるようにしてぎゅっと握った。それからかがみこんで乳首を口に含む。なんてすてきなの！　刺激が体を駆けめぐって、下腹部を燃えたたせ、クリトリスを震わせる。背中をそらせたとたん、肩に痛みが走り、リリーは顔をゆがめた。

「ベイビー！」マックがリリーの体をシーツに押し戻した。「力を抜いて寝てるんだ」

「無理よ。わたし――」

「しいっ。きみがほしいものくらいわかってる」

マックはリリーの脚のあいだに体を入れ、腹這いになって腿の内側にキスをした。

「肩を動かしちゃだめだ。動くんじゃない」こもった声が響く。「傷にさわるようなことをしたら終わりにするぞ」

「わかったわ」リリーは背中をマットレスにつけ、上半身を動かすまいとした。潤った場所をなめてほしい。オーガズムを手に入れるためなら、どんな言いつけも守ってみせる。

だが、マックが舌を突きだし、クリトリスの方向に向かって溝をなめあげると、じっとしているのは拷問に等しいことがわかった。反射的に背中がそり返りそうになる。体の中心を快感が突き抜け、神経の末端まで震わせた。感じやすくなった肌に熱いベルベットのような舌を感じるたび、欲望がこみあげてきて腰が浮きあがる。

マックは唇でクリトリスを覆うようにしながら、唇と舌を使ってリリーをぎりぎりまで追いこんでいった。ついに潤った場所に二本の指をさしこまれると、彼女の頭のなかはまっ白になった。体を動かさないようにしていたのは最初のうちだけ。傷のことなどすぐに忘れてしまった。どっちにしろ、とうの昔に痛みを感じなくなっており、彼女は今や歓びに包まれていた。マックに連れられて甘美な地獄の炎のなかを走り抜け、生命の躍動を目撃する。彼は蜜壺のなかで指をひねり、潤った溝に大胆に舌を這わせてクリトリスを吸いあげた。

リリーはシーツを握りしめて腰を持ちあげ、今にもオーガズムにのぼりつめようとしていた。熱い液体をほとばしらせ、かすれた叫びをもらす。彼女は痙攣しながら、愛する男の顔に秘所をこすりつけた。マックはリリーが苦しくなって大きく息を吸いこむまで、彼女を攻め続けた。

ようやくマックがリリーの体に覆いかぶさり、花弁にこわばりをあてがった。そして口づけすると同時に、彼女のなかへ押し入った。舌の上で塩辛さと甘さがまじりあう。リリーはマックの腰に脚をまわして、熱くそそりたつものを積極的に迎え入れようとした。これは体の結合であると同時に心の結合でもある。リリーはけがをしていないほうの手でマックの顔や肩をさすった。マックが彼女の手を握って頭の上に固定し、指を絡ませながら腰の動きを速める。

リリーは目を開け、こちらを見つめているウィスキー・ブラウンの瞳をうっとりと見あげた。愛情にあふれるマックの瞳が肉体の快感を高めてくれる。わたしは彼のもので、彼はわたしのもの。わたしたちはこれからもずっと愛しあっていく。これほどの一体感を感じる相手はマックのほかにいない。こんなにわたしを理解してくれる男はほかにいないわ。

マックがリリーの体の下に手を入れてヒップを持ちあげ、さらに体を密着させようとした。

「もう一度いくんだ。おれを締めつけてくれ」

ペニスが何度も引き抜かれ、また根元まで突き入れられる。そのたびにGスポットを刺激され、リリーは快楽の波に溺れた。マックの目の前に全身をさらけだす。彼の手がリリーの隅々まで探索していた。

リリーはこわばりを締めつけ、マックの名前を連呼して降伏を宣言した。すると彼はリリーにキスをし、彼女の名前をつぶやきながら絶頂に達した。

それはこのうえなく完璧なまじわりだった。

しばらくするとマックがリリーの上からおり、彼女をあおむけにして髪を撫でた。

「ありがとう」マックが言った。

「なにが?」

「おれを信じて、理解してくれて。ときどき自分自身よりもきみのほうが、おれのことをわかってるんじゃないかと思えるんだ」

リリーはにっこりしてマックの顔を見た。「どうかしらね。あなたのことはまだ勉強中よ。わたしたちはお互いのことを学んでいる最中なのよ。まだまだ先は長いわ」

「ふたりとも過ちを犯すだろう」

「それは間違いないわね」

「おれは何度もきみを怒らせたり傷つけたりすると思う」

マックのこういう一面が好き。「たぶんね。わたしもあなたをいらいらさせるでしょうし、意地を張って怒らせると思うわ」

「これが愛なんだね」

「そう、これが人を愛するということよ」

マックが身をかがめてキスをした。リリーの爪先がきゅっと丸くなる。

「リリー、ようこそ〈ワイルド・ライダーズ〉へ」

訳者あとがき

「あんなにセクシーでたくましい男たちと一緒にいられるなら、どんな女だって悪い気はしないわ」これは〈ワイルド・ライダーズ〉のメンバーを見て、リリーが漏らした感想です。鋼のような肉体を持ったちょっぴりワルな男たち。ひと癖もふた癖もあって、ちっともこちらの思いどおりにはならないけど、心を許した相手には思わず「男ってしょうがないわね」と言いたくなるような無邪気さをのぞかせるし、いざとなったら体を張って守ってくれる。しかも、ベッドでは（ベッドの外でも）とびきりセクシーな恋人！ こんな男性ってなかなかいませんよね？ 作者であるジェイシーがモデルにしたのは〝旦那（だんな）様〟だそうで、本当に、本当にうらやましい限りです。

ジェイシー・バートンのホームページをのぞくと、そのユーモアにあふれた気取りのない人柄が伝わってきます。なんといっても、ファンからの質問の筆頭は「あなたの名前（Jaci）はどう発音すればいいのですか？」なんです。英語圏の人でも読めないのね、と思いながら先を読み進むと、「それってしょっちゅう聞かれるのよ」なんて前置きをしてから懇切丁寧に発音を解説しているので、思わず笑ってしまいました。本人いわく、自分の書く小説の世界とは違ってごくごく平凡に暮らしていらっしゃる様子。執筆している足もとで愛犬たちがきゃんきゃんと咆えているし、洗濯機のブザーも鳴るし、家族に食事をつくらなきゃいけないし……。召し使いがいたらなあ、なんてぼやいていたりもします。

ジェイシーが執筆活動を始めたのは二〇〇一年ですが、すでに複数のジャンルで多くの著書が発表されています。得意としているのは超自然現象と、もちろんセクシーロマンス。普通のロマンスも読みたいわ、という方のために付け加えると、もう少し刺激を抑えたロマンスも書いていらっしゃるようですよ。超自然現象を扱った小説ではヴァンパイアや狼男、デーモンなんかが出てくるロマンスを好んで書くということで、邦訳は出ていませんが、デーモン・ハンターというシリーズを発表しています。こちらもなかなかおもしろそうですよね。セクシーロマンスのセクシー度に関しては改めて説明する必要もないでしょう。あとがきから読んで購入を検討されている方がいるとすれば、ずばり「濃厚」です！　しかし、この本の真にすばらしいところは、エロティックでありながらも、切ないほど一途にお互いを思いやる男女の愛が描かれているところではないでしょうか。主人公のリリーとマックは、肌を合わせているときでも、けんかをしているときでも、危険な任務についているときでも、相手への愛にあふれています。表面上は反発していても根底に信頼があるからこそ、ああも奔放に愛しあえるのではないかなと思いました。

ジェイシーと現在の旦那様はともに再婚同士で、義理の娘さんと愛犬たちと一緒にオクラホマでにぎやかに暮らしています。ジェイシー自身の息子さんふたりはすでに独立して家を出ているそうです。書くことは幼いころから好きだったということですが、ずっと会社勤めをしていて、本格的に書き始めたのは今の旦那様に初めて会った二〇〇一年から。彼の励ましがあったからこそデビューできたんだとか。本当にどこまでもロマンティックですよね！　そんな旦那様の愛に包まれて、これからも魅力的でセクシーな作品をどんどん発表していただきたいものです。

ここまでおつきあいくださった皆様、本当にありがとうございました。少しのあいだでも現実から離れて、マックとリリーのワイルドな逃避行を楽しんでいただけたなら、たいへん嬉しく思います。

二〇〇八年十月

風の彼方へ

2008年 11月28日　初版発行

著者　ジェイシー・バートン
訳者　岡本 桃子
発行者　新田光敏
発行所　ソフトバンク クリエイティブ株式会社
〒107-0052　東京都港区赤坂4-13-13
電話03-5549-1201（営業部）
印刷・製本　中央精版印刷株式会社
デザイン　モリサキデザイン
フォーマット・デザイン　モリサキデザイン
カバー写真　AFLO
本文組版　アーティザンカンパニー株式会社

落丁本、乱丁本は小社営業部にてお取り替えいたします。
定価はカバーに記載されております。
本書に関するご質問は、小社ソフトバンク文庫編集部まで書面にてお願いいたします。

　ISBN978-4-7973-4935-1